董家岭

DONGJIALING

王建川 著

山西出版传媒集团

山西人民出版社

图书在版编目（CIP）数据

董家岭 / 王建川著. -- 太原：山西人民出版社，2022.6

ISBN 978-7-203-12280-7

Ⅰ.①董… Ⅱ.①王… Ⅲ.①长篇小说—中国—当代

Ⅳ.①I247.5

中国版本图书馆 CIP 数据核字（2022）第 085610 号

董家岭

著　　者：	王建川
责任编辑：	王晓斌
复　　审：	傅晓红
终　　审：	贺　权
装帧设计：	段嘉毅　琳　子
出 版 者：	山西出版传媒集团·山西人民出版社
地　　址：	太原市建设南路 21 号
邮　　编：	030012
发行营销：	0351—4922220 4955996 4956039 4922127（传真）
天猫官网：	https://sxrmcbs.tmall.com 电话：0351—4922159
E—mail：	sxskcb@163.com 发行部
	sxskcb@126.com 总编室
网　　址：	www.sxskcb.com
经 销 者：	山西出版传媒集团·山西人民出版社
承 印 厂：	太原市长江孚来印刷制版有限公司
开　　本：	720mm×1020mm　1/16
印　　张：	14
字　　数：	180 千字
印　　数：	1—3700 册
版　　次：	2022 年 6 月　第 1 版
印　　次：	2022 年 6 月　第 1 次印刷
书　　号：	ISBN 978-7-203-12280-7
定　　价：	88.00 元

如有印装质量问题请与本社联系调换

序言:民间视野里的抗日传奇

——长篇小说《董家岭》阅读札记

庞玉生

董家岭,一个隐秘生长于历史深处的地名,此刻在我眼前,演绎着八十年前那段波澜壮阔的抗日史诗,呈现着别样的激情与诗意。里面各色人等在民族生死存亡的紧急关头,不问出处与来路,同仇敌忾,共同携手,打击侵略者,展现了一幅壮阔无比又气势磅礴的恢宏画卷。长篇小说《董家岭》就是讲述几股抗日武装在中国共产党的影响与领导下,一起在董家岭这个不起眼的黄土高原小山村打击日军、保家卫国的故事。

这种民间视野下的小说笔法与视角,犹如大地上春天的河水无拘无束肆意泛滥着,看似散漫不经意的笔触后面,是对昔日中国人民为了民族的独立与自由救亡图存的激情书写与重现。彰显了中国共产党领导下的革命武装和晋绥军、川军等地方武装在民族大义面前消除隔阂,团结一致,共同抗击侵略者。不管你信奉什么主义,崇尚什么真理,在抵御外侮面前,大家都是同路人,每一个人都是英雄好汉。

历史的腥风血雨过后,董家岭依旧在人们的记忆里生动存在着，那片土地上的人民并没有忘记牺牲了的英雄烈士们。他们的故事就像吹过黄土大地的风，一年一年地被人称颂着，传扬着，英雄的土地产生英雄的人民，英雄的人民创造英雄的传奇和历史。血与火的洗礼之后，董家岭愈加凝重，董家岭的人民愈加伟岸高大。若不是对这片土地有着深厚的感情，对那段逐渐遥远的往事有着记述的责任，怎能写出这样一本让人血脉贲张的小说？守望和平就一定要有一颗珍重过去的心，透过历史云烟，回望八十年前的那段民族历史，怎能不叫人沉思怀想？没有前辈们热血沸腾的付出，哪有今天和平安宁的幸福生活？因为有那么一群人在八十年前敢于赴死，才换来了今天和平富足的新时代。

站在董家岭的土地上，那些牺牲在董家岭的先烈们依然是我们民族的脊梁骨，中华民族的精神魂魄。

小说中，作者似乎没有刻意去塑造一个鲜明独特的人物，但在文本中，鲜明的人物性格是人物按照自己的"性子"使出来的。比如王红祥、吕春桃、池峰毅、闫清涛、田大康、尤大彪、小林光川，这些人甚至连长什么样子都是模糊的，但是，通过故事情节的推进，无不都是生动活泼的。除了这些，也有一些离奇的故事情节，比如饥饿中的日本兵给赵老九当长工，这样的情节在以往的小说中是没有出现过的，读来感觉很新鲜，也很有趣。或许，这样的场景只能出现在民间视野的小说架构中吧。

小说的语言，乡土气息横生旁溢，人物间对话也是妙趣横生，读来趣味盎然。但是，如果语言过于生活化，给人阅读心理会造成极大的不适。所以，怎样选择一种既雅又俗的语言来呈现一个好故事确实是一件不太好把握的事情。尤其反映乡土故事的小说，既要语言的文学性，又要体现故事原汁原味的乡土气息，这就有个怎样把握度的问题。解决好了这个度，便是好的语言，好的小说。这一点，我们山西的赵树理就是我们学习的榜样。他的小说不可谓不

"土"，但是他的小说语言却是很雅致的，所谓俗中有大雅，就是大师语言和笔法。"土"而不俗，俗中见雅，看似土里土气，却又深藏着高雅的民间诗意，值得我们好好品读借鉴。

文本中出现了一些"骂人的话"，这些骂人的话在民间交流的语系中并无真正的恶意，相反这种"恶言恶语"正是一种司空见惯的交流方式。如果能把这些语言变相地改变一下，换成另外一种比较雅致的表达方式，读起来可能会提高故事文本的艺术品质。语言是一切艺术的底色，尤其是小说，如果不选择一种好的语言，整个故事读起来就会生硬无趣。有了好的故事，没有一个好的语言和叙述方式讲述呈现，同样也让人感到可惜。

小说中写了很多有名有姓的人物，这些人血性、刚强，不怕牺牲，敢为人先，展现出了那个特殊年代中国人民奋起抗战的群体肖像，也写了赵富贵那样的变节分子的自私狭隘和软弱。其中吕春桃和王红祥的感情故事写得含蓄深沉，在一群爷们组成的抗日群像中让人感觉是最温暖的一丝亮色。尤其是吕春桃，一个普通农家妇女，在战争的洗礼下，逐渐成长为一个勇敢的革命者。这是多么让人高兴的事。虽然她阉割被俘日军的故事有些血腥，有些"变态"，但是对有过被侵略者压迫经历的人却又觉得顺理成章，合情合理。

抗日战争已经离我们越来越远了，但我们还是要汲取这场战争中中国人民表现出来的抗日精神和民族情怀。小说中也写出了侵略者在伟大的中国人民顽强抗战的决心面前表现出的无路可逃的窘态。比如厌战的日本兵和八路军兑换物品，15 个日军给赵老九打长工，日军起早贪黑地干活，还能挣五毛钱，为的是等战争结束时，挣够回家的路费。还有特务营池峰毅与小林光川商量好，两军凭暗号一起卧倒，只留松井洋二站立，好让特务营狙击手干掉他，这都为故事文本增添了一定的喜剧效果。

这种民间视角的抗日书写，不仅丰富了抗日战争的表达路径，同时也从另一个角度表明在伟大的中国人民面前，所有的侵略者都必将以失败而告终。

战争已经成为回忆，但战争中的人民，战争中的土地，仍给我们提供着源源不断的精神财富，需要我们挖掘传承下去。同时也昭示出只有在中国共产党的坚强领导下，中国人民才能取得抗日战争的伟大胜利。

当年的英雄好汉已经成为历史，但是，英雄的土地和人民并没有隐去，他们创造的英雄事迹仍在世间流传。记住他们，就是记住我们中华民族光荣的历史，就是保留我们一份血与火的民族记忆。

董家岭，一个在现实和小说世界里的村落，注定会在读者心底留下一个民族在生死攸关时刻抗击侵略者的传奇。小说里的每一个人都是英雄好汉，值得我们永远铭记。

2021 年 7 月 15 日

（庞玉生，山西省阳曲县人。曾在《中国图书评论》《中国铁路文艺》《西南军事文学》《山东文学》《山西文学》《南方文学》《寻根》等海内外四百多家报刊发表书评、小说、散文、随笔作品。中篇小说《蝴蝶杯》获梁斌文学奖，短篇小说《清明》获"山乡巨变"乡土文学征文二等奖，短篇小说《改变》获浩然文学奖）

目 录

目 录

　　清代"灵石八小家"的赵家就是从董家岭发展起来的。董家岭赵氏分五个支脉，尤以永和堂最为显耀，是集农工商士于一体的独特的阶层。史书曾记载："农者沃产遗后，坐享丰盈；工者彻通诸艺，精巧相生；商者逐利湖海，据资万千；士者经史传家，英辈迭出。"

第一章 红军来到董家岭

初春时节,乍暖还寒,淡淡的阳光钻过云层,薄雾般洒在董家岭这个典型的黄土高原依山而建的层叠式村落灰蒙蒙的街面上,几乎没有一点点生气。一切都那么懒懒的,散散的。正午时分,家家户户烟囱里都开始冒出了青烟,到饭时了。

一向以好吃懒做闻名全村的赵富贵刚刚从黑乎乎油腻腻的被窝里钻出来。此刻,20岁出头的他蓬头垢面,两只眼睛几乎要被眼屎给粘得睁不开了。下炕胡乱洗了把脸后,早已经饿得前胸贴后背的他立即开始翻找所有能吃的东西。然而,他最终还是失望了。笼屉里空荡荡的,快要散架的饭柜子里也是如此。带着一丝希望,他来到院子里,想催促自己在这个世界上唯一的亲人——老爹赵家声给自己做点饭吃。"大饭时的不做饭耗甚了?难不成真要饿死一个才高兴?"赵家声此刻正靠着墙根打盹呢,冷不丁让儿子这一嗓子给吼醒,吓得打了一个激灵,一股火气顿时上来。"吼你妈屁了吼,一天就知道穷吼,你回去看看瓮里瓮外哪里还有一把米面?"赵富贵知道再说什么也是枉然了,他只恨恨地丢下一句"都饿死拉倒"就走出家门,双手插在棉袍袖口里,一步步蹭到了村中央。"唉!老天爷饿不死瞎家雀儿,老子这么大个人,难道就这样叫活活饿死?"他四下里瞅了瞅,决定还是去同宗的赵喜旺家看看。他婆姨长得俊，人水灵，就是用脚和出来的面那也让人觉得香，最关键的是赵喜旺人老实，胆子小，好糊弄。好，今天就是他家了，就这么定了，他奶奶的！

推门进去，窑洞里雾气腾腾，笼屉里的红烧肉散发出浓浓的香味。赵喜旺端坐在炕头，他婆姨吕春桃正往炕桌上摆放碗筷，两个儿子都不在，大概还在村里疯耍。

"哈哈，算是又让我给赶上了！"赵富贵腿一抬，鞋也没脱就上了炕。"喜旺家的，有啥好吃好喝的都端上来，他奶奶的，三顿并一顿，爷都快饿得走不动了！"

吕春桃把筷子往桌上一摔，瞪了赵富贵一眼说："你难道是吃上狗屎了，咋一说话就满嘴喷粪呢？你给哪个使爷呢？谁答应你了你就上炕？实话告诉你，今天我家做的饭也不多，还不够喜旺和孩子们吃了，你去别家吃去！"赵富贵没羞没臊地说："咦！你瞧瞧你这态度，咋就这么不好客了，对待客人还能这样？老实对你说吧，你这个样子可是要遭老天爷报应的……"吕春桃抢过话说："是要遭天火烧的吧？话说三遍淡如水，你还有啥招就都使出来吧，我今天还真就不怕你了！"以前赵富贵总拿天火烧威胁别人，答应他便罢，如不答应，夜深时自家院子便会莫名其妙着火，逮啥烧啥。赵富贵说那是天火，其实大家都知道是赵富贵这个大无赖干的。

"天火烧都不怕，你总有个怕的吧？比如说，你就不怕你家那猫蛋狗蛋突然有点意外啥的？"赵富贵一脸的无赖相，眼中隐隐露着凶光，直直地盯着吕春桃说。

"咳，咳咳，我说你个老娘们家家的就不能少说两句么，本家里道的来也来了，坐也坐了，一起吃就是了，咱几个少吃几口的事，忍忍也就过去了，又不是啥大事，你撵他干甚！还不快去喊猫蛋狗蛋回来吃饭？"赵喜旺被赵富贵吓住了，赶忙喝止住自家婆姨。随手把烟袋递了过去，又讨好地划火柴给赵富贵点上。

"忍忍忍,你个怂货就知道忍!一年到头他来吃的还少?拿的还少? 我看这个家迟早要被他吃净拿败,哪天等到他动手解你婆姨裤带了,我看你还忍不忍!"吕春桃边骂边啪的一声把门摔上出去了。走了几步,又返回来隔着窗户骂道:"那么大个大老爷们,天天就指靠吃人家的,臭不要脸,也不怕噎死!"赵富贵只顾抽烟,也没再搭话。这边赵喜旺下炕起了笼,又去后窑端出来半坛高粱酒,陪赵富贵边吃边喝。

酒足饭饱后,赵富贵满意地揉着肚子,放开八字步往自家走去。快到堡门时,迎面见一队人马穿得破破烂烂,肩上扛着枪正穿过堡门往村里走来。赵富贵以为又是土匪来抢东西,吓得"妈呀"叫了一声掉头就跑,早被两个战士追上带了回来。为首的红军排长倪凤鹏跳下马说:"我们又不打你又不骂你,你跑啥子?"赵富贵斜着眼说:"我害怕么。"战士说:"我们一不是土匪,二不是国军,又不吃人,你怕个啥嘛!"然后把帽子摘下来,对赵富贵说:"看见没,红五星,红军!"赵富贵疑惑地看着他,一脸茫然。倪凤鹏对赵富贵说:"老乡,你不要害怕,我们是穷人的队伍,只打地主老财,你先领我们去你家喝口水,咱坐下再慢慢说,你只管如实和我们说说村里的情况就行了,我们绝不为难你!"赵富贵这才放松下来,领着红军来到自己家。

进了院子,赵富贵见到他爹,把情况简单说了说。对倪凤鹏说:"我爹,姓赵,大名叫赵家声!"倪凤鹏过来握了手,命令战士们就地休息,自己进屋看了看,出来对父子俩说:"我看你家穷得真是够呛,你们愿意跟着我们红军一起为咱穷人打天下、争好日子过吗?"赵家声说:"打仗是要死人的,再说,兵荒马乱的到处跑,打到啥时候是个头?"倪凤鹏说:"这次情况特殊,昨天打南关时有两个战士挂了彩,伤得不轻,我们行军打仗带着不方便,想暂时留在你家养伤,我们吸收你们父子两个为红军战士,你们负责照顾好伤员,就地发展革命武装,我们会给你们留足武器和经费,你们好好想想!"见他爹还在犹豫,赵富贵说:"爹,手里有枪有弹又有钱,我看以后谁还敢惹咱,哪个不服,直接拿枪干!"然后转头对倪凤鹏说:"红军头,我看这事有得赚,就这么定了!"赵家声看着倪凤鹏,虽说心里还在打鼓,可是想到自己家已经揭不开锅了,父子两个也已经饿开了肚子,不由自主地点了点头。倪凤鹏大笑说:"好!有点血性,这才像个爷们嘛!"说完上前和父子两个握手,祝贺他们正式成为光荣的红军战士,其他战士都热烈地鼓掌祝贺。倪凤鹏说:"回头我派人把伤员和枪弹给你们送来,经费嘛,一会就发给你们!"赵富贵说:"不愧是穷人的队伍,说话办事就是痛快!"倪凤鹏说:"好了,废话先不说了,我们下一步的任务是扩红筹款,老赵你说说,本村有没有财主地主?"赵富贵抢着说:"有一家,有一家!"倪凤鹏说:"叫什么?"赵富贵说:"赵老九是大财主,家财万贯,方圆百里都数得上!"倪凤鹏问赵家声:"老赵,富贵说得对吗?"赵家声想了想说:"对倒是也对,但是人家只靠做生意挣钱,对咱穷人可是不赖!"倪凤鹏拔出枪来大声说:"现在我命令,红军战士赵家声、赵富贵负责带路,立即包围赵家大院!"

红军还没进堡门时,早被赵家瞭哨的护院家丁看到了。赵老九一声令下,大门紧闭,三道门闩把铁皮大门关得严严实实。院墙上、绣楼顶、碉楼眼都架起了机关枪,十几个家丁各自守护着制高点,黑洞洞的枪口对准了院外。北山制高点也燃起了火堆,冒起了冲天黑烟,看到信号的枣岭胡家大院家丁按照联防约定,全副武装跑步赶来增援。

院墙外,倪凤鹏看得仔细,手一挥,二十几名战士呼啦一下展开了进攻队形。倪凤鹏扯着嗓门喊道:"赵老太爷听仔细了,我们是中国工农红军,我们来山西的目的是宣传抗日,团结一切抗日力量,开辟红色根据地,建立红色苏维埃政权,打击大军阀阎锡山反

　　位于董家岭村中心位置的九龙槐，树龄 400 余年，被列为"晋中市名树名木"，至今仍有部分侧枝枝叶繁茂。

动武装！我们已经了解到你赵老太爷的为人，知道你们赵家平时并没有欺压老百姓，所以说你们也就不是我们红军的打击对象！请你们认清形势，不要做无谓的抵抗！我们红一军团就有一万多人，昨天打南关也才用了不到一个小时，想想，你们经得住我们打吗？奉劝你们打开大门，我们坐下来好好谈谈！"赵老九在门洞里面说："我们都是本分的生意人，和你们红军井水不犯河水，你们打日本人我们还巴不得呢，但是你们突然来我们这里做什么？"倪凤鹏说："说得好！看来你也痛恨日本人，不想做亡国奴。我告诉你，虽然日军眼下还没有打到这边，但是小日本就是头喂不饱的狼，他们迟早会打来的！我们主张全中国所有人都团结起来，一起保家卫国，把小鬼子赶出中国去，但是我们拿什么去打鬼子呢？你看看我们的战士身上穿的是什么？这么冷的天还都是单衣、麻鞋，再看看战士们手里拿的是什么，平均两个人才一杆枪，很多战士手里拿的还是大刀长矛！所以说我们需要得到像你赵老太爷这样的开明士绅的支持，大家有钱的出钱，有力的出力，共同揍小日本，咋样？"赵老九说："不就是要点钱吗，你也没早说啊，早说我会把你们堵在门外吗？"当即下令打开了大门。倪凤鹏回过头说："所有人原地待命，没我的命令，任何人不得进院！"

见面后，赵老九把倪凤鹏带进堂屋喝茶，又说服倪凤鹏，派管家把红军战士都叫进来休息，吩咐厨师赶紧给红军做饭。又派人去联络枣岭赶来增援的胡家家丁，给了十来块大洋的辛苦费，让他们原路返回。

吃饭中间，倪凤鹏把吸收赵家声和赵富贵父子为红军战士的想法告诉了赵老九，赵老九沉吟片刻表示赞同。倪凤鹏说："他父子两个当前的主要任务就是照顾好我们的两个重伤员，中间还得您赵老爷子多多费心！"赵老九说："村上就有好郎中，县城里也有些西医铺子，只要不是特别要紧的伤，老朽自会在心，一定尽全力治疗！"吃完饭，倪凤鹏就安排担架队把两名伤员抬到了赵家声家安顿好。

午后时分，宣传队和征兵队在打麦场上扯起了扩红大旗，村里的青壮年围了一大圈，好奇地问这问那，有几个当场就报名参加了红军。倪凤鹏领着赵老九过来看了看，又一起来到了赵家声家。

炕上的两名伤员听到响动，都努力挣扎着想起身给倪凤鹏敬礼，倪凤鹏紧走两步，把他俩轻轻地按着躺好，又给他俩盖好了被子。赵老九问倪凤鹏："伤着哪了？"倪凤鹏指着炕上的伤员说："一班长王红祥，肋部一处步枪弹贯穿伤，大腿叫炮弹皮咬了块肉！"又转头看着另一个说："连部文书旬震国，左脚踩土雷上了，肚皮划了个口子，半拉脚丫子没了！"赵老九连连叹气，表情十分难过。王红祥说："排长，这点伤不算啥，等伤一好，俺俩立马归队！"旬震国说："倪排长，你回去告诉咱连长和指导员，三两月头上，记得想办法告诉我俩连队驻地，或者及时派人来接！"倪凤鹏面色凝重地望着窗外，思索半天才说："有固定驻地当然再好不过了！从眼前形势分析看，日军离发动全面侵华战争的日子不会太远。到时候，哪里有日军，部队就一定会打到哪里，关山重重，谁也保不准下一个战场会在哪里！"回头看着王红祥和旬震国说："你俩记好了，你们是红军战士，不管在哪都永远是党的种子！将来能继续一起战斗当然求之不得，但是有一点必须明确，你俩伤愈后要不等不靠，立即想办法找寻大部队！实在不行，要依靠当地党组织，就地发展党的武装，坚决打击一切反动势力，坚决抗击日本军国主义的侵略！"王红祥和旬震国边认真地听，边不住地频频点头。

倪凤鹏把赵家声和赵富贵叫到跟前，对他俩说："你们父子，加上王红祥和旬震国，从今天起正式组建战斗小队，暂时就叫红军队，由王红祥担任队长，你们要一切行动听指挥！明白吗？"几个人同时说："明白了！"

赵富贵手里有了钱粮，但还是恶习难改，总喜欢隔三差五去别人家里吃霸王饭，赵喜旺家更是隔三差五有事没事就去转转。加上头上戴的红军帽，手里提的汉阳造，连唬带吓的，和以前比起来，有过之而无不及。性格泼辣的吕春桃不堪其扰，每每找上门来，大吵大闹，指责红军队纵容地痞流氓欺压老百姓。赵家声实在看不下去了，对儿子说："都当上红军了，算是队伍上的人了，你咋还是这副样子呢？难道就不怕被执行纪律吃了枪子？"赵富贵眼一瞪，枪栓咔嚓一拉说："以前你好歹算是我爹，我是你儿子，我总觉得低你一头，现在咱俩都是红军战士了，算是战友，你再咋咋呼呼地训我，爷还认你这个老子，枪子可不尿你这个破爹！"赵家声说："反了你个王八犊子了，你有枪不假，难道老子手里拿的是烧火棍？信不信老子现在就崩了你这个逆子！"父子俩眼瞪眼就干上了。

　　躺在前炕的王红祥急忙劝架说："你俩这是要干什么？有这样拿枪口对住自己战友的红军战士吗？将来还指望你们上阵杀鬼子呢，万一走了火，都牺牲了，还杀个屁？排长临走时可是交代了，我是这里的负责人，你们就得听我的！"然后提高嗓门大喊："赵富贵！"赵富贵一愣，随即一个立正大声说："到！"王红祥说："我命令你放下枪！"赵富贵答："是！"王红祥说："奶奶的，这不结了？你个狗日的！今后再敢欺负群众，可别怪军法无情！"赵富贵说："爹，听见没？他骂你是狗！"把枪挂好又说："爹，我是你生的，王红祥骂我是狗日的，你不是狗是啥？"躺在炕尾的旬震国扑哧笑出声来。赵家声扑过来照儿子脸上就是一巴掌："妈了个巴子的，老子今天就是被开除出红军队伍，也要教训教训你这个狗娘养的王八蛋！"赵富贵挨了一掌，刚想还手，突然想到对打起来，自己一样可能被执行纪律，再说那毕竟是自己的亲爹，因此不敢还手，只好跑到院里。赵家声说："王队长，我犯了纪律，打了自己的战友，任凭你发落！"王红祥说："打已经打了，以后注意就行了！不过，等一会他回来，你最好还是能跟他道个歉。"赵家声"啪"一个立正,冲王红祥敬了个礼,大声说:"是,坚决服从命令!"

杨树叶子长起来时,得益于赵老九花大价钱从县城请来的西医治疗,再加上赵家声和赵富贵的精心照料,王红祥和旬震国已经可以坐起来了。两人得空就教授赵家声父子一些基本的战术技能和理念,父子俩倒是学得十分认真。

赵老九也没闲着。他受王红祥和旬震国的委托,又想到倪凤鹏走之前的安排,早早就派管家带个伙计前去联络倪凤鹏和红军。管家和伙计起早贪黑走了好几天才到黄河边,接连找了好几个渡口,都被把守渡口的晋绥军给堵了回来,不得已只好回来复命。见到赵老九,管家眼泪汪汪地说:"老爷!自打红军走后,晋绥军就加强了对黄河渡口的封锁,我们几次想办法偷渡都没成功,还差点让那些当兵的当作共产党的探子给抓起来,身上带的盘缠也都让造光了,我俩一路讨吃要饭,九死一生才活着回来!"赵老九安顿好他俩后,来到赵家声家见到王红祥和旬震国后说:"王队长,不是我赵老九不尽力,实在是过不了河哪!我那管家和伙计为了过河,来来回回找了所有的渡口都没能过去,可怜的,连饿带吓,都快耗成猴子啦!"王红祥说:"叫九爷您费心了,也实在是辛苦您那管家和伙计了!我相信倪排长他们一定也会遇上同样的困难,再加上俺俩这南方口音,看来一时半会是回不去了!"赵老九说:"当下也只能是再等待时机了,你俩伤好之后,不如就先安心在村里待着,生活上的事有我呢,咱走一步说一步!"

伤好之后,渡口封锁力度有增无减,河对岸更加音信全无。王红祥他们无可奈何,唯有声声叹息。好在有赵老九的全力支持,几个人日日苦练,不但练兵搞得红红火火,还以扩红名义吸收村里几个青壮年加入队伍。赵老九看在眼里,每每把自己的护院家丁带来一起训练。王红祥把红军编为一班,把家丁编为二班。管家对赵老九说："老爷,您这蹭练的功夫不会是和赵富贵那货学的吧？"赵老九说："放你娘的屁！他那是蹭吃蹭喝,无赖不要脸,咋就能和我一样?再说了,这就好比老母鸡抱窝,一个鸡娃子是带,一群鸡娃子不也是个带？"

第二章　东条子阻击战

春去冬来，花开花谢，转眼过去一年多了，红军已经改编成八路军，一队接一队地开出了陕北，奔赴抗日前线。王红祥和旬震国日日眼巴巴盼望着八路军能派人来接自己归队，哪怕就是来封信告知他们的驻地也好。可等来的却是日军自大同、忻州、太原、晋中一路南下，势不可当。心说八路军呢，不是说早就兵出陕北来山西前线了么，咋就没音了呢？不会是都牺牲在抗日前线了吧，抑或是以为俺俩伤重，不治而亡了吧？终日胡思乱想，坐卧不安，直到赵老九派驻县城商号的掌柜张长元带回来消息。

张长元说："中国军队根本挡不住日本人，小鬼子厉害得很！大同以南一路全是中国人的尸体，有军人，也有老百姓。现在日本人已经占领了县城，见人就杀，见东西就抢，见房子就烧。赵家的几个商号被炸的炸，烧的烧，掌柜的和伙计们死的死，跑的跑，我好不容易才捡了条老命回来见赵老爷！"王红祥问："八路呢，八路哪去了？难道说都牺牲了？"张长元说："听说八路倒没多大的损失，只因为老蒋派了魏子时带领中央军来山西指挥打仗，姓魏的在路上被日军包了饺子，被八路给舍命救了出来。姓魏的知道八路军人少兵器差，就只让八路军从侧翼和后方捅日本人的肋巴骨和腚眼子，因此不但没啥大的伤亡，还打了好几个胜仗！听说这几天魏将军带国军在东条子一带堵截鬼子，也跟来了一些八路！"王红祥把帽子往桌子上狠狠一摔说:"他奶奶的,终于有了老部队的消息了!"冲赵富贵喊道:"命令队伍紧急集合,抄家伙跟老子上东条子!"赵富贵立正说:"是,坚决完成任务!"说完一溜烟跑了出去。

赵老九搓着手,不停地转来转去,猛地停住说:"小日本,我日你八辈祖宗,老子豁出去了,这辈子跟你干到底!"回头命令管家:"你立刻集合人马,把能带的武器都带上,跟王队长一起给老子打狗日的去!王队长他们战死了,你们上,你们他妈也战死了,我赵老九亲自去收尸!"

东条子战场。横七竖八的战壕如同一张巨大的蜘蛛网铺满山坡,到处都是炸坏的大炮、遗弃的枪支、燃烧的树干、堆叠的尸体,火药味、烧糊味夹杂着阵阵尸臭味弥漫在整个战场,熏得人眼睛都睁不开。新的战斗在一处狭窄的公路边打响,成堆的日军端着上了刺刀的步枪,哇哇怪叫着不顾一切地冲上来,雪亮的刀刃在阳光的照射下闪着白光。几十个国军火力全开,轻重机枪嘎嘎叫着喷出一条条愤怒的火舌。他们高喊着口号,一遍遍地把敌人成片成片打死在阵地前。

黄昏时分,战场终于渐渐沉寂下来。幸存下来的十几个国军战士个个累得有气无力,几个重伤员中偶尔会传出低低的呻吟声。一个军官模样的人弯腰走到伤员跟前,低声说:"兄弟,疼得厉害吗?"伤员中有人冲他点了点头。军官说:"弟兄们能忍尽量忍忍,小日本精得很,万一让他们听到,炮弹可就招呼过来了!实在疼得忍不住,就把毛巾塞嘴里堵上,总之不能出声!"伤员点了点头。这时,传令兵跑了过来,小声说:"排长,发现敌人向侧翼运动,我估摸着,这是小鬼子想包围咱!"排长说:"给老子盯紧了,有情况随时报告,去吧。"掏出怀表看了看时间,小声说:"弟兄们,再坚持个把小时我们就完成任务了!一会鬼子上来了,要多注意阵地侧翼,就是拼光了也不能让鬼子过去!"这时传令兵又回来了,排长说:"妈的,叫你盯鬼子,你又跑回来干嘛?敢让鬼子摸上来,老子毙了你!"传令兵说:"排长你过去看吧,日怪了,咋看也不像是鬼子!"排长说:"你敢谎报军情,老子照样毙你!"说完跟着传令兵轻手轻脚地摸过去。举着望远镜细看,果然不像日本兵。再近了,看清了其中几个人头上的红五星帽。细看手里的武器,除了几挺轻机枪外,其余的都是汉阳造,没一支是日军的三八大盖。返回来对班长说:"你去前面截住他们,问清楚情况再带过来。"又说:"全体注意,准备战斗!"

不几分钟,王红祥他们就被带到了排长跟前。排长问:"啥情况?"班长说:"报告排长,他们是八路!"排长:"扯淡,八路哪还有戴五星帽的?"又看着王红祥说:"你们到底是啥武装?"王洪祥拣重点说了,又疑惑地问:"这老大的阵地,咋就剩你们几个了?"排长坐下来检查着弹夹,斜了王红祥一眼说:"大部队撤了,我们留下来打阻击,到现在还能有这么多人,已经是托阎王老子的福了!"王红祥说:"多亏老子行动快,要不别说八路,连你们也见不上了!"排长说:"你们带的子弹多不,能不能给匀点?"王红祥说:"带的还真不少,所有家当都在这了!"排长高兴地说:"老子还担心没几颗子弹了,怕完不成任务呢,你们来得实在是太及时了。小鬼子做梦都想着追上咱大部队一口吃掉,看来,他还没这牙口!"停了停又说:"大家抓紧吃点,准备开干!"王红祥说:"全体人员进入战位,准备战斗!"

日军说来就来。几分钟急促的火力准备,炮弹像冰雹般砸向山头。好在国军的阵地大,并没有带来太大的伤亡。炮火刚停,步兵就哇哇叫着开始了冲锋,子弹像蝗虫般飞过阵地。

王红祥说:"同志们,这可是咱们打的第一仗,大家不要害怕,注意节约子弹,把鬼子放进30米以里,瞄准了再打,20米头上,拿手榴弹招呼!"旬震国说:"没有命令谁敢怕死乱跑就是临阵脱逃,一律就地枪毙！"排长往这边看了一眼，露出满意的笑容。

战斗异常激烈。日军倒下一片，又上来一批，阵地上不时有人中枪倒下。排长不停地看着表，焦躁不安。王红祥过来问："你老看表干嘛，着急撤退？"排长说："总指挥亲自给下的命令，我的任务就是在规定的时间内钉在此地，决不能放一个小鬼子过去，时间一到，老子一分钟也不多待！"王红祥说："你计划往哪撤？"排长说："你这话问的，往后方撤呗，还能往哪撤？"王红祥说："你说得倒是轻巧，那么多伤员咋办？都抬上，你觉得能撤得掉吗？"排长说："呃，你倒是把老子给问住了！"说完拿枪顶了顶帽檐，一副若有所思的样子，然后说："你有何高见？"王红祥说："往后方撤肯定是死路一条，不如先带弟兄们走小路跟我们回去休整治伤，完了再想办法找大部队，你看咋样？"排长略略想了想说："眼下也只能这样了，就按你说的办！"然后握了握王红祥的手说："自我介绍下，鄙人陈剑萧，国民革命军第43军少尉排长。"王红祥敬礼说："陈排长，幸会幸会！本人王红祥，红一军团班长，董家岭红军队队长。"陈剑萧低头看了看表："净顾和你扯闲话，时限过了！所有弟兄听着，抬好伤员跟老子撤！"王红祥说："赵富贵，你负责带领陈排长他们原路撤回，二班带本队阵亡弟兄的尸体和伤员同时撤退，一班随我断后，完成任务后交替掩护撤出阵地！"

队伍进村时已经是第二天——先前早派人去村里报了信。赵老九亲自带人在堡门外迎接，堡门到泊池边站满了村里的男女老少。

正午时分，队伍终于回来了。"跪"——赵老九长音未落，黑压压的人群便跪满了街道两旁。王红祥和陈剑萧在前，身后是一溜担架，疲惫不堪的队伍鱼贯进了村。王红祥走到赵老九面前说："九爷，队伍我全都带回来了，牺牲了三个，都是好样的，打得不孬，死在我们手里的小鬼子怕不下几十个！"又把陈剑萧介绍给赵老九。

陈剑萧敬礼后,王红祥说:"他们几十个人掩护大部队撤退,没有一个认怂,就剩这么点人了,还嗷嗷叫着把鬼子往死里揍,有血性,没给中国军人脸上抹黑!"赵老九走到担架跟前,拿起脸上盖的帽子挨个看,挨个摸,还掏出手巾抹去他们脸上的血迹,完了悲情万分地说:"多好的小伙子啊——二子!有全!三蛋!你们死在抗日的战场上,无限光荣!你们没有给董家岭村丢脸,好小伙子们,你们有种!"人群里有人抽泣起来,几个家属扑到担架上号啕大哭。赵老九大声说:"从今天起,点七十二小时长明灯,全村举丧,三天后举行村葬!"

埋人时,陈剑萧坚持把重伤员也抬去坟地。他在坟前说:"要不是红军及时增援,恐怕我们都得撂倒在东条子上,死倒不怕,完不成任务老子到了那边都合不上眼!你们三个是替我们死的,我陈剑萧和所有弟兄会永远记住你们!现在,我命令,向红军队牺牲的弟兄们,敬礼!"

东条子战斗后,王红祥把红军队改名为八路队。南河游击队和枣岭民兵队分别由王虎安和吴来泉带领,集体加入了八路队。此外,远近陆续有青壮年前来入伍,王红祥以八路军的名义尽量予以吸收。赵老九不但把护院家丁连人带武器都送来参加了八路队,还千方百计利用自己在各地的商号、店铺筹集钱款,帮助八路队购买枪弹、药品。春夏之交,赵老九亲自推荐泼辣能干的吕春桃担任妇救会长,发动村里的年轻女人根据陈剑萧的描述制作了百十来套八路军的灰布军装,所有战士从里到外换了新行头。军帽、衣服、绑腿、布鞋、皮带一应俱全,甚至连子弹袋、手榴弹包都是同一颜色,同样制式,整个队伍精神振奋、士气高昂。

陈剑萧排那十几个士兵被身上的棉衣热得受不了,纷纷来找他们的排长。陈剑萧经不住大家软磨硬缠,勉强同意换上了"八路服"。两支队伍同场操练,相互切磋,提高很大,村头的打麦场上整日杀声震天,尘土飞扬,转眼进入了盛夏。

赵老九那是啥样的家底?别说就那么点人马的吃穿用度,换句话说,你就是再加个三五百张嘴,吃的用的再好些,对于赵老九来说,那都是小菜一碟。他每天除了搬把椅子坐在打麦场边的大槐树下津津有味地品着茶抽着烟,饶有兴致地看着战士们操练外,就是频频嘱咐管家把上好的猪肉和白面源源不断地采购回来送进伙房。

他对管家说:"半大小子,吃死老子。这些孩子都处在长骨头长肉的年纪,训练又这么辛苦,不吃上咋行?"

每到饭时,管家都要陪着赵老九围着饭桌转几遭。赵老九边转边说:"孩子们,你们千万不用客气,饭菜有的是,都可劲地造,等养得壮壮实实了,见了鬼子才有劲往死了整!"

陈剑萧哪是能闲得住的主?私底下对手下弟兄们说:"得空偷偷去把南关日军的情况给老子好好摸摸,咱总不能就这么一天天吃白食不是?"弟兄们都说:"确实是不好意思得厉害!"陈剑萧说:"那就尽快行动,顺便也给死在东条子的八路队战士和咱的弟兄们报仇!"

盛夏的北方,虽说是后半夜了,但是仍旧热得难受。王红祥热得翻来覆去睡不着,又被蚊子叮得心烦,干脆起来披了件单衣,小心翼翼地往门外走。旬震国爬起来说:"半夜三更不睡觉要干嘛去?"王红祥说:"本不想吵醒你的,我热得难受想去看看战士们睡得稳不稳。"旬震国说:"我也没睡着,干脆和你一起去吧,顺便查查哨!"

两个人转着转着来到了陈剑萧他们住的院子。王红祥说:"咋不见他们的哨兵?"旬震国说:"我也正奇怪了,老陈不是那大意的人啊,咋会不布哨呢?"两个人边说边推开大门进了院子。几个窑洞找遍,只有三个重伤员在。

王红祥说:"陈排长他们咋都不在?"伤员说:"头前陈排长派人来把几个轻伤员都叫走了,说是今晚打南关,没喊你们一起去?"王红祥对旬震国说:"坏了,你赶紧通知同志们紧急集合,我回屋拿枪去!"

尖利的哨声打破了夜晚的宁静。除一个班留村警戒外,王红祥和旬震国带领其余战士撒腿便向南关跑去。

陈剑萧他们半夜突袭南关,准备工作不可谓做得不充分。相反,他们为这次行动做了大量周密细致的侦察、行动方案制定以及武器配备等准备工作。为了行动的成功,他们甚至把轻伤员都统统编入了战斗小组。

所谓谋事在人,成事在天。陈剑萧做梦都没有想到的是,就在他们抵达南关的前一个时辰,两个长途行军刚刚翻越东条子山脉前往晋南的日军小队路经南关时,选择了在镇子里就地宿营。

陈剑萧打仗可以说有把刷子。解决掉哨兵后,他们没有丝毫的拖泥带水,队伍按照预定计划,在夜色的掩护下,迅速分头直扑各个目标。偏偏没有人去"照顾"那两个日军小队。

就在陈剑萧他们逮了便宜合兵一处准备冲出镇子时,两个小队的日军呐喊声四起,一下子把他们围了起来。枪弹横飞,陈剑萧他们被打得头也抬不起来。

陈剑萧问侦察员:"你们他妈是咋侦察的,这伙鬼子是从哪冒出来的?"

侦察员说:"排长,天地良心,我们仔仔细细侦察了好几天,哪见过这么一大伙鬼子,八成他妈是临时路过,正好撞在咱们怀里的吧?"

陈剑萧摸摸脑袋,懊恼地说:"这他妈咋整,这下让人家给包饺子了!"

侦察员说:"要不我们先顶着,您回村搬救兵去?"陈剑萧说:

"远水不解近渴,鬼子又不傻,等不到我回去,你们就让人家给活撕了!"

王红祥带人赶到时,正听见陈剑萧在包围圈里大骂呢。王红祥大声说:"老陈,有我老王和老旬在,老子看哪个王八蛋敢活撕你!"

陈剑萧听得真切,不由得哈哈大笑。王红祥高喊:"别净顾着高兴了,快往外冲吧!"陈剑萧答应道:"好!"两下里集中火力,猛打一阵。日军腹背受敌,搞不清楚王红祥他们到底来了多少兵力,队伍顿时大乱,被撕开了一道口子。陈剑萧他们趁机闯出包围圈。

冲出镇外细看,陈剑萧好好的,王红祥举枪的右手腕处却添了一处子弹贯穿伤。由于没有来得及包扎,鲜血涌出来顺胳膊流到了脚面上,王红祥疼得龇牙咧嘴。他边走边喊:"陈剑萧,你背着老子打南关,你个王八蛋,你赔老子的胳膊!"

陈剑萧紧走几步赶上来,把自己的衬衫撕成两半,迅速给王红祥包扎好伤口。

王红祥瞪着陈剑萧说:"就带这么几个人来打南关,你咋屁也不放一声?"陈剑萧说:"啥也不说了,我自认倒霉!"王红祥说:"我他妈这条胳膊将来能不能用还是两说,到底是我倒霉还是你倒霉?"

陈剑萧长叹一声说:"这仗打的,真窝囊!今天算我欠你一条胳膊,我现在就还你!"说着从绑腿里抽出把匕首,手臂伸开就要剁。王红祥赶紧拦住说:"开句玩笑你当屁的真?"

回到村里,陈剑萧每天都要过来看看王红祥的伤,生怕那条胳膊真的废了。王红祥撩起衬衫露出肋部的伤口说:"这样的伤都没废了,一个手腕伤能有屁的事?"每每拉住陈剑萧的手,好说歹说都要留他喝顿酒。

晚上,王红祥和陈剑萧查完哨,不约而同地回到了王红祥的指挥部。伙房端来一碟花生米,院墙外摘了两条黄瓜,两个人开了坛

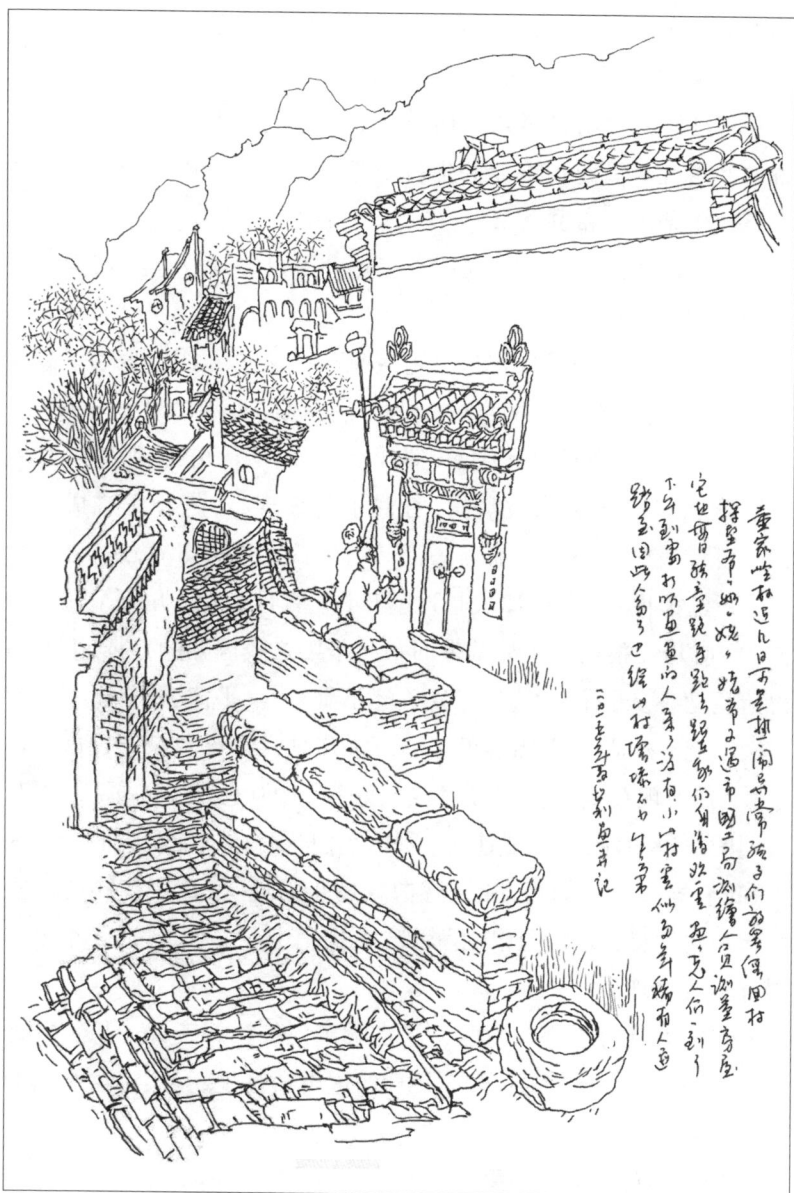

董家岭村近几年可是热闹异常。孩子们放假后回村探望爷爷奶奶、姥姥姥爷，又遇市国土局测绘人员测量房屋宅地，每日孩童跑来跑去，跟在人家身后玩耍。老人们一到下午就到处打听画画的人来了没有，人多了，给山村增添了不少生气。

高粱酒就喝上了。王红祥说："老弟，你看咱两家的弟兄们多黏糊。"陈剑萧说："可不是咋的，能尿到一把壶里！"

王红祥说："听说过几天伤号能走了你计划找部队去？"陈剑萧说："我这几天就踅摸着要和你打招呼呢，基本可以确定魏长官他们就在中条山一带驻防。"

王红祥猛喝了一大口说："真有点舍不得你，就不能不走吗？要不咱再商量商量？"

陈剑萧说："按说现在这里也算是敌占区了，往后少不了有仗可打，弟兄们也有留下的意思。我总觉得你们八路军跟小鬼子干仗有点不大上心，老是躲在后面，搞什么偷袭呀，伏击呀，眼睛就盯着点粮啊，弹啊，服装棉被啥的，穷疯了的表现，小打小闹难成大气候！哪像我们，那气派，那阵势，千军万马，大兵团作战，过瘾！"

王红祥说："你说得对，是过瘾，可哪仗下来不是几万十几万的伤亡？前几天张长元从县城带回来几张第二战区办的报纸，上面写得清清楚楚。再看效果，日军入关还不到一年，平津丢了吧，上海南京丢了吧，山西更不用多说了，下一步估计武汉也快……这么说吧，小日本现在实力确实强过我们好多倍，但它是小岛国，经不起长期的战争消耗，想速战速决。所以我们暂时还不能跟它面对面硬干，我们要靠灵活的运动战、游击战逐步消耗它，运用广阔的国土面积和它周旋，发动全国人民都起来干它，拖它。日子久了，小鬼子焉有不败之理？"

陈剑萧听得一愣一愣的，起身敬了王红祥一碗说："想不到你不过八路军的一个普通士兵，又身处这山窝窝里，竟然有这么高的见地，不由陈某不佩服啊。"

王红祥说："老弟，我是一万分的诚意想要你留下来呢……眼下这兵员日日猛增，都是放下锄头就扛枪，也就不怕死这点算是个优点，别的都得从头教，扎实练。我和旬震国纵有三头六臂，累死累活也忙不过来,现在连赵家声赵富贵都算带兵的骨干了!那小鬼子说来就来,万一哪天突然上门咋整?干不过鬼子,队伍抬腿好走,可全村的老百姓咋办?老百姓对咱咋样你也都看到了,他们还不是看咱有种敢打小鬼子,才把身家性命都放心托付到咱身上的吗……直说了吧,我就是看上你这一身本事了!还有你那些弟兄,个个都是刀尖上舔血、枪林弹雨中闯出来的老兵,战术好,枪法准,编到八路队里个顶个都是带兵的好手。"

陈剑萧猛地站起身来说:"王队长,难得你这么高看老子!我也看出来了,你这人敢担当,重情义,有远见。我陈剑萧不走了,就跟着你一起打鬼子,保护乡亲们……他奶奶的,在哪里也是一样的揍鬼子!"

队伍整合后,八路队气势更盛。王红祥听从陈剑萧的建议,又和句震国几个商量后,派人联络了共产党领导的县游击公安大队,征得同意后正式成立了董家岭抗日游击支队,人称董支队,王红祥任支队长,陈剑萧任副支队长,句震国任政治委员。

在赵老九的帮助下,董支队在董家岭山下开办了煤矿,利用赵家商号的名头,把煤炭生意做到了周边各县。

秋冬两季,董支队利用县城赵家商号提供的情报频频出击,他们炸军列,摸炮楼,打伏击,把日伪军打得风声鹤唳,人心惶惶。董支队一时间名声大噪,队伍发展到 200 余人,下辖四个分队,分别由王虎安、吴来泉和陈剑萧排原来的一班长秦贵保、二班长任保和担任分队长。

年底时,以妇救会为班底组建起了妇女队,妇救会长吕春桃担任队长,人手一支枪,平时宣传发动群众,站岗放哨,收集情报,打仗时协助救护伤员,偶尔也跟在主力后面参加小规模战斗,锻炼提高。

年三十早上,句震国带着战士们贴完春联后,组织召开了党小组会议,把陈剑萧发展为中国共产党党员,举行了庄严的入党宣誓仪式。又把平时表现好、打仗勇敢、积极要求进步的王虎安、吴来泉、秦贵保、任保和、赵家声、吕春桃和其他几名战士都吸收为入党积极分子,号召大家在今后的对敌斗争中取得更好的战绩,为其他同志做好榜样。

春节过后,晋绥军孙天楚部派一个骑兵连以游击作战为名,突然进驻董家岭,连长闫清涛。王红祥、旬震国、陈剑萧他们自然前去拜访。闫清涛客气几句便开始高谈阔论,大讲特讲当前抗战形势和游击作战的"精髓",全然不顾陈剑萧那不屑的表情。实在听不下去时,陈剑萧起身便走,边走边骂:"老子们打鬼子时,你还不知道在哪个老娘怀里吃奶了!"王红祥和旬震国连忙告辞,紧走几步才追上余怒未消的陈剑萧。

既然是友军,大家面子上还算过得去,各自相安无事。闫清涛隔三差五总要派人过来索要些钱粮,陈剑萧说:"你们咋这么不要脸呢?没有吃的花的,日本人手里多的去了,你们倒是自己抢去啊!"闫清涛捎话说:"我们骑兵不比你们步兵,我们目标太大,打伏击的事做不来!"陈剑萧说:"那你还大讲毛的游击战法了,只说不练,装啥呢?"说归说,每次总不能让空着手回去。王红祥说:"就当先在那里存着,早晚要他连本带利还回来!"陈剑萧苦笑一声,不置可否。

第三章　兵出三清寨

让赵老九想不到的是,县城商号刚刚恢复,开张时门前挂的红绸布还没褪色呢,东阳山上的土匪就进城绑走了张长元。

"哪的土匪绑的?"王红祥问。"东阳山三清寨的!"赵老九擦着额头上的虚汗说。"要多少赎金?""5000大洋。""限时几天?""五天。"王红祥说:"好了,你先回去吧,安心地吃饭睡觉,五天头上,保证把人给你带回来,少根毫毛,都不算成功!"赵老九唉声叹气地走了。这边王红祥派人连夜出发,前去打探。

三清寨在董家岭以东百余里的东阳山纵深处,山脚到山寨又有四十余里。清初东阳山三清庙和尚扯起反清复明大旗,聚众造反,啸聚数千人,威震一方。清兵五次进山强攻,伤亡近万人,最后依靠买通内部人员才完全剿灭叛军,焚毁山寨。民国初年,河南人郭图生逃难到此,聚合周围山贼,专干打家劫舍的营生。经营二十余年后,郭图生病死,土匪起了内讧,山寨分崩离析,次子郭云经过苦斗坐了第一把交椅,其时手下喽啰仅剩三十余人,且多为周边村落赤贫之人。

三清寨方圆数十里之内地广人稀,土地贫薄。土匪经历内斗后实力大打折扣,仅能勉强度日,艰难生存。好在借了地势之利,其哨院、兵院、插旗石三处环卫全寨,易守难攻,大有一夫当关万夫莫开之势。日军占领县城后,四处把守要地,修建据点和碉堡,路上行人商户大为减少，山寨难以为继，郭云不得已，派土匪扮作路人，远赴县城，专挑门面大的家户下手。他们白天四处踩点，夜晚入户绑票，勒索赎金，偶尔也打打日军的运输小队，倒也活得滋润。日军察觉后，也曾派兵进山搜剿，几十个人转了好多天，莫说山寨土匪，就连个窝棚也找不到，只得作罢。每每路过山下，总要特别加强护卫才敢通过，后来干脆远离山寨，绕道而行。

"这个三清寨怕是真不好打！"陈剑萧说，"日本人都放弃了的地方，就咱这装备，又没有重武器，那种地形，人再多怕也施展不开！"王红祥盯着他说："老陈，我问你，剑阁关好打不？娄山关好打不？不都被我们打下来了？"陈剑萧说："那是你们遇上了孬怂，要是我守，你们未必打得下来！"王红祥说："那咱再试试？""试试就试试，还怕你不成！"陈剑萧嘴不倒软。句震国说："你俩就别抬杠了，现在说这个有屁用，还是好好商量商量咋样打三清寨救人吧。"王红祥看着陈剑萧说："老陈，日本人打不下来有他的原因，你想想，那里穷山恶水的，本来就没几户人家，那日本人枪啊炮啊的进山，老百姓还不得跑光吗，他连个带路的都抓不到。没人带路，那方圆好几百里的山，他就好比瞎猫跳进鼠洞里，照样当个饿死鬼。但是咱们就不同了，咱是啥？人民的队伍！进山剿匪是为民除害，老百姓见了咱们不会跑，这就好办了，对不？"陈剑萧想了想说："这的吧，你给我老陈三天时间，我带 30 个战士，打不下山寨，不用你吭气，我自己滚蛋，还当我的中央军去！"王红祥哈哈大笑说："美得你！想走啊？门都没有！想当初我老王好不容易舍了一坛高粱酒才把你留住……"话已出口，又觉欠妥当，怔了怔说："传老子的命令，第一、二分队紧急集合，随我和陈副队长出发，目标三清寨！"

队伍赶到山底李家洼村外时，天刚蒙蒙亮，村子里静悄悄的。王红祥观察再三，把王虎安和吴来泉叫到跟前，低声说："一分队随陈副队长留守警戒，二分队随我进村，尽量不要惊扰群众，专挑兽皮猎叉多的院子给我挨个找，找到了即刻向我报告！"陈剑萧说："找猎户当向导，保准差不了。"王红祥笑笑，随即手一挥说："进村！"

没多久，吴来泉跑来报告说："队长，找到一家，窑脸上贴着好几张狍子皮，墙上挂着猎叉叉！"王红祥说："好，干得不错，哪个发现的，回去奖励半斤高粱酒！"又命令："一班跟我进院子，其余战士原地警戒！"

来到院外，轻轻一推，大门关着。王红祥指着院墙说："上！"赵富贵踩着人墙，扑通一声跳了进去。众人正涌到大门前准备进院呢，里面突然有人扯着嗓门喊道："都他妈老实在外面待着别动，你们的人在老子手里！"众人大惊，就听见赵富贵说："队长，他说的是真的！这狗日的动作太快了，我刚落地，他他妈不知从哪就死出来了！"猎户说："你他妈不想要命了，敢骂老子，信不信爷现在就干死你？"手上加了劲道，赵富贵疼得直叫。王红祥说："老乡别激动，千万别伤害我们的同志！你也别害怕，我们是河西董支队的，专打日本人，今天冒昧进村，只因情况紧急，想找个带路的！"猎户说："妈的，别说是董支队，你就是董大队的，也不能翻墙进院吧，老子还以为是土匪呢！"赵富贵被他压得疼痛难忍，说："我们确实是董支队的，你看这身衣服，像他妈土匪吗？"猎户提着赵富贵，拖到门洞，顺门缝看了半天，这才开了门。

一进门，王红祥就说："实在对不住，给你添麻烦了！我就是董支队队长王红祥，迫不得已才出此下策，我代表董支队向你道歉！"猎户说："你真是王红祥？就是那个和小鬼子死干的王红祥？"吴来泉说："千真万确，他就是我们的支队长王红祥！"猎户说："那你们也不早说，这事叫我给整的！"然后转向赵富贵说："兄弟，我刚才下手重了些，没事吧你？"赵富贵咧着嘴说："队长，这货狠着呢，我的胳膊差点让他给废了！"

王红祥说:"还是怪我们鲁莽了,你咋样称呼?"猎户说:"都说开了,就算过去了,我叫李蛮牛,王队长有啥吩咐尽管说。"赵富贵说:"还真他妈像头蛮牛!"

王红祥说:"直说吧,我们想打三清寨,除掉郭云这个祸害!"蛮牛说:"能打掉这伙害人的土匪,当然再好不过了,问题是,就你们这点人,怕不好打吧?"王红祥说:"正面打肯定不行,你是猎户,能想办法帮我们绕到后山吗?咱正面堵着,再从后面突袭,不怕他能跑到天上去!"赵富贵看着李蛮牛说:"放心吧,不会让你白干!"李蛮牛想了想说:"去倒是也能去了,只是绕得远,而且山高坡陡,一般人爬不上去。"蛮牛指了指赵富贵说:"就这货,去了也是白去!"赵富贵不服气地说:"要不是躲那搞偷袭,你能弄住我?"

接下来的事情就简单多了。王红祥带领队伍前后夹攻,三清寨顷刻间土崩瓦解。战至最后,郭云被活捉,顽抗的土匪当场被打死好几个,其余的经过劝说放下了武器。陈剑萧走到郭云跟前问:"你就是郭云?"郭云说:"是又咋的?都知道你们八路优待俘虏,你想咋样?"陈剑萧拿枪顶着郭云的脑袋说:"老子是八路不假,可八路那些规矩老子还没学到,指望老子优待你?做梦去吧!"说完"啪"的一枪,正中面门,郭云哼都没哼一声便一头栽倒在地上。其余土匪吓得面如死灰,纷纷磕头求饶。王红祥领着张长元走过来,惊得目瞪口呆,说:"好我的陈副队长了,你咋随便枪杀俘虏呢?"陈剑萧说:"我听晋绥军的人说过,这小子为争山寨头把交椅,亲手劈了他哥郭雨,霸占了亲嫂嫂,还把他爹的小老婆强纳做了压寨夫人,你说他挨我一枪冤不冤?"王红祥无奈地说:"既然已经杀了,这事到此为止,谁也不能传到县大队去,敢说出去半个字,一律枪毙!"

队伍撤回时,李蛮牛坚持要跟着走。王红祥说:"好!我正缺个警卫员呢。"

回来后,王红祥考虑到董家岭村已经挤不下这么多人,而且陈剑萧和闫清涛也相互看不顺眼,经常剑拔弩张的,再说也确实觉得三清寨白白浪费掉实在太可惜,于是成立了董支队三清寨第二支队,人称二支队,陈剑萧任支队长,赵富贵任副支队长,分出一半战士进驻三清寨,算是在河东也占住了块地盘。至于赵富贵,王红祥自有诸多考虑,能力大小不说,最主要的还是他那屡教不改的臭毛病。他要在,董家岭全村都鸡犬不宁,搅扰得吕春桃也不能安心开展工作,把他调到山寨,是保护他,免得错误犯大了被执行纪律。王红祥对旬震国说:"赵富贵,除了一身的烂毛病,这小子打仗还算把好手!"

第四章　再战东条子

突破东条子后，日军在这个南北通衢之地迅速建立了据点，先后修建炮楼四座，驻军近百人（其中伪军 60 余人），以确保运输线安全。为拔掉东条子据点，切断日军运输线，县游击公安大队调集人马，先后四次围攻均未奏效。

眼见日军物资源源不断地翻越东条子运往中条山前线，陈剑萧坐不住了，他嘱咐赵富贵带部队守好山寨，自己只身回到董家岭。

王红祥问："才走没几天你倒又回来干嘛？丢了山寨，只怕军法无情！"陈剑萧说："鬼子的军车日夜不停地往中条山拉炮弹，老子受不了！"

王红祥说："日本人拉炮弹关你屁事，难不成你又想抢几车回来？"陈剑萧说："老子倒是想抢来着，那不是鬼子的据点在那戳着吗，咋抢？"

王红祥说："难道说老子就是聋子瞎子？那据点县大队打了好几次，伤亡上百人都没打下来，现在都快缩编成区小队了，难不成咱就能打得下来？"

陈剑萧说："打不下来也得打！魏长官的部队可全在中条山了，都让小鬼子给干死，老子岂不是连个娘家人也没有了？"

"哦，怪不得你他娘的急眼呢，原来是惦记老上司了！"王红祥哈哈大笑说，"老陈，你这是典型的人在曹营心在汉！"

陈剑萧说："啥曹啊汉啊的，老子既然跟了你，就不会三心二意。可老子好比是一个美女，被你救了，后来以身相许了，你不让老子回家看看，可总不能不让老子偶尔想想亲娘老子吧？现在老爹老娘都快被鬼子给干死了，老子半夜三更跑回来，找你这个破女婿想办法救救我爹我娘，难道错了？"喝了口水又说："你还好意思说我，上次是谁一听说八路在东条子上，就立马撵过去的？只怕他妈比兔子也跑得快吧，你敢说自己不是奔八路才去的？"

王红祥被他问住了，闭了嘴不再说话，回头把茶缸添满水递了过去。陈剑萧咕咚咕咚喝完，说："咋样，拔了狗日的？"王红祥眉头紧锁，说："让我想想，你让我好好想想，那可是鬼子据点，又不是棵树苗苗，说拔就能拔了！"

吃过早饭，王红祥去赵老九家借了匹马，陈剑萧翻身上马，转眼便消失在王红祥视野里。

王红祥回到支队，叫了李蛮牛，两人扮作老百姓，肩上各挎个褡裢就进了城，直奔张长元商号。王红祥说："老张，我要见见县大队的人！"张长元出去只半个时辰，便和县大队队长胡玉宝一前一后进了院。

胡玉宝一坐下就说："红祥，快说说你的想法，计划咋样打？"

王红祥说："董支队和二支队东西对进打主攻，我们考虑较有把握，唯一担心的是南北两个方向日军的增援，南面鬼子兵力少，可以请驻扎在董家岭的晋绥军骑兵连帮忙，行动前还可以先剪断日军的电话线，所以这一路日军及时增援的可能性不大，即使来了，也不足为虑。东北方向闫家岭据点驻扎的都是伪军，早就被我们策反过来了，只是觉得时机尚不成熟，有意叫他们继续混在鬼子队伍里，以便将来发挥更大的作用。我担心的主要是北面来自县城的鬼子，怕少不了，所以想请县大队打这一路援军！"

胡玉宝说:"打援就打援呗,怕他个鸟?"王红祥说:"此次作战的关键是阻援时间,战斗打响后,日军最快也得一个小时后才能到达阻援阵地,我们准备得充分些,在三小时内拿下据点问题不大,因此,县大队阻援时间在两小时左右。"胡玉宝说:"县大队百十号人,再调两支区小队来,沿路多埋些地雷,别说两个小时,就是四个小时也不在话下!不过还要提醒你注意,对于闫家岭的伪军还是多留个心眼为好,至少派几个人监视。"

王红祥说:"好,就这么定了,回去准备好后,我会及时通知你,东条子这颗毒瘤早该彻底拔了!"胡玉宝说:"前几次要这么打,哪能让它嚣张到现在!"

晚上,王红祥派蛮牛把闫清涛请到了队部。闫清涛听完王红祥的计划后说:"没问题,你把陈剑萧那挨刀货从我眼前弄走,我还没感谢你呢。啥破人么,对待友军一点都不友好,大家成天挤在个屁股大的地方,谁还能保证用不着谁了?远亲还不如近邻呢!今天你王队长开口了,我没二话,打就是了。这阻击战,带马没用,我就把骑兵当步兵使——你放宽心,那下了马的骑兵,他毕竟还是骑兵,这点小仗和我以前打过的硬仗比起来,简直就不能叫打仗!"

王红祥说:"你们装备硬,兵员素质也好,我相信你!"闫清涛说:"打归打,不过,有句话得提前说清楚,我这可是偷偷摸摸帮你们八路打仗的。平时莫说是帮你们打仗,就是孙长官打鬼子要动部队,那都得战区长官亲自批准才行,何况我个小小的连长!搞不好,我这次就得掉脑袋!等打完仗,你看是不是多少再给点钱,我好拿来堵弟兄们的嘴!"

王红祥说:"老闫,我就喜欢你这性格,说话从不藏着掖着!没问题,等打完这仗,你派人过来拿钱就行了。这就好比赵老九雇短工帮忙种地,地种完了,必须给人家结了账,人家才会走不是?"当夜派人去赵老九家借了两坛汾酒,你来我往喝了个痛快。

王红祥不敢大意,他和陈剑萧扮作送菜的老百姓,前前后后进入据点好几次,总算把情况摸了个底儿亮。中间各自带领战士们开展针对性的练兵,晚上召集大家围在沙盘前熟悉地形,研究战法。战士们兴奋得摩拳擦掌,上蹿下跳,只盼早日开打。

胡玉宝更没闲着。为拔据点这事,他没少挨上级的骂,骂几句狗日的算是轻的,有时连祖宗先人都跟着倒霉。除了陈剑萧,全县恐怕就数他最渴望早一天打下据点了。他相信王红祥这次一定能帮他摘下指挥无能这顶臭帽子,替他一雪前耻。

自打和王红祥分手以来,他日夜守在现场督造地雷。石雷、陶雷、瓷雷、铁雷,有啥造啥,周边各村老百姓家里的腌菜罐子几乎被他借光了。他甚至亲自跑到百里之外的长沁县大队和更远的洪柳支队去借炸药,借工匠,厚着脸皮一次次地在军分区司令员张健那里软磨硬泡,居然借回来一门产自晋绥军太原兵工厂、被八路军从战场上捡回来修理好的步兵炮!

王红祥看着炮问胡玉宝:"这货真能打得响?"胡玉宝说:"司令员说能,应该问题不大。"王红祥说:"那先拉到村外试试?"胡玉宝说:"试啥试,没炮弹!"

王红祥惊讶地说:"没炮弹你拉回来显摆屁?"胡玉宝说:"司令员发脾气了,说他就有个炮架子,捡回来的两颗炮子,一颗试了炮,一颗是哑弹,你们爱借不借!我拉上就跑,司令员在身后追着喊'给你五天时间,五天头上送不回来,老子毙了你!'"

王红祥说:"有总比没有强,我再思谋思谋,既然司令员借给咱了,就说明有想法!"

王红祥午饭后去找闫清涛。闫清涛说:"办法倒也不是一点都没有,我亲自去试试,看能不能找炮兵连偷偷倒腾几颗出来,只是,连长那货有些个爱财,平日里我们都叫他财神爷!"

王红祥说:"能倒腾多少是多少,越多越好。钱的事好说,多给你带点就成,万一人家死活不卖,你就是偷也得给我偷两颗回来!"

闫清涛说:"我尽量办,做买卖嘛,只要头回做顺溜了,以后就不愁没有机会!"闫清涛往马背上绑了半袋银元,立刻就飞马走了。副官跟在后面,马都快跑死了才追上他。

直到后半夜,王红祥终于眼巴巴盼回了闫清涛。闫清涛不但带回来两箱金灿灿胖乎乎的炮弹,还带回来个炮兵!王红祥和句震国高兴得差点死过去。

炮兵说:"打小鬼子炮楼,光炮弹不过瘾,你们多准备点辣椒面,越辣越好,捣得越细越好,到时候,我给鬼子好好开开荤!"

战斗在黎明时分打响。日军苦心经营的东条子据点只一个时辰就灰飞烟灭了。

外围打前阵的伪军还好点,起码死得舒服点,躲在炮楼里的日军可就大不同了。他们眼睛里鼻孔里嘴巴里全是辣椒面,被熏出来后就像一群无头苍蝇到处乱窜,他们鬼哭狼嚎般漫无目标地胡乱放着枪,摔到壕里的、撞到墙上的,甚至掉进茅坑的不在少数。

战士们旋风一般卷进据点,喊杀声震耳欲聋。陈剑萧杀红了眼,索性把枪扔了,挥舞着刀见人就砍,连放下武器跪地求饶的日伪军都没放过一个,王红祥拉都拉不住,据点里躺满了各种姿势的尸体。

相对于据点里的战斗,打援的县大队承受的压力要大得多。他们在胡玉宝的指挥下,用简陋的武器顽强地阻击着来自县城的大股日军,不折不扣地完成着阻援的任务。战斗最激烈时,双方甚至展开了惨烈的白刃战。

论拼刺刀,游击队哪里是日军的对手?三八式步枪本身比汉阳造枪身长,刺刀钢性也要强出很多。两个日军背靠背站成防守队形,十来个游击队员都攻不进去,眨眼间被挑倒好几个。好在依靠人数优势,损失还不算太大。

据点战斗一结束，王红祥留下一个班带着赶来的群众打扫战场，命令陈剑萧带一分队去增援闫清涛，自己亲率大队人马飞跑过来加入北路战斗。战至午间，日军力疲不支，又得知据点已经丢掉，遂狼狈逃回县城。

闫清涛这边压力小得多，增援的部队仅仅来了十几个伪军。刚刚开打，陈剑萧就带人赶过来了，伪军见状，扛起武器掉头就跑，紧追慢追，早跑得无影无踪。

闫清涛冷冷地看着陈剑萧说："想不到你能来增援老子！"陈剑萧说："你先别自作多情，要不是队长再三命令，你爹我还真不来呢。不过，你敢和伪军对打，也还算不孬！"

闫清涛说："没老子的炮弹，你也许早被日本人给干死了！"陈剑萧说："这话倒也不假！说说，你这次黑了我们多少银元？"闫清涛扭过脸去不说话。

陈剑萧说："这么较真，逗你狗日的玩呢！"又把闫清涛拉到路边说："和你商量件正事咋样？"闫清涛说："你能有啥正事？有屁就放！"

陈剑萧说："和你说正经的，多给你些钱，能不能把那炮兵给我们留下？"闫清涛说："有啥不能？你给老子50万大洋，不出三天，老子保准把日本天皇的小老婆绑了送去三清寨，给你做压寨夫人！"

前方打了大胜仗，赵老九带人敲锣打鼓把队伍接回了村，又让人杀猪宰羊，搬出来十几坛陈年汾酒犒劳全军。

喝酒当中，闫清涛对王红祥说："老王，你多出点钱，我去财神爷那里通融一下，只说借的兵不小心叫鬼子给干死了，把那炮兵给你留下咋样？"

王红祥说："我也正思谋这事呢，你能想办法弄成，那自然好得没法说了。我跟你说，那哪里是兵？简直就是个宝！"

闫清涛第二天派人给财神爷送去50块大洋，还带去些日军旗帜和服装、刺刀啥的,让他把炮兵按照阵亡人员上报。

连报告都替他拟好了:倭日猖獗,屡屡进犯,烧杀淫掠,其骄狂凶残至极……职侦获战机,日间伏击日寇巡逻队,激战十数分钟,费弹两箱。计炸死炸伤日伪军十余人,缴获甚多,兹附日军旗帜等战利品若干……此战,我方仅阵亡主炮手一名,尤大彪者,英年21岁,其作战之猛,殊堪勇悍,诚请照规拨付阵亡抚恤金。

财神爷看完报告哈哈大笑,提笔填上部队番号,又签上自己的大名,欣然笑纳了50块大洋。

胡玉宝每日派人催要大炮,王红祥找了种种借口,就是拖着不给,胡玉宝不得已亲自找上门来。王红祥好烟好茶款待着,只字不提还大炮的事。

胡玉宝憋了半天,终于铁青着脸对王红祥说:"仗打完都这么久了,你扣下我的大炮算咋回事?难道你不知道大炮是我胡玉宝借给你临时使的?"

王红祥说:"你不是说从司令员那里借来的吗,咋倒成你的大炮了?"胡玉宝说:"司令员的脾气你是知道的,再不送回去,他非枪毙了我不可!"王红祥说:"我明天和你一起去找司令员,他要实在不行,我连炮带弹全给他送回去,他要答应不追炮,还不杀你,回来我再送你一挺歪把子,大炮就算我的了,你看咋样?"

胡玉宝想了想说:"一挺歪把子,你王红祥就想换一门大炮?美死你算了!太少,太少,起码得两挺!"王红祥说:"一挺歪把子,外加两杆中正式步枪,爱要不要,就这么说定了,谁反悔谁是孙子!"胡玉宝说:"我一天挨骂,还在乎当个孙子?"

第二天一早,王红祥让蛮牛赶了辆马车,装了满满一车东洋面粉、日军罐头和军毯、被服、布匹,三个赶到军分区。

张健看到王红祥和胡玉宝一下子拉来这么多东西,高兴得眼睛都眯成一条缝了,摸摸这个,翻翻那个。王红祥说:"司令员,我们董支队虽然名气不如县大队厉害,但是在县大队配合下,这次打下了县大队好几次都打不下来的东条子据点,战士们都高兴得不得了,所以我专门赶来给军分区报喜,连车带马带东西,都送司令员了!"

张健说:"我不会是听错了吧,太阳打西边出来了?"王红祥说:"司令员日理万机,又过得比我们苦,我们孝敬您点东西也是应该的,您千万别客气!"

张健突然转头说:"胡玉宝,老子借给你那炮呢?"胡玉宝假装没听见,低头整理起绑腿。王红祥说:"司令员是说那炮啊!那炮,那炮它不是没炮弹嘛,那天打起来以后,我们刚推到据点外面,想吓唬吓唬鬼子,没想到让鬼子用掷弹筒给炸烂了!你说这偷鸡不成倒蚀了把米,晦气得厉害!我说句不该说的话,这事也怪司令您,一发炮弹都没有,您给我们个空炮架子干嘛,还连累我们白白牺牲了好几名推炮的战士!"

张健一把拔出手枪说:"王红祥,你竟然把老子的炮给弄没了,老子现在就枪毙了你个狗日的!"

胡玉宝急忙扑过去抱住张健说:"司令员,这事主要责任在我,是我没把您的大炮看好,您要毙就毙了我吧!"张健说:"老子先毙了他,再毙你!"王红祥过来捏住张健的枪,小心翼翼地插回枪套,说:"您老是司令,别跟我们一般见识!真毙了我们,往后谁来孝敬您呢?这不,包里我还给您带来条日本烟呢。"说完使了个眼色,蛮牛赶紧把烟递过来。

张健说:"早毙早省心,你们今天弄烂老子的炮,明天难保不把老子这条老命也给贴进去!"王红祥一个立正,敬礼说:"我们董支队和县大队誓死保卫司令,保卫军分区!"

张健说:"你们两个狗日的,一唱一和的,不是心里有啥鬼,串通好了来哄老子吧?"王红祥说:"这您可就真的要冤死我们了,我们两个比窦娥都冤哪！您就是借我们一万个狗胆，我们也不敢哄大司令啊！"顿了顿又说："这的吧，为了表达我的歉意，同时弥补军分区的损失，我再给您添两个掷弹筒如何？"

张健哈哈大笑说："算你狗日的聪明，这还差不多！"接着在大车上扒拉了两个罐头说："走，你们两个狗日的陪本司令整两口去，给老子压压惊！"

喝酒中间，王红祥说："司令员，刚才我看您老掏出枪来，却没打开保险，八成是吓唬我呢吧？其实您老并不想真的把我给毙了，对不？"

张健眼一瞪说："那是老子一时着急给忘了，要不现在试试，你看老子敢不敢毙了你个狗日的？"说着就要掏枪。王红祥赶紧抱住张健："别，别，您老可不敢再掏枪了，您那枪一亮出来，我要想保住这颗脑袋，那还得再加个掷弹筒不是？"张健说："加一个就能省你条狗命？美死你吧！"

胡玉宝醉态十足地说："你王大支队长现在是财大气粗，一个掷弹筒算啥？你可给老子记住，一挺歪把子，两杆中正式，回去后立马兑现，谁反悔谁是孙子！"王红祥瞪了胡玉宝一眼，狠狠踩了他一脚，胡玉宝疼得龇牙咧嘴。

张健看着胡玉宝说："啥他妈歪把子？啥他妈中正式？"胡玉宝自知酒喝多说漏了嘴，吓得一声不吭。王红祥说："没啥，没啥，老胡不是替我打阻击了吗，事先答应打完仗送他的，一挺歪把子，两杆中正式！"张健看看王红祥，又看看胡玉宝，一脸的疑问。

过后说起这事，张健说："你以为我就那么好糊弄啊？要真把炮给弄丢了，那他王红祥和胡玉宝一个都跑不了，都得枪毙！那炮落在王红祥手里，老子放心，换了别人，莫说一车吃的喝的，他就算拉来一车掷弹筒，看老子跟他换不？"

第五章　董家岭保卫战

　　驻守本县的日军共两个中队，隶属于秦真次联队，全部参加过太原战役，总兵力360余人。一中队驻县城，中队长河内礼藏，二中队分驻各处据点，中队长中岛正武，另有一个伪军大队，兵力约1300人。县城还有伪警察大队和武装侦缉队、夜袭队、便衣队200余人。和周边几个县比起来，可谓是兵强马壮，战力超群，平时目空一切，骄横得很，哪里把几支小小的游击队、区小队放在眼里？及至丢了东条子据点，日军南北公路运输线基本瘫痪长达两个月之久，铁路线上的军列也是屡受八路军、游击队和晋绥军的袭扰，无法保持畅通。日军进攻中条山的十几万军队缺粮少弹，疲累不堪，先后对中条山国军阵地发动13次进攻，死伤无数，却始终难越雷池一步，日军短期内拿下晋南战略要地进而觊觎豫陕、侧击第五战区的阴谋被粉碎。战区司令大发雷霆，严令打通南北通道，沿线日军不敢怠慢，纷纷倾巢而出，发誓要荡平游击区，打通交通线，河内礼藏自然扮演起了排头兵的角色。连日来，县城日伪军磨刀霍霍，频频调动，人喊马嘶，杀气冲天，又如何能瞒得过张长元的眼睛？他不敢有丝毫怠慢，火急火燎地把所见所闻详细写好，派人飞速送回董家岭。

　　日军即将"扫荡"董家岭的情报自然引起了王红祥的高度重视，他和陈剑萧紧急探讨村落防御作战的打法，决定把前沿阵地放在山口一带。部队日夜抢修工事，加紧训练。赵老九平时当作玩物养着的数十只鸽子也变成了优秀的传令兵。董家岭村所有的地道全部进行了加固，通往枣岭村的地道也终于贯通。为应急而赶做的干馍和火烧装满了大小粮袋，所有能盛水的器皿都备足了烧开的水。紧张备战的气氛如同一团黑云罩在董家岭上空。

都说新兵怕炮，老兵怕哨，这话一点都不假。炮声音大，吓人。新兵没经验，听着哐哐哐的一炸一大片，当然害怕，其实原地趴着屁事没有，可惜新兵不懂。可吹哨子的时候，老兵都害怕，因为吹哨子就意味着有紧急任务或者敌军已经摸到阵地附近了，枪弹横飞，刺刀见红，碰着了非死即伤，小命说丢就丢，哪个不怕？

当日军的迫击炮弹呼啸着落到阵地上，震耳欲聋的爆炸声接二连三响起时，趴在战壕里的新兵"妈呀"一声，如同羊群里掉进了狼，瞬间便炸了锅。他们一跃而起，四处乱蹦，老兵们摁都摁不住。好多人连日军长啥样都没看到就木桩子般倒下一大片，阵地上胳膊腿乱飞，凄厉的哭叫声听得人揪心。吕春桃急了，手一挥，带领妇女队就要冲上去救人。王红祥一把拽住了吕春桃，示意大家都别动。也是，得亏都没动。这时候上去，非但人救不回来，还会再多搭几条命进去。

日军轰完炮，紧接着轻重机枪就嘎嘎嘎叫开了。伪军在前，日军在后，左右跳跃着扑上来。王红祥看着日伪军手里崭新的三八式步枪，恨不能现在就都夺过来。他一边命令妇女队抢救伤员，一边示意枪法好的蛮牛和王虎安、吴来泉开枪，专挑举洋刀的下手。闫清涛说："打机枪手，打机枪手！"王红祥说："机枪那么远，哪能够得着？"闫清涛说："命令开炮打呀。"王红祥说："过早暴露了炮的位置，万一鬼子炸了炮，再把炮兵干死了，老子拿什么去向大司令交代？"闫清涛说："那就让大炮在那干杵着？"王红祥说："咋样也得等鬼子的炮弹打光了，万不得已时再用！"

尽管新兵多,一开始就伤亡了不少,可这场阻击战打得还算有板有眼。日军兵力不足,舍不得全线压上,无意中打成了"添油战术",效果并不理想。王红祥沉着指挥,以老带新,又赖护院队当初带过来的几挺轻机枪,火力还真不弱。胆大点的村民三五成群,把吃的喝的及时抬到了阵地上,战士们深受鼓舞。仗虽打得艰苦,但是不管新兵老兵,死伤不论,却没一个人退缩。入夜,日军疲惫,主动停止了攻击。

后半夜,日军阵地上突然响起了密集的枪声和手榴弹爆炸声。原来是陈剑萧收到飞鸽传递的消息,带领二支队从三清寨出发,狂奔百余里及时赶到。暗夜里,他们突然发动攻击,以手榴弹和机枪开路,一举冲过日军营地,直奔山口而来。日军从睡梦中惊醒,哪里挡得住他们?白白伤亡了十几个人,眼睁睁地看着队伍跑进了山。

第二天,日军等来援军,继续发动猛攻。王红祥带领董支队居中死守,二支队和骑兵连分别在左右山腰建立阵地,相互呼应,死战不退。激战至天黑,日军始终无法攻下山口阵地,不得已改变策略,连夜分兵一部,取道禹王岭,企图抄王红祥的后路。胡玉宝的县大队倒是在那一带活动,可打东条子时早用光了全部家当。长沁县大队和洪柳支队好几次派人催讨火药,哪里还得了人家?后来两家都告到了军分区。张健说:"你们当初那么大方,又是借人,又是借火药,谁请示过我这个司令?如今被人赖了账,倒想起我来了!现在连董支队都不尿我,他胡玉宝好歹也是个县大队大队长,能听我的?要怪也只能怪你们自己没本事做了赔本买卖,难道你把火药借给小鬼子,也来找我要?"两家派去的人急了,气鼓鼓地说:"当了司令也不能这么说吧,你这不是把自己同志打比方当成鬼子了?有你这样的司令员吗?"张健没词了,把手枪一亮说:"你们两个狗日的再不滚,信不信老子现在就敲烂你们这两颗狗头?"话虽这么说,完了还是派人给两家分别送去几支打扫战场时捡回来的坏枪。县大队手里没了地雷,枪里又没几颗子弹,根本挡不住日军,还得硬着头皮往上顶,白白牺牲了十几个战士。眼看拦不住日军,只好边死命拖着,边派人翻山去通知王红祥。

"他奶奶的,鬼子要捅咱屁眼子了,咋办?"王红祥瞪着血红的眼珠子,盯着陈剑萧和闫清涛问。陈剑萧说:"看这阵势,鬼子这回是玩真的了,有他无我,就这么死守肯定是不行!打太原时,鬼子正面打不过我们魏长官,后来就是从娘子关掏的我们的大肠,结果差点把阎老西也给活捉了,鬼子这次是故技重演!依我看,实在不行就把董家岭先让给小鬼子,董支队去三清寨窝几个月,骑兵连撤往晋西,还投晋绥军去。"王红祥说:"咱都走了,董家岭还不让鬼子给祸害死?"闫清涛说:"关键时刻撺老子?偌大个三清寨,难道说就差老子这百十来人?"陈剑萧瞪着闫清涛说:"那地方可是穷山恶水,你不怕吃苦只管跟着!"王红祥说:"咱还是先和乡亲们商量商量再说吧。"当夜把赵老九叫到了阵地上。

赵老九说:"你们只管先躲出去,总不能让小鬼子包了饺子不是?村里的事情咱好好合计合计,苦几天倒不怕,大不了再过段我祖爷爷过的苦日子,关键是咋样能不让鬼子屠了村,把人留下就是上策!"几个人挖空心思想了好久,终于定下了办法。

天色微明时,赵老九带了几个人,打着白旗向日军阵地跑过去。王红祥下令胡乱放枪,子弹追着人身后打,噼噼啪啪打了好几十枪。赵老九一行连滚带爬,摔得鼻青脸肿才跑到日军阵地。日军中队长河内礼藏命令伪军出去,连拖带拽把赵老九几个带了过来。

河内礼藏通过翻译说:"你们是些什么人,跑来这里做什么?难道就不怕被游击队打死?"赵老九脱下圆帽放至胸前,躬了躬腰身说:"我们几个都是董家岭的村民,平时饱受游击队的敲诈勒索,他们打着抗击皇军、保护百姓的旗号,向我们要粮要款,稍有不从,就强行闯进各家各户抢夺,村里老百姓敢怒不敢言,早就盼望着他们走了。这不，看见皇军打得非常辛苦，村民们暗地里推选出我们几个代表，想趁夜偷跑过来，给皇军出点主意，不想还是被他们给发现了！"河内礼藏问翻译："他说的是真的？"翻译说："游击队自己不干活，吃的用的就靠从老百姓牙缝里往外挤，各区差不多都是这个情况！"河内礼藏看着赵老九说："你倒是有啥主意要报告？"赵老九说："太君面前我们可不敢说谎。这董家岭地势险要，村子里堡墙坚固，堡门牢靠，暗门地道颇多，各家各户不出院子就能相互走动，很不好打！退一万步说，即便是打下来了，皇军难免还要折损人马，我们建议皇军分出人马走禹王岭，那里有条小路能绕到后山，通过地道可以直接摸进村，无非就是多走点路的问题！现在游击队被皇军死死地拖在这里，村子里已经没几个人守着了，一旦皇军抄后路夺了村子，立马前后夹攻，不怕游击队不完蛋！我们几个纵然有生命危险，但是为了数百口族人能够逃离游击队的魔掌，免遭生灵涂炭，情愿给皇军带路，帮助皇军打败游击队！"翻译靠近河内礼藏，在桌子后面竖了个大拇指。河内礼藏起身说："吆西吆西，看来你们果然是非常痛恨游击队，同情大日本皇军，你们都是大大的良民！我已派人连夜出发，去抄游击队的后路了，只要再过几个时辰就可以到达那里，把土八路统统消灭！你们几个既然已经暴露，就安心待在这里，今晚我们在村里好好地亲善，大东亚共荣大大的！"赵老九故作惊讶地说："皇军大大的厉害，可惜我们还是来迟了！"河内礼藏说："不迟，不迟。"

王红祥安排蛮牛带几个精干队员分别守住村子和山口阵地，又叫人把大炮拆卸开，十几个战士连抬带扛，大队人马悄悄撤出阵地。出北坡后，他们翻山越岭，走小路渡河南进，拐上灵沁古道，直奔三清寨。走前，王红祥对蛮牛说："小鬼子可不是那么好糊弄的，你们要尽量把戏份做足了！完成任务后不得恋战，这几个战士可都是咱董支队的宝贝疙瘩，你要保证一个不剩地都给我带回来，少根毫毛,你李蛮牛都不算完成任务!"蛮牛说:"支队长你就等着瞧好吧,我在东阳山上打猎时,那兔子够快吧,还不是照样被我撵得满山跑?"

日军占领董家岭后,在村里成立了维持会,指定赵老九担任会长。又在附近建了个碉堡,派十几个伪军驻守,以保护南线运输,驻军给养全由董家岭村负责提供。

第六章　永远的蛮牛

　　部队转入东阳山后,王红祥征得闫清涛同意,把骑兵连安排在了李家洼。董支队派赵富贵和秦贵保带领三分队同时驻进村里,一来协助闫清涛做好防务,确保骑兵连安全;二来请闫清涛出人出马,帮助三分队训练骑兵。闫清涛指派一排长靳富贵带领本排人马和三分队吃住在一起,整日在村外野地里刻苦训练。

　　大炮运进山寨后,受地势所限,无法进行操练。炮兵班闲得难受,尤大彪直接来找王红祥。尤大彪说:"你把炮兵藏在这山洞洞里,让我咋样训练?"王红祥说:"就这一门炮,放别的地方我能放心吗?"尤大彪说:"炮兵属于技术兵种,不让训练就这样整天猫着,打起仗来,瞄不准咋办?"王红祥说:"就先猫着养膘,等人都长壮实了再说!"尤大彪说:"早知道这样,我还不如回我们炮连去!"王红祥说:"你狗日的敢!你可是老子当初花50块大洋买回来的,想走?门都没有!"说完喊来蛮牛说:"这小子是个花花肠子,想当逃兵,你把他给老子看好了!"蛮牛说:"简单!前几年我从山上逮了只豹子,那畜生比他厉害吧,成天就思谋着跑了,你现在去我家看看,不还在院里老实待着吗,就那还是我媳妇看着!"接着走过来拍了拍尤大彪的肩膀说:"兄弟,老实在这待着,哪都甭想去!不信你跑跑试试。"尤大彪看着王红祥说:"你放屁,哪个想当逃兵了?"又看着蛮牛说:"你骂我是畜生,我看你才像个畜生了!"旬震国听见吵闹声走进来。尤大彪喊道："旬政委,他俩说我想当逃兵,纯粹放屁呢!你给评评理,我尤大彪是那怂货吗?"旬震国说："老王,你咋能平白无故就冤枉战士呢?"蛮牛说："政委你看他那长相,一看就不是啥好鸟!"旬震国说："你就别在这添乱了,我命令你出去!"蛮牛骂骂咧咧地走了。王红祥说："我这不是开玩笑呢吗,谁晓得这小子倒当真了!"旬震国拉尤大彪坐下,对王红祥说："我思谋好几天了,炮兵可不能就这样老让闲着,得想办法拉出去比划!尤大彪说得对,这炮兵不比步兵,子弹几十发上百发打出去,能打着打不着鬼子还是两码事,那炮弹有多金贵?关键时候一炮一个碉堡,还不是全凭炮兵吗?这训练上不去,关键时刻掉链子浪费炮弹咋整?"王红祥说："这道理我能不明白吗?我能不急吗?我不是担心拉到山下不安全吗?"尤大彪腾地站起来说："支队长,你给我多派两个班,我尤大彪拿人头担保不会有事,今天我把话撂在这里,我在炮在,我死了,炮还在!"

第二天,王红祥还是放心不下,亲自带了尤大彪下山考察,最后在李家洼和山寨中间选定了一片树林。既远离村子,便于封锁消息,一旦情况紧急,还能迅速撤进山里,算是为炮兵班临时安了个家。当天下午,尤大彪就急不可耐地带领炮兵班搬到了山下。

炮兵班走后,王红祥几天都心神不宁,始终放心不下。晚上,王红祥想起大炮来,心里还是不踏实,一个人喝起了酒。陈剑萧推门进来说："你又一个人偷着喝酒,也不喊我一声!"王红祥说："这段时间鬼子不消停,我还是有点担心炮兵!"陈剑萧说："有啥好担心的,鬼子就是来了,他也得先通过李家洼吧,那里的一百来人又不是吃干饭的。"王红祥说："不行,明天得派人下去看看!"陈剑萧说："我让二分队派几个人去看看。"蛮牛进来说："又不是撵狼,去那么多人干嘛?我替你俩去看看,就当走回亲戚!"王红祥说："就这么定了,你替我俩去跑一趟!"

王红祥的担心真不是多余的。几场仗打下来，游击队和八路军都哑火了，现在轮到日军耍威风了。短时间内，日军出动所有兵力，几乎把全县"扫荡"了一遍。平时不堪一击的伪军大队和侦缉队、夜袭队、便衣队，甚至警察大队，一时都像打了鸡血一般兴奋起来。他们狐假虎威，四处出击，到处搜捕可疑人员，借机大肆搜刮民财。河东河西，山沟平原，到处鸡飞狗跳，人心惶惶。很多游击队驻扎过的村子更是遭了大殃，几乎村村添新坟，无户不挂白。

本来汉奸队伍的活动范围一直在河西一带。那里大村大户多，相对富裕。董支队撤走后，县大队和各区小队化整为零，分散藏匿在矿洞沟隙里，甚至有时为躲避搜查还得猫在野地墓穴里，反正哪里敌人想不到就躲哪里。吃饭全靠周围的堡垒户分头送来。赶上查得紧，几天见不到一粒粮食，只能靠树皮草根、山雀野鼠充饥，逮着什么吃什么，还不敢生火，过着野人一般的日子，基本散失了战斗力。没有了对手，又能捞足油水，三天两头还能抓几个村民回去邀功，伪军当然愿意蹲在那里，有点乐不思蜀的意思。后来军分区从外围逐步打过来，零零星星总能闻到些火药味，冷不丁地还打几次伏击。伪军们害怕吃大亏，慢慢地转移到河东来。

伪军三连似乎交了狗屎运。他们一早就从驻地出来，走了好几十里也见不到个村子，趄摸趄摸突然一头就撞进了董支队的地盘。连长金三儿骑在马上，正哼着小曲在队伍前面走着呢，派出去瞭哨的突然上气不接下气地跑回来说："报，报告队长，有，有情况！"金三儿勾着手指头示意他靠近些，突然弯下腰来一个耳刮子打过去："妈的，你个孬怂货，有情况说情况，你结巴个啥？吓老子一跳！"来人被打得眼冒金星，捂着腮帮子说："报告队长，前，前面发现八，八路炮兵！"金三儿说："有多少人？"来人说："人倒是不多，二，二三十吧！"金三儿抽出枪说："你带路，其他人跟老子隐蔽前进！"

蛮牛天刚亮就出发了。他撩开长腿，在弯弯曲曲的山路上疾步如飞,这几十里路对他来说根本不在话下。日上三竿,蛮牛已经走进了炮兵营地。

尤大彪假装没看见蛮牛,他专心致志地给挤在大炮跟前的战士们讲解着。蛮牛走到跟前说:"嘿,我的大宝贝,队长派我来看看你!"战士们都笑了起来。尤大彪说:"你他妈嚷啥?"蛮牛说:"队长在我们面前一天就说你是董支队的大宝贝,心疼得不得了。哪像我们,好像都是后娘养的,爹不疼娘不爱,大伙说是不是?"有人说:"好像是这样!"尤大彪说:"你少寡蛋吧,队长心疼我?扯淡!那天在他那里,是谁说我想当逃兵来着?还命令你像犯人一样看着我,想起来就他娘的窝火!"蛮牛说:"原以为你打炮打得好,人也差不到哪里去呢,没想到你心眼这么小!"尤大彪说:"你回去告诉队长,老子老实在这待着呢,没当逃兵!"蛮牛说:"队长让看好你是心疼你,怕你一不小心跑回炮兵连,让人家给枪毙了呢!你真不知道你们连长已经把你列为阵亡人员给上报了吗?估计你的阵亡抚慰金也该到家了呢!"尤大彪说:"到屁的家,老子没家!反正爱咋就咋吧。想回晋绥军,老子也不会等到现在!在哪不是个打鬼子了?"

蛮牛从包里拿出两个罐头,放到炮架子上说:"上次打据点时缴获的,队长给咱俩一人一个,我吃不惯这个,有股日本娘们的尿骚味,就都给你了!"尤大彪拿起罐头看了看说:"这还差不多,晚上老子请你喝酒!"蛮牛说:"我倒是想喝,可队长让我天黑前必须赶回去,我还想顺便回家看看娃他娘。酒是喝不成了,留着下次喝吧!"突然拍拍脑袋说:"妈的,差点忘了正事!队长让我查你的哨位布置,特意嘱咐一定要多布几个暗哨,咱俩看看去?"尤大彪说:"行!"

快走出树林了,蛮牛突然说:"有情况!"两人一左一右闪在树后。蛮牛细听了会说:"人还不少,是大头鞋的声音,不是咱的人!暗哨呢?"尤大彪双手卷到嘴边,学了两声鸟叫,两个暗哨提着枪从树

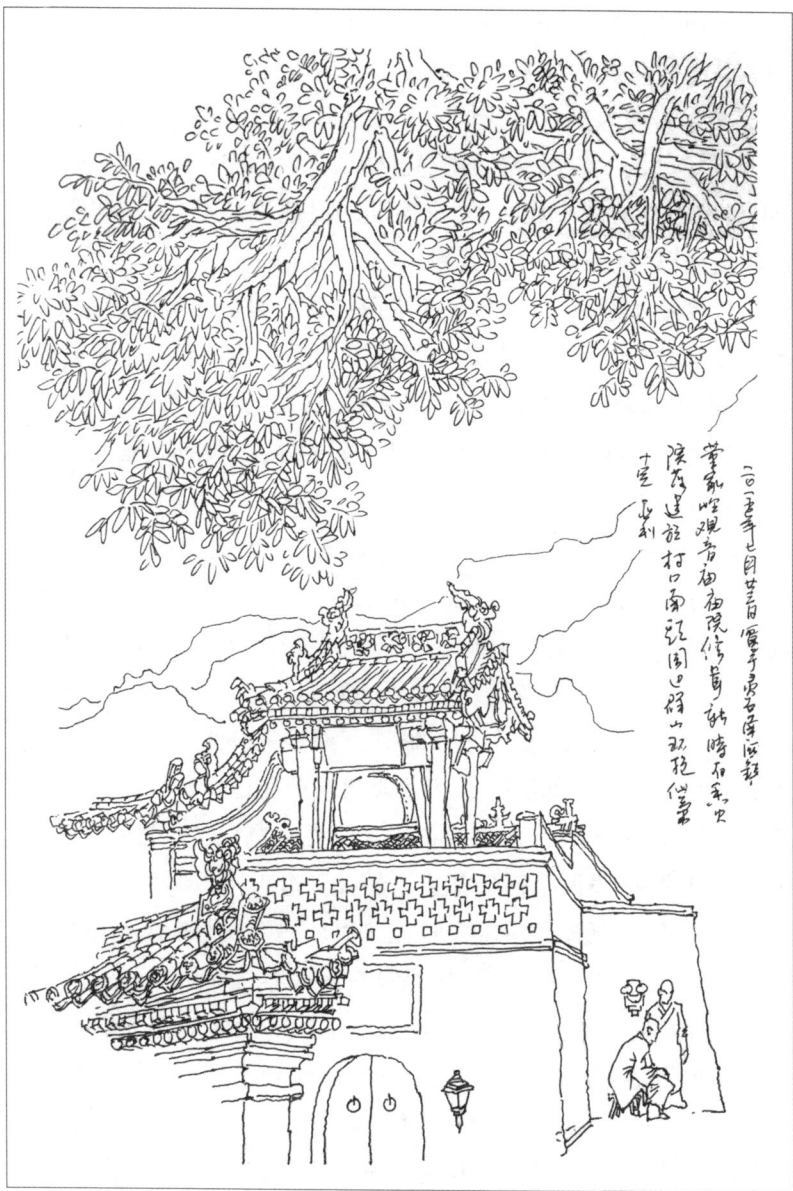

董家岭村观音庙坐南朝北，因此也称"倒坐观音"，庙院已经修葺一新，时有香火，四周群山环抱，仙气十足。

叶下钻出来。尤大彪说:"咋回事,我们两个走过来,也不问口令?"两人揉着眼睛说:"太阳晒得睡着了。"尤大彪说:"回头老子毙了你们!"蛮牛对尤大彪说:"我们三个在这盯着,你赶快回去把炮埋好,就地死守。丢了炮,司令员得枪毙队长!"尤大彪转身就跑。蛮牛说:"记得把山寨的鸽子放回去,李家洼还没建立鸽站,速派腿脚好的去报信,骑兵跑得快,说话就到!"

看着尤大彪跑进营地了,蛮牛说:"敌人是轻手轻脚走来的,说明已经来过林子了,你俩这次可闯下大祸了!一会一定要往死里打,争取将功补过,保住了尤大彪和炮,队长就不会杀你们了。"两个暗哨都说:"我们一定往死了打!"蛮牛说:"现在你俩退后十米,分别守住左右,防止敌人从侧翼进攻,我居中突前,咱们三个相互呼应,构成防御纵深,明白了吧?"两人点点头,各自跑开。

开打后,蛮牛才发现自己高看对手了。伪军哪里懂得啥叫正面进攻、两翼包抄,只管一股脑地从路中间冲杀过来。对方人多势众,两个新兵毕竟缺乏经验,没打几下,蛮牛还毫发未损呢,两个倒先被撂倒了。蛮牛边打边退,直到跳进了营地掩体里。尤大彪说:"那俩货呢?"蛮牛说:"都牺牲了。"尤大彪说:"我还想着打完这场仗枪毙他俩呢,毙不成了!"蛮牛说:"炮呢?"尤大彪说:"早埋好了,小鬼子就是打进来,没两个时辰他甭想找到炮!"

营地里三个班,尤大彪安排掩体里放一个,另两个分别守住左右两截矮墙。伪军虽然人多,但是没有重武器,一时攻不进来。打到正午,营地里兵力越来越少,渐渐落了下风。蛮牛对尤大彪说:"怕是守不住了,你快从后门出去接应骑兵,接到了让他们绕到伪军身后打,骑兵一冲,伪军就垮了!"尤大彪说:"我不去,你派别人去。"蛮牛说:"没时间说废话了,我现在命令你,立即去!"尤大彪说:"这里可不是三清寨,你给我看清了,这是炮兵班的营地,我才是这里的最高指挥官,你的命令不算数!"蛮牛说:"你报销了,我回去咋向队长交代?"尤大彪说:"我就知道你害怕我被打死,你放心,老子命硬,一时半会还死不了,就是要死,也得多拉几个垫背的不是?但是你想让我当逃兵,门都没有!"说话间,伪军已经从围墙上跳进来好几个,两颗手榴弹冒着烟滚到了尤大彪脚底下。蛮牛飞身把尤大彪扑倒在地,自己像块门板一样把尤大彪护在身下。手榴弹响了,弹片瞬间划断了蛮牛的颈动脉,鲜血顿时喷溅出来。战士们端着上了刺刀的长枪跃出掩体,迎着几个伪军冲了上去。尤大彪把蛮牛抱在怀里,蛮牛已经气若游丝,失神的眼睛里看不到一丝生气。尤大彪死命按住蛮牛的脖颈说:"兄弟,你不能死,你死了谁保护我这个大宝贝呢,你要挺住,一定要挺住啊!"蛮牛说:"我怕是真挺不住了,你放下老子快撤。"枪声四起,大批伪军呐喊着冲了上来。尤大彪摸出两颗手榴弹,手指拉在套环上说:"兄弟,你先别着急走,等伪军上来,咱俩拉狗日的一起上路!"千钧一发之际,伪军身后响起激烈的枪声。闫清涛挥舞着马刀,带领骑兵连眨眼就杀进伪军群里。寒光闪烁,杀声震天,伪军哭爹喊娘,四散奔逃。蛮牛拉住尤大彪的手说:"这下好了,你死不了了,队长也能保下命了……军分区张司令员说过,你和炮都不能丢,丢一样,他都得枪毙队长,老子没白死。"说完手一松,永远地闭上了眼睛。尤大彪紧紧抱着蛮牛的头,放声大哭。

不消一刻,伪军便死的死,降的降,伤重的躺在地上鬼哭狼嚎。闫清涛跳下马来,满意地看着眼前的一切。远处,赵富贵气喘吁吁地跑过来冲闫清涛喊:"老闫,刚刚跑了一个骑马的,像是伪军的头,死也不能让他跑回去,让鬼子知道了就坏菜了!"闫清涛翻身上马,猛追了十多分钟才把伪军军官截住。再回来时,手里多牵了一匹马,马上驮着伪军军官的尸体。闫清涛对赵富贵说:"这马跑得不慢,你请老子喝顿酒,以后它就归你了!"

第七章　送给王红祥的礼物

尤大彪和炮都好好的，可蛮牛没了。王红祥几天都缓不过劲来，一想起蛮牛就一个人喝酒。王红祥说："蛮牛，我又想你了，你也出来喝点，老子今天不限你的量，你敞开肚子喝！"蛮牛喝不了了，酒全到王红祥肚里了。喝醉了，头一歪，趴在桌上就睡了，睡梦中喊的都是蛮牛的名字。有时大醉，意识全无，吐得满桌满炕都是。陈剑萧和旬震国看到王红祥这个样子，个个都眼圈红红的，心里很不是滋味。

炮兵营地的战斗凸显了骑兵的独特作用。这让陈剑萧很是震动，他瞒着王红祥回董家岭见了赵老九一面，又下山来到了李家洼。闫清涛把他迎进院子。

"没看出来，你们骑兵连还真是厉害，这次要不是骑兵，董支队炮兵班的建制恐怕要撤销了！"陈剑萧给闫清涛递过去一支烟。闫清涛点着烟，随手把整包烟拿起装进了口袋后说："炮兵营地遇袭，我哪敢怠慢，炮兵没了，咱以后拿啥打炮楼？"陈剑萧说："你急啥，我给你带了一条呢。"说完真从包里拿出一条烟放到了桌上。闫清涛拿起来看了看说："谢了！有啥事你就直说吧，绕啥的弯弯？"陈剑萧说："赵老九把自己马帮的马全部换成了骡子，给董支队凑了几十匹蒙古马。虽说瘦了点，老了点，可那毕竟是马，驮人没一点问题，现在就在晋西南集中着。"闫清涛说："那还不赶紧牵回来？晚了只怕牵不回来了！"顿了顿又说："最近战区司令长官决意要在晋西南找八路的麻烦，命令估计就快下来了，到时候别说几十匹马，你就是赶头猪过来，恐怕也是难上加难！"陈剑萧说："你只说对了一半，陈运捷那王八蛋没等正式命令下来，前几天已经派一个师把整个晋西南给封死了，现在就是过只麻雀，他也要拔光毛开膛破肚检查好几遍！"闫清涛说："陈运捷封了路，关我屁事？你不会指望我这个小小的连长就能使唤动他吧？实话说吧，我这段又是偷偷帮你们打仗，又是帮你们训练骑兵，已经够枪毙十好几回了，那陈运捷要是知道我躲在这里干这事，他杀我比踩死只蚂蚁还要简单！你这烟我抽不了，你还是拿回去自己抽去。"陈剑萧说："你急啥嘛，我要是没个好点的路数，这么老远来找你干啥？"接着把手卷成筒，架在闫清涛耳朵上悄悄说了几分钟。闫清涛说："我的人替你们训练骑兵，你们管了饭，我也就不多说了。可这次行动兴师动众不说，万一败露，我几罪归一还是个杀头，加上替你们炮兵班解围，再加上保卫董家岭，你得加一起给老子出劳务费！"陈剑萧说："当时骑兵连也在村里驻扎着，鬼子"扫荡"村子你本来就不能坐视不管，所以保卫董家岭不能算，只给你算两次比较公道，一次五十块，一共一百块大洋，爱干不干！"闫清涛说："一百块大洋我给弟兄们分，我是连长，价码高，得单独算，再加三十咋样？"陈剑萧说："你可真会算账，生怕别人不知道自己有多抠似的！老子豁出去了，就这么定了！"

闫清涛当夜便挑选精干战士80名，自己亲自带队随同陈剑萧步行出发。一行人晓宿夜行，风尘仆仆直奔晋西南而去。

进出晋西南有两条必经之路，东路卡口是葫芦口，西路是野狼咀。本来八路军和晋绥军合作愉快，配合默契，两军联合打过好几场漂亮仗。谁能想到陈运捷密令所部新一师一夜之间突然发难，八路军猝不及防，一下子被挤进了山里，两个路口被新一师牢牢把住，进出晋西南的大门轰然合上。

马是重要的战略资源,莫说几十匹,就是一匹也会被晋绥军看在眼里。高兴了给你半块大洋,不高兴了直接扣了,稍有不从,枪口抵住,枪托猛砸,不给你扣顶汉奸帽子就算是自己祖上积德了。

闫清涛他们赶到葫芦口时,专拣大白天排成四路纵队,大摇大摆地来到关卡前。守兵看了看闫清涛的证件说:"骑兵部队咋和我们步兵一样跑上了?"闫清涛说:"马让鬼子缴了,暂时改步兵了。"守军就放行了,还列队敬了礼。队伍走远了,守卡的排长还在后面高喊:"欢迎兄弟部队协防晋西南!"闫清涛和陈剑萧相视一笑,各自点了根烟就加快了步伐。

黄昏时,队伍赶到了马匹集中地陈留村。赵家商号掌柜的说:"谢天谢地,谢天谢地,还好你们来得及时,再迟两天,晋绥军就搜到这了,到时候,一匹不剩都得让牵走!"陈剑萧和闫清涛一刻也不敢多待,队伍喝了水补充了点干粮就出发了,七绕八绕,到后半夜才终于上了西大道。一排长靳富贵跑过来问:"咋不走原路回?"闫清涛说:"回去人家要问咋这么快就有马骑了,老子该说点啥?"靳富贵:"直接冲过去不就完了,他步兵能拦得住骑兵?"闫清涛骂道:"你他妈纯粹就是猪脑子!他要一个电话打到军部让部队沿路拦,你也都能冲过去?退一万步说,就算都冲过去了,他要按老子的番号和名字倒查回来,老子还咋活?"靳富贵这才不吭气了。

天亮时队伍赶到野狼咀。守兵看了闫清涛的证件问:"你们啥时候也到晋西南来了?"闫清涛说:"刚来没几天。"守兵说:"刚来没几天就走?"闫清涛说:"走屁,奉命接应步兵营协防东路!"守兵不再多问就放行了。出了卡子,闫清涛和陈剑萧终于长舒了一口气。闫清涛悄声对陈剑萧说:"一百三十块大洋算是到手了,我爹终于能住上大宅院了!"陈剑萧说:"你不是说要分给弟兄们一百块?"闫清涛方知一时兴奋过头说漏了嘴,狠狠抽了自己一巴掌说:"他们领着委员长的军饷,还想和老子分钱?想得美!"陈剑萧说:"老闫,听老弟一言,你待手下弟兄们好点,关键时刻他们能救你的命!"闫清涛想了想说:"不瞒你老弟,我这人啥都好,就贪财这点算是个缺点。"陈剑萧说:"你能认识到这个,也还算不错。记住,名声和命比啥都重要,你回去没事了好好想想是不是这个理!"

骑兵队的成立让王红祥终于从蛮牛牺牲的巨大痛苦中解脱出来。他说:"蛮牛,咱有骑兵队了,你在那边好好等着,我一定多给你打发些鬼子汉奸过去伺候你。哪个捏腿,哪个捶腰,哪个给你提夜壶,都由你,你自己看着划拉!"

晚上,王红祥在李家洼摆了两桌饭。旬震国、陈剑萧、王虎安、吴来泉、秦贵保、任保和、尤大彪、吕春桃、闫清涛以及骑兵连几个班排长、董支队骑兵队刚上任的队长赵富贵和几个班排长都在。吃饭前,旬震国让人在墙上挂起了鲜红的党旗,饭桌上召开了简短严肃的党小组扩大会,上次会议确定的王虎安等九名入党积极分子光荣地加入了党组织,其中有四名同志是随陈剑萧一起加入董支队的国军战士,他们都已经成长为队伍中的骨干指挥员,四个分队长中他们就占了两个,另外两个也都是主力战斗班的班长,加上春节前已经加入党组织的副支队长陈剑萧,俨然扛起了董支队的半壁江山。经王红祥的介绍和同志们的讨论,尤大彪和赵富贵也在这次会议上被吸收为入党积极分子。举行入党宣誓仪式时,许多人都流下了激动的泪水。刚开会时,闫清涛带他骑兵连几个班排长起身要先退出去,旬震国拽住他说:"老闫,你和弟兄们都别多心,国难当头,非常时期,我们对你们没有秘密,今天的会议,你和弟兄们就当列席参加吧!"

开完会就是个吃饭了。王红祥把第一杯酒敬给了闫清涛和骑兵连的弟兄们。闫清涛客气几句后看着王红祥说:"真是今非昔比哪,鸟枪换成炮了,支队长这个头衔怕是委屈你王队长了!"陈剑萧说:"就是,往后咱干脆改改名,就叫八路军东阳山抗日游击纵队如何?纵队首长叫司令员,董支队和二支队分别编为一营、二营,各分队和骑兵队编为连队,掷弹筒全部配属炮兵班,编为直属炮排,咋样?"闫清涛说:"我看挺好!"王红祥说:"够威武,有点正规军的意思!政治委员叫着绕口,有的喊政治委员,有的喊委员,还有的已经喊开政委了,我看,今后统一都喊政委!"转头问旬震国:"政委,你理论水平高,你看行得通行不通?"旬震国说:"好是好,也响亮,我过几天给军分区打报告试试。"王红祥说:"你打你的,它批它的,咱趁今晚的酒席,该在的也都在,这事就算是定了,明天召开成立大会,亮出大旗,统一改口!"两桌人都热烈地鼓起了掌。陈剑萧站起来说:"鼓完掌就是个喝酒了,大家都干了这碗,再庆祝庆祝!"大家都兴高采烈地喝了一碗。闫清涛对王红祥说:"先别净顾高兴,这马是将就算有了,可马刀呢?没有马刀的骑兵,也就是比步兵跑得快点而已,到时候出不来战力,你可别怪我没尽心!"赵富贵说:"就是,骑马没马刀,啥事弄不成!"王红祥说:"找几个好点的铁匠,自己打行不?"闫清涛说:"只要钢性强,也凑乎能使。"王红祥说:"明白了,你直接说用小鬼子的铁轨打不就完了,担心我搞不来?"闫清涛说:"那只怕比我们使的也不差了!"王红祥对陈剑萧说:"这事就交给你陈副司令了,用不着我这个大司令!"陈剑萧说:"不就是整几根铁轨吗,你多派些人手只管跟着我去抬就是了。"停了停又说:"要是蛮牛还在,咱再组建个侦察排就完美了,可惜了!"王红祥说:"侦察排由你负责先组建起来,至于排长嘛,你兼着不就行了?"陈剑萧说:"也好,只是有点屈才了。"王红祥哈哈大笑说:"我看正好!"闫清涛第一次参加这样的场合,总感觉和自己的部队有点不一样,可具体不一样在哪里,又真说不上来。几个班排长也有同样的感觉。

　　陈剑萧他们趁夜派几个人回到河西,找了整整一天,终于在一片乱坟岗里找到县大队,借回来一些撬铁轨的工具。陈剑萧亲自带侦察排的几个骨干跑了两天，最后把行动地点定在了郭李庄煤矿附近。深夜，一百来人的队伍小心翼翼地来到铁路边，借着一点微弱的星光迅速投入行动。

扒铁轨可不是闹着玩的营生。这段铁路东依大山，西临汾河，北面五里是日本人开办的郭李庄煤矿，里面建有四座碉堡，由二十来个日军和一个排的伪军驻守。南面五里也有一座碉堡，驻着十来个伪军。碉堡往东就是灵沁古道，撤退的唯一方向就是正南再拐东，这也是陈剑萧把行动地点选在这里的原因——一旦打起来，冲过伪军碉堡总要容易得多。从扒轨到渡河南进绕过伪军碉堡，再渡河上灵沁古道，可以说危险时时处处都在，哪怕弄出稍微大点的响动都可能惊动碉堡里的守军。只要枪声一响，队伍就会被南北两路守军包抄。好在计划周密，行动隐蔽迅速，一切都很顺利。队伍抬着铁轨刚渡过河，陈剑萧就差点被绊倒，仔细一看河滩上趴着个人，身上基本没穿衣服，试了试还有呼吸。陈剑萧顾不得多想，又不能不管，叫两个战士轮流背着，一行人很快拐上了灵沁古道。直到第二天擦黑，队伍才走完这一百多里路，顺利回到山寨。

王红祥问："咋还背回个叫花子？"陈剑萧说："河滩上捡的，当时半死不活，半路上救醒后才知道他叫池峰毅，川军131师侦察排副排长，在太原战役中负伤当了俘虏，和两百多战俘被迫在井下采煤，半夜拼死从煤矿逃出来的。那地方我侦察过，里面有四个碉堡，能逃得出来，没两下子还真不行，等养壮实了，接我这个侦察排兼职排长应该问题不大，这还真是天意，想啥就来啥！"王红祥说："你们原来都是一个序列，应该好沟通，将来能不能接替你，你说了算！"陈剑萧说："司令员，明天我派人回河西送工具去，县大队老胡他们日子不好过，苦得很，你看咱是不是支援点？"王红祥说："这还商量啥？你看着给！"陈剑萧喊来机动班长，吃的用的、子弹手榴弹给装了一大车，嘱咐他们趁夜给县大队送去。

几个铁匠在山寨架起火炉，陈剑萧派了十几个身强力壮的战士抡大锤打下手，又派人去找闫清涛借来马刀当模型，每天好吃好喝地招呼。十几天后，油光瓦亮的马刀已经在地上码成了垛，把把阴气森森，寒光四射。王红祥满意地看着眼前的刀垛，对陈剑萧说："老陈，你亲自跑一趟，把马刀给闫清涛送去，顺便再给他带点钱过去，让老闫上点心给咱训练骑兵！"

　　陈剑萧见到闫清涛，把大洋往桌子上一撂，说："老闫，司令员给你的劳务费！"闫清涛看着钱袋子说："你拿回去吧，我不要。"又从柜子里拿出小半袋钱扔在桌子上说："这些钱你也拿回去，算是我给八路弟兄们改善生活！"陈剑萧大为吃惊，眼睛瞪得跟铜铃一样大，半天才疑惑地问："不是要给你爹买宅院吗，你平时又那么抠，咋舍得倒贴我们了？"闫清涛说："我爹让鬼子的飞机给炸死了，我一家人都让埋废墟里了！"说完便号啕大哭起来。陈剑萧走过去，默默地抱住闫清涛。闫清涛哭完，还在不停地抽泣。陈剑萧说："老闫，你爹就是我爹，是咱中国人的爹，你放心，你爹的仇，我陈剑萧和你一起报！"

第八章　兵工厂

转眼到了铁匠离寨的日子。陈剑萧算好了工钱,派人去找王红祥批条子。王红祥从床底拖出个袋子说:"先别忙着结账,提过去问问他们看能修好不?修好了,工钱加倍!"战士提了提没提动,扒开袋口看了看说:"妈呀,司令员你这都是些啥古董了,怪模怪样,死沉死沉的!"王红祥说:"扛上走,我和你一起过去,到那你就知道了。"

铁匠棚里,陈剑萧只看到一堆铁坨子。他问王红祥:"司令员,你这是要打流星锤?"王红祥说:"哈哈,不认识吧?今天让你开开眼!这就是当年红军装备的制式手枪,绰号独眼龙,也叫铁公鸡。为啥这样叫呢,因为它只能装一颗子弹,构造也简单,就是两块铁坨拼在一起。你可别小瞧这玩意,它就像是穷人家的孩子,口粗,不挑食,喂啥吃啥,只要是颗子弹,口径大小都不讲究,装上就能打,你就是喂它颗猎枪弹,也照样打得出去!"陈剑萧捡起一支仔细看了半天说:"这枪管连膛线、准星也没有,咋样打得准?"王红祥说:"手枪本来就是近战武器,十五米以内问题不大,当年只有当了班长才有资格配!之前排长把我和旬政委丢在董家岭,留下的武器除了几杆汉阳造和中正式,剩下的就是这堆,几年不用,锈成铁疙瘩了,掰不开了!"几个铁匠过来左看右看,说:"这枪无非就是两块铁坨加根管管,没啥难的,我们照样子做几把就是了,保管分毫不差!"旬震国说:"在苏区我们也都是找铁匠铺自己做,你们马刀做得那么精致,手艺我们都看到了,一定错不了,做好了,抗战功劳簿上你们都有一笔!"王红祥说:"先做把样品出来,要是能打响,你们几个也就别回去了,都当八路得了。你们负责造枪,我们出去打仗,咱一起把小鬼子赶回他姥姥家去!"铁匠说:"原来打铁也能抗日,这再好不过了!"

第二天一早,陈剑萧来叫王红祥过去看枪。几个人来到工棚,看见枪在铁毡上放着,炉火还烧着。几个铁匠光着上身躺在地上呼哧呼哧都睡着了,显然熬了一夜。旬震国和几个战士走过去,脱下军服轻轻盖在他们身上。

王红祥抓起枪,轻轻一掰,弹仓便露了出来。王虎安递过颗子弹,王红祥填进弹仓,两手一用力,咔吧合上,走出院子,甩手就是一枪,子弹飞出去十几米,深深地钻进了树干里。王红祥大声说:"奶奶的,集合队伍,成立纵队兵工厂!"又对旬震国说:"你是被服厂厂长,干脆连兵工厂厂长也一起兼上得了。"旬震国说:"我是政委,只管生活,兵工厂属于战斗序列。再说,我又不会打铁,哪能当好这个厂长?"王红祥说:"你不会缝衣服,被服厂厂长不是照样当得挺好?啥生活啊战斗啊,分那么清干嘛?非常时期,顾不了那么多了,我看这兵工厂纯粹就是个技术部门,就你有点文化,你不当谁当?"陈剑萧说:"司令员说得对,兵工厂搞好了,作用不比一个营的战斗力差,政委当最合适不过!"战士们都喊:"政委当,政委当,政委当!"旬震国也没再多说什么,算是默认了。

兵工厂成立了,战士们都乐坏了。为啥?手中的武器变了。班排长都装备了铁公鸡,连长们大多数手里都有了盒子炮,侦察排更是短时间内全换成了盒子炮。退下来的老套筒让原先手中只有大刀长矛的新战士终于摸到了枪,只是他们距离装备三八式步枪的日子暂时还比较遥远。不过,这已经够让他们开心一阵子了。陈剑萧在营连长会议上说："三八式步枪金贵得很，每支枪的分配都必须经过我和司令员的同意，哪个敢私自调配，都得关禁闭。"王红祥说："那太便宜你们了，谁敢违反纪律，一律给老子枪毙！"话是这么说，真有事了，因为支枪，你就是把脑袋伸过去等着，他又舍得毙了哪个？吓唬吓唬罢了。

纵队成立的报告打上去很久了，军分区的批复迟迟没有下来。派人去催，张健说："王红祥大言不惭，也想当司令员，要和老子平起平坐，想得倒挺美气！你回去告诉他，啥时候老子当上军区大司令了，就给他批！"派去的人回来如实汇报给王红祥。王红祥说："甭理他，批不批是他的事，咱该咋样还咋样！等他当了军区大司令只怕黄花菜都凉了！你们信不，我敢打赌，下次我给带几挺歪把子过去，他保准立马就批了。想要我的歪把子，我看他才是大白天盖被子做美梦——净想好事呢，你们只要记住以后别当他的面喊我司令员就行了！"

兵工厂越办越红火，先后设立了熟铁、铸铁、木工、火药、修理等几个车间，不但铁公鸡做得更精致，还能简单修理损坏的步枪。经过坚持不懈的努力，后来终于成功仿制了木柄铁皮和木柄铸铁两种手榴弹，只是由于火药不纯，导致手榴弹爆炸威力不足，一颗手榴弹扔出去，常常连一个人都炸不倒，更别说炸死了。多数手榴弹勉强能炸成两瓣就算不错了，大多数只能装装样子弄点响声吓吓敌人。即使这样，说实话已经很不错了，铁匠铺变成了兵工厂。用句震国的话讲，就是："蚂蚁尿尿，努死劲了！"

尤大彪利用回去开会的机会，专门把兵工人员请到营地，指着大炮和掷弹筒说："你看看，这个好仿制不？"人家把头摇得跟拨浪鼓似的说："这个修修还将就，仿制咱可真不行！"后来尤大彪对王红祥说："再出去打仗时，你记得让战士们多留意战场周围，也许能捡回来一两门炸了膛的迫击炮啥的，再烂也扛回来，保不定哪天就能派上大用场,至少也能当作实物给炮兵讲解,撞上大运,还会有敌军逃跑时丢下或者藏起来的好炮,那咱可就发大财了!"王红祥说:"这我倒没想过,还是你肯动脑子。"尤大彪说:"我当兵后一直在炮连,像这样丢炮的事干过好几回!"王红祥说:"那阎老西的炮不都得让你们给糟践完了?"尤大彪说:"司令员知道那时太原兵工厂一个月的产量有多少不?"王红祥说:"多少?"尤大彪说:"司令员你先捂住耳朵,我再说!"王红祥说:"又不开炮,我捂耳朵做什么?"尤大彪说:"我怕说出来吓坏你!"王红祥照尤大彪屁股上就是一脚。尤大彪一跳躲开老远,这才说:"月产 75 毫米以上炮 35 门,迫击炮 100 门,榴弹炮炮弹 15000 发,迫击炮炮弹 9000 发。一年能装备 12 个重炮团,外加 12 个迫击炮团!"王红祥听得发怔,嘴上却说:"我没捂耳朵,也没被吓坏!大炮和炮弹咱做不了,我想听听手榴弹啥情况?"尤大彪说:"木柄铸铁手榴弹爆炸后可以产生 80 到 100 块弹片,有效杀伤范围 15 平方米,日产量 10 万颗,一颗杀伤力至少顶咱那 50 颗!"

大炮和炮弹另当别论,手榴弹的情况深深刺激了王红祥,他左思右想,连夜把大家叫到一起。

"手榴弹问题到底咋样解决?"王红祥瞪着血红的眼睛盯着旬震国和陈剑萧。旬震国说:"关键问题出在我们用土法做出的黑火药纯度差,前段时间我派人去黎阳军工培训学校学习了几天,才知道八路军兵工厂早就做出了现代白火药,别说装填手榴弹,就是用来做复装子弹都没问题,可见其威力巨大,但做白火药需要工业硫酸,为了做出硫酸,他们集中了几十个化学专家搞了半年才成功!退一步说,即便是有了硫酸,那白火药依然需要精准计量精确配制,咱们显然不具备这个条件。"陈剑萧说:"政委说得有道理,咱们现在的设备、人员条件都差很多,再说时间也等不及,我看咱还是想办法搞些现成的白火药来,省事!"王红祥说:"你是不是谋算鬼子的煤矿？"陈剑萧说："只要我们计划得够周密，咱就打打狗日的煤矿又有啥不可？"王红祥低头沉思着没表态。陈剑萧又说："这段时间，池峰毅总惦记着那两百多号川军弟兄，好几次提出愿意带咱们一起去救人……那可都是现成的兵，干那么重的活，一天却只能吃四两窝头，去晚了，只怕要饿死了，那红苗谷地的万人坑都快被尸体填满了！"王红祥说："四个炮楼，五十多个日伪军，又是在铁路线上，日军增援部队坐火车眨眼就到，够咱喝一壶的！"陈剑萧说："伪军不足为虑，那二十几个日军中有几个只能算是矿警，战斗力跟伪军差不多。"王红祥说："明天你叫上池峰毅，咱再去好好侦察一下，顺便看看他有啥真本事，好不容易才攒这么点队伍，咱得省着点用！"

不算侦察，光制定行动计划就足足用了一整天时间。东阳山纵队几乎出动了一多半兵力，炮兵排、妇女队、闫清涛和赵富贵的两个骑兵连全都参加了行动。王红祥说："要搞就搞次大的，骑兵必须加入，马既能驮人，又能驮东西，吃的喝的穿的戴的，有啥拿啥，实在没拿的，咱就是炭疙瘩也要多驮几块回来，兵工厂炼铁用得上！"

后半夜，战斗按计划打响。首先剪断了电话线，然后是沿路炸桥，扒铁轨，埋地雷，监视南路伪军碉堡。陈剑萧对一班长说："伪军胆敢出来，你们就顺便把碉堡给老子拔了！"一班长吼着说："他胆敢出了那乌龟壳，保证叫他再进不去！"四十公斤的黑火药堆在围墙外面，三米多高的墙轰隆一声被炸开了几米长的大口子。尤大彪只用了六炮，就把辣椒面分头送进了碉堡里。陈剑萧和王虎安、秦贵保带领战斗队负责攻坚，王红祥、池峰毅带人冲入窑洞和窝棚解救矿工和战俘，句震国挥舞着盒子炮指挥抢运物资。看看差不多了，王红祥鸣枪下了撤退令，人马开始撤出围墙口。撤到一半，池峰毅突然跑过来说："司令员，不能撤，夜班的弟兄还在井下了！"陈剑萧对王红祥说："你带大部队先撤，我和池峰毅带一个排下去救人。"

　　井下的人倒是救上来了,撤退途中却出了状况。夜深人静,隆隆的炮声隐约传进了董家岭碉堡里。十几个伪军下了山,看到几百人的队伍出了煤矿,源源不断地拐上了灵沁古道,以为是长沁地区的八路军主力,吓得伏在地上没敢动。等到队伍走远了,他们摸索着来到煤矿外围,正赶上陈剑萧他们扶着战俘撤出围墙。伪军占据了有利地形,架起两挺机枪冲着人群便扫了过去。走在前面的陈剑萧毫无防备,胸部中了致命的一弹,十几个战士倒在了红苗谷地上,其余战士就地卧倒,猛烈还击。战俘们手无寸铁,有气无力,暂时退到围墙后面,战斗一时陷入了胶着。负责监视南路碉堡的一班战士呐喊着猛冲过来,瞬间对伪军形成夹击态势,伪军怕被包围,趁夜撤回了董家岭。悲痛欲绝的池峰毅擦干眼泪,背起了陈剑萧,其余战士抬着牺牲战友的遗体,战俘们相互搀扶着,努力向前追赶着大部队。

　　陈剑萧,1916 年 5 月生,湖南永州人,国民革命军第 43 军少尉排长,1938 年夏加入八路军,任八路军东阳山抗日游击纵队副司令员,1939 年 11 月牺牲。

　　李家洼村外树林里哭声一片,纸钱漫天飞舞。30 座新坟里埋着陈剑萧和此次行动中牺牲的其他战士,坟前空地上,一溜摆放着十几颗伪军的人头。王红祥抹着眼泪说:"老陈,你咋突然就这么走了呢?你一拍屁股走了,把队伍都扔给了我和政委,我俩又不是铁打的,你让我们今后还咋样去打鬼子!"顿了顿又说:"不过也好,你从此就他娘的享福了,到了那边有蛮牛他们陪你,也不孤单……你告诉弟兄们,你们的仇,昨天我和池峰毅已经带骑兵连去给你们报了,13 颗人头都在这,一颗都不少!本来想今天用枪声给你们送行来着,可政委提醒得对,子弹金贵着呢,留着多打几个鬼子给你们送过去吧,等杀完了鬼子,我给你们补上十倍的枪炮声!"旬震国带几个战士过来,费了很大劲才把王红祥扶了起来。闫清涛站在陈剑萧坟前边哭边说:"陈剑萧,你他娘的说好要和我一起为我爹报仇,咋就突然走了呢?你他娘说话不算数哪,你走了,叫谁他娘的和我报仇啊?"旬震国走过来,轻轻拍了拍闫清涛的肩膀说:"闫连长,人死不能复生,你爹的仇,老陈的仇,所有牺牲在鬼子手里的中国人的仇,都由我们活着的人一起为他们报!"池峰毅带领战俘和其他矿工一齐跪在坟前,几乎是喊着说:"陈司令,我池峰毅的命是你救的,弟兄们的命是东阳山纵队救的。从今天起,我们生是东阳山纵队的人,死是东阳山纵队的鬼,不杀完鬼子,我们哪都不去!"旬震国振臂高呼:"杀鬼子,杀鬼子,杀鬼子!"树林里回荡着战士们杀鬼子的呐喊声,喊声震耳欲聋,荡气回肠,久久不散。

第九章　回　归

1939 年 11 月刚过,第二战区第六集团军总司令陈运捷突然以重兵围攻晋西南新军决死 2 纵队、政卫第 209 旅和八路军晋西支队,悍然挑起了反共摩擦,制造了震惊全国的"十二月事变"。12 月 10 日,闫清涛奉孙天楚之命率骑兵连回师武隰县城,驻地与财神爷的炮连仅一墙之隔。一别将近两年,闫清涛和财神爷互敬军礼后便迫不及待地熊抱在一起,亲热得不得了。副官赶忙给准备好酒菜端上来。

闫清涛说:"陈运捷那么多人马,还用得着调咱们过来?"财神爷说:"我听团长说陈运捷当年让共产党给打怕了,知道八路军不好惹,害怕吃大亏,这才让战区长官严令咱们赶来帮忙的,还不是又想让咱们当炮灰挡子弹!"闫清涛说:"真他妈够损的!你以后多个心眼,那些八路打起仗来个个不要命,既刁又狠,连日本人都不愿招惹他们,战区长官又何必自讨苦吃?你说这招惹谁不好,偏偏他娘的要和八路过不去。"财神爷说:"管他呢,尤大彪咋样?"闫清涛说:"那小子美着呢,自从去了那边,八路就一直把他当宝一样供着,一夜之间连升三级,现在都当上炮排排长了,别看平时蔫不拉几的,那家伙打仗狠着呢,就一门破炮,干了小鬼子十好几个碉堡了!"财神爷说:"在咱炮连时也就是普通士兵啊,咋的过去就变成神炮手了?难道是小李广附体了?"闫清涛说:"那小子把大炮当长枪练,白天瞄铜钱眼,晚上瞄香火头！"

城外河神庙一线,晋绥军一个师和八路军独一旅打得不可开交,八路军的山头阵地几乎让炮弹给炸平了。晋绥军几千人的部队在军部督战队轻机枪的威逼下发动了一次又一次集团冲锋。独一旅新三团在团长倪凤鹏的带领下死战不退,阵地几度易手,连炊事员都上了前线了,旅部几乎就要动用预备队了,都被倪凤鹏坚决拒绝,阵地还是牢牢地掌握在新三团手里。

"妈的,步兵跑还没有王八快,你们的骑兵旅死哪去了？命令骑兵旅给老子上,天黑前还拿不下阵地,老子要执行战场纪律！"电话里传来陈运捷怒气冲冲的声音。放下电话,孙天楚颓然地坐回椅子上。想了许久,他让参谋拨通了骑兵旅旅长马义仁的电话。孙天楚说:"命令,骑兵旅全线出击,下午四时整进攻河神庙高地！"马义仁说:"军长,那陡坡就是步兵都很难爬得上去,你让骑兵上,那不就是去送死吗?"孙天楚说:"陈运捷让上,我有啥办法？再不上,他就要枪毙老子！"马义仁说:"军长,我代弟兄们求你了,你再想想办法吧,要不你亲自给战区长官发……"话没说完,电话早挂了。

曲村炮兵连阵地上,财神爷正躺在屋里迷糊呢,闫清涛突然闯进来。财神爷说:"枪弹乱飞,你跑这来干嘛?"闫清涛说:"这仗不能打了,命令刚刚下来,骑兵旅全旅攻击河神庙高地！"财神爷说:"谁他娘的下的命令了,那不是往八路嘴里送肉吗?"闫清涛说:"除了陈运捷那王八蛋还能有谁？我们上去那就是个死！时间紧迫,长话短说,前段时间我参我娘都让鬼子的飞机给炸死了,参娘的仇还没报,我不甘心就这么死在八路枪下,我和弟兄们都商量好了,我们还回东阳山跟八路打鬼子去！"财神爷想了想说:"也好,咋样也比死在这里强。"闫清涛说:"咱俩关系咋样我就不重复了,直说了吧,我想让你和我一起走,咱都投八路去！"财神爷说:"你是气昏头了吧,我哥我弟还都在孙长官手下,我投八路那不是要把他俩都给害死吗?"闫清涛说:"我一时着急把这事给忘了,那我就带骑兵连走,可你得给我两门炮!尤大彪手里现在就一门,还是修过的,以后打炮楼全靠炮,带两门回去,尤大彪就能当连长了!再说,我总得给八路带点见面礼!"财神爷说:"他当连长了,我他妈没了炮连个排长也当不成!"闫清涛说:"晋绥军现在不缺炮,就缺人,你报战损,他们很快会给你补上来的,也绝不会降你的职!"见财神爷还在犹豫,闫清涛跺脚说:"哎呀你倒是快点啊,你就当我是要嫁人了,给点嫁妆总不为过吧?"财神爷说:"你他妈这哪是嫁人,你这是私奔!"闫清涛说:"咱可说好了啊,这次我可没钱给你,要分别了,你得白送我!"财神爷说:"妈的,遇上你我算倒了八辈子霉,人家嫁女儿收彩礼挣大钱,我这纯粹就是个倒贴!"闫清涛说:"以后咱还得来往不是?新媳妇回娘家,鸡呀鹅呀的总少不了要带点回来的,咋样也不至于空手,以后少不了回报你!"

财神爷指挥可靠的弟兄迅速拆卸了两门75毫米山炮,又搬来三箱炮弹,闫清涛叫骑兵们包好绑牢。临走前,财神爷又叫人搬来一门82毫米迫击炮和两箱炮弹。闫清涛看着财神爷,眼圈慢慢红了。财神爷说:"你哭啥嘛,像个老娘们!"闫清涛说:"青山常在,绿水长流,今此一别,不知何日再见!"财神爷说:"可不是嘛。"闫清涛说:"县城赵家商号掌柜张长元,有事了可以找他联络!"又看着迫击炮说:"这炮不同于山炮,尤大彪打不了,你干脆好人做到底,送佛送到西,再送我个迫击炮手算了。"财神爷说:"好说,就当再陪嫁你个使唤丫头吧,咱可说好了,你以后有钱了,连本带利最少也得给我还回来十根金条!"闫清涛说:"等打完小鬼子,金条算个屁,我闫清涛这条命都随你拿去!"

日军自从"十二月事变"以来就不再与晋绥军为敌,两军暗地里眉来眼去,共享有关八路军的情报,甚至约定联合作战,枪口一致对准了八路军,狼狈为奸,俨然成了友军,所以尽管沿路碉堡林立,据点多多,但是闫清涛他们在日军控制区几乎是通行无阻。此外,由于八路军奉行自卫和有限还击、政治斗争和军事斗争相结合消除摩擦的原则,因此在晋绥军尚未发动攻击的晋中,两军明面上还算友军,加上撤离路线选得认真细致,所以闫清涛没费多大劲就顺利地回到了李家洼。

闫清涛骑兵连的反正回归,莫说在东阳山,就是在整个太白山根据地,那都绝对算得上是一件大事,何况还带回三门大炮!对于王红祥来说,那岂止是大炮,简直就是他娘的巨炮,金炮。当然,王红祥严密封锁了消息,这要是让县大队和军分区知道了,那他们还不跑来把他给撕着吃了?

为迎接骑兵连,东阳山纵队八百多人早早就等在了五里之外的路口。王红祥拉着闫清涛的手说:"老闫哪,不,应该叫闫清涛同志!你说你走就走吧,也不打声招呼,我还以为你带上弟兄们去投了鬼子呢,把我和政委都快急死了,派人满世界找你,就差没进太原城找多田峻那老小子要人去了!"闫清涛说:"我以前贪过你那么多钱,你不记恨我打击报复我,我就烧高香了!"众人听了哈哈大笑。最高兴的还有尤大彪和炮兵排的战士,他们跑过去围着驮马,隔着麻袋把炮摸了又摸,恨不得现在就卸下来好好看看。闫清涛说:"尤大彪,你连长还问起你了呢!"尤大彪说:"那我也不回去了,他不是早就把我上报成阵亡人员了吗。"闫清涛说:"财神爷一辈子也没这么大方过,他说这都是给我的嫁妆,家当够了,能不能当得了炮连连长,那看你的了!"迫击炮手郭大才以前就和尤大彪同在一个排,两人见面十分亲热,问这问那。队伍一路欢声笑语走回村里。

吃饭时,王红祥特意拉闫清涛坐在自己身边。刚要开饭,闫清涛突然照自己脑袋上猛拍了几下说:"司令员,我只顾高兴呢,差点把大好事给忘了!"王红祥说:"还能有啥大好事?"闫清涛大声说:

"我有你的老排长倪凤鹏的消息了！"话一出，王红祥和旬震国惊得差点掉了下巴。

王红祥一把拉住闫清涛的手，几乎是喊着说："快说！倪排长？真的是我那个老排长倪凤鹏？他在哪里？"闫清涛说："打河神庙前，部队给我们下发了八路军守军独一旅的简报，防守前沿阵地的新三团团长就是你的老上级倪凤鹏。简报上说他是原红一军团的排长，红军东渡时打南关车站的主攻排排长，不是他还能是谁？简报我也给你带来了！"说完从衣兜里掏出简报递给王红祥。

王红祥接过简报一看，可不是吗，上面还有倪凤鹏的照片呢，天知道陈运捷和孙天楚又是咋样搞到的！旬震国说："国共合作抗日后，我军中高级将领的档案不都在战区档案室存着吗，他陈运捷搞这么一份简报还不是易如反掌？说不定连咱俩的简报都在他手里了！"众人这才如梦方醒。

王红祥问闫清涛："你又是咋样知道我们和倪排长这一大档子事的呢，而且还知道得这么清楚。"闫清涛说："老实说吧，我奉命进驻董家岭明面上说是搞游击作战，其实你们也清楚，我能搞啥游击作战？我唯一的任务就是监视你们！既然是监视，不打听得细点能行？我早就有意无意地在赵九爷那里打问了好久了，只是赵九爷也一直觉得咱两家联合抗日是一家了，从来没有起疑心而已！"

有了倪凤鹏的消息后，王红祥大喜过望，他第一时间给倪凤鹏去信质问他进入山西后为啥不及时派人联络自己和旬震国。倪凤鹏回信说："刚开始倒是派人来了，可派去的人刚过黄河就让陈运捷给抓起来，我们还是后来才知道这事的。再后来西安事变后部队整编，受编制所限不得已就地裁减了不少优秀的战士，哪个还能想着再接你们回部队？大部队进入山西后，马不停蹄直接赶赴晋西北一线参加对日作战，再后来南同蒲铁路沿线都成了敌占区，再再后来紧接着就是十二月事变，我们又是野战旅，赶上打仗一天跑个百八十里都是常有的事，你们两个狗日的以为联络你们就像是平时走亲戚那么简单？"王红祥和旬震国念完信后相互看了一眼,哈哈大笑。

闫清涛加入纵队后,王红祥及时组建了骑兵营,下辖三个骑兵连。任命闫清涛担任营长,闫清涛推荐靳富贵和赵富贵分别担任二连长和三连长,一连空缺。

王红祥对闫清涛说:"这个一连,番号先在那空着,你将来想办法把它填满,咱现在这样归置,叫鬼子摸不清虚实!"又在战俘和矿工的基础上组建起特务营,任命池峰毅担任营长。下设三个连,连长都是池峰毅推荐的,侦察排排长也由池峰毅兼着。

直属炮兵排扩建成了炮兵连,任命尤大彪担任连长,下设三个山炮排,一个迫击炮排,排长全由尤大彪推荐。

成立纵队后勤部,任命赵家声担任部长,吕春桃担任副部长,统一管理兵工厂、被服厂、卫生队和供给队。

天下哪有不透风的墙。东阳山纵队动静这么大,县大队还曾经被日军撵得跑来躲了几十天,又哪里瞒得过军分区的眼睛?

张健以为别人瞎吹,亲自来了一趟,住了两天,看了一遍。王红祥和旬震国小心翼翼地陪着,顿顿好酒好肉招呼着,走到哪吃喝到哪。

张健说:"真是大开眼界哪,不虚此行!你王大司令和旬大政委不愧是长征过来的,可真是大手笔,哪像我这个土包子?从今往后,你们干啥事也别来请示我了,我那庙太小,放不下你们这么大的神,回去我就向军区打报告,你们直接归军区领导算了!"

王红祥说:"你说话算话?"旬震国赶忙扯了扯王红祥的衣角,示意他别再说。

临走时,王红祥把郭大才叫过来说:"你带上你的迫击炮和全排战士,负责把司令员安全护送回军分区,少根手指头,回来我把你这个排长给撸了！"郭大才说："护送首长，干嘛不用侦察排？"王红祥说："你哪这么多废话，执行命令！"

郭大才老大不愿意，嘴噘得跟个喇叭口一样，只是不敢再说什么。

王红祥走过去对张健说："您老来一趟不容易，总不能让您白来不是？"张健说："不白来又能咋地，难不成你送我个老婆带回去？"王红祥说："我和政委还是铜锣槌子敲骨头——两条光棍呢，到哪里给你找老婆去？"指着远处的迫击炮排说："你看我给你准备的这礼物咋样？"

张健说："过两天我还来，你再送老子个骑兵排如何？"王红祥装聋作哑，只当没听见。

郭大才带迫击炮排把张健送回军分区后，饭也不吃，转身就走。张健说："去哪？"郭大才说："还能去哪？回纵队复命去！"张健说："回屁的纵队，你就老实在这待着吧！"

郭大才说："司令员命令我们把大司令送回来，任务已经完成了，还待在这里干嘛？"张健说："你们司令把你们都当跑腿费送给老子了，从现在起你们就是军分区直属迫击炮排了，没有老子的命令，哪也别想去！"又让警卫员喊来警卫班长，命令道："这些都是咱炮排的战士，由你负责他们的安全保卫工作，从明天开始老子每天早上都要亲自点名，敢少半个人，老子罚你养猪去！"

警卫班长立正说："明白了，保证完成任务！别说是人，就是一群麻雀，它也别想从军分区飞出去一只！"

郭大才终于彻底明白为啥王红祥专让他带迫击炮排护送大司令了，心说完了，完了，这下算是让司令员给偷偷调到军分区了，东阳山纵队算是回不去了，一屁股坐在地上抱住脑袋就嚎开了。

张健对警卫班长说："谁敢号哭，扰乱了老子的军心，你就给老子枪毙了他！"郭大才这才止住哭声，但还是坐着不起来。

张健走过来蹲在郭大才面前说:"郭大才,赶明儿我去军区找王司令要两门迫击炮回来,都归你使,再给你拨些有文化的兵,组建个迫击炮连,你要有种,就当好这个连长,给我好好地揍小鬼子,咋样?"

郭大才抹了把眼泪说:"大司令这话当真?"张健说:"军中无戏言,要不咱俩拉勾?"郭大才破涕为笑,翻身站起说:"那别让警卫班看着我们了,还是让他们保护大司令吧,我郭大才保证哪都不去,就待在军分区!"

第十章　曾经的窝

队伍走后，董家岭恢复了往日的宁静。赵老九虽不得已当了维持会长，可远近并没有人骂他是汉奸，这让他心里多少好受点。

然而，在日伪军的枪口下忍辱负重地艰难生存，日子虽然勉强过得下去，可村子却失去了曾经的辉煌。几十代赵姓先祖的苦心经营，历时三百余年才造就了这么一个被称作"小开封"的晋商古村。

从整体上看，董家岭依山傍水，绿树环抱，古风古韵的民宅随山就势，层楼叠阁。西部院落共有九层，东部有五层，暗合"九五之尊"之意。

七棵百年老槐自西北向东南构成北斗七星形状，蔚为壮观。鼎盛时期，村里当铺、银楼、镖局、学堂、赌场、戏院、油坊、醋坊、酒坊、面坊、豆腐坊、宰牲院一应俱全。

每年正月，泊池边，九龙槐下，365盏地灯专人看护，日夜不熄。赶上大集庙会，周边数十里之内的商贩百姓都来赶集做生意，更是人山人海，热闹非凡。

如今日伪横行，到处民不聊生，街面上人烟稀少，冷冷清清。赵老九每当没事就会搬把椅子坐在自家门前，看着眼前的村庄，想想往日的辉煌，心里感到无比失落。

生逢乱世，夹起尾巴做人，好在自己一村人成功躲过大难，总算是不幸中之万幸吧，只盼八路军越打越强，小日本早点滚蛋！

想到这里,赵老九紧锁的眉头就会舒展开来,有时甚至还会哼上几句《辕门斩子》中杨六郎的唱段:曾不记当年大闹董家岭,北国反了肖银宗……千岁口儿里唤延景,妹夫不住口内称,我单枪匹马救过你的命……

大年初一,赵老九让人早早做好了饺子,好吃好喝的拿上,亲自带人送到村外的碉堡里。

上次王红祥为给陈剑萧报仇,带人灭了里面的伪军,扒了碉堡,过后日军把账算在了长沁八路军的头上,又不敢去打,只是重建了碉堡,另派三名日军和一个班的伪军驻守。

日军吃喝完,瞪着红红的眼睛看着赵老九说:"过年大大的好,你的,良民大大的,良心大大的好!村子里,花姑娘的有?"

赵老九心里咯噔一下,心说坏了,正不知该咋样回答呢,日军早把刺刀顶在了他胸前:"你的不说,死啦死啦的!"

伪军班长说:"带他们去吧,日本人的脾气你又不是不知道,再说你就是不带,他们又不是找不到。"

日军说:"八嘎,快快的带路,花姑娘的找!"赵老九没办法,只好走出碉堡,边走边犯愁,一路磨磨蹭蹭,被日军打得鼻青脸肿。

刚进堡门,迎头碰上了赵喜旺,一起被刺刀顶住后腰挨家挨户乱找。

大过年的,谁家姑娘媳妇能躲得脱?很快拖出来五个,拿绳子绑了穿成一串,逼着赶进了碉堡。

这边赵老九和赵喜旺慌忙写清情况,把鸽子给三清寨放了出去,忐忑不安地苦苦等待着。

下午伪军过来通知去领人,才知道两个性子烈的当时就撞墙死了,另外三个吓傻了,躺那里任由日军欺凌。派人过去,扶回来三个,门板抬回两个。

冬天,很冷。董家岭,很冷。

王红祥他们赶到时,已经快半夜了。来时路过灵沁古道,才发现日军在路边设了个据点,绕了很远才过来。因此虽然是骑马,还是跑了十来个小时。

当夜,村外碉堡就被夷平了,没留一个活口。一来报仇心切,怒火压不住;二来担心日军知道了攻打碉堡和进村抢人的事有关,定会报复村民,招来更加难以想象的灾难。

走前,赵老九说:"这样下去肯定不行,日本人骨子里就是畜生,根本不是人,以后类似的事还可能发生!"

王红祥说:"我们回去后尽快研究办法,实在不行,就是纵队打回村来,也不能再让乡亲们遭毒手!"

办法一时难以周全,但是池峰毅第二天就带侦察排把日军据点的情况摸清了。

灵沁古道是晋中经由长沁通往晋东南上党地区的一条古路,开通已有一千多年。抗战爆发后,长沁成为太白山区革命根据地的核心地带,灵沁古道因此成了连接两地的"红色通道"。

当时,各级党政领导人、党的地下工作人员、游击队及红色交通员等,穿梭往来于灵沁古道,许多重要物资的流通也都是经过这里。日军为切断这条根据地的生命通道,在必经之路的磨盘峰上建立了据点,由20多名日军驻守。

池峰毅根据老乡的描述,结合侦察结果,仅带特务营一个排,连续蹲守了七天,在日军下山抢粮取水之时,兵分两路,一路伏击日军,一路抢进据点,干净利落地拔掉了这根毒刺。

此后,为防止日军重建据点,池峰毅派枪法好的战士在对面尖阳山顶设立了狙击点,只要日军一进入磨盘峰就放冷枪,迫使日军彻底放弃了灵沁古道。

百团大战时,东阳山纵队联合县大队和各区小队,兵分15路全线出击,在群众的配合下端炮楼,炸桥梁,扒铁轨,烧枕木,断公路,到处伏击日军,趁机第三次拔掉了董家岭碉堡。

在日军重修碉堡时,游击队故意到处骚扰,采用麻雀战、地雷战等多种战法,迫使日军又放弃了好几处据点和碉堡,其中就包括董家岭碉堡。

此后,王红祥派王虎安带领一营重回董家岭,帮助村里发展生产,挖煤出矿,训练民兵,同时整修工事,改建地道,队伍重新在村里站稳了脚跟。

第十一章 装 备

特务营组建后，一直缺枪少弹，打仗基本就靠侦察排那几十把盒子炮加上铁公鸡和手榴弹，有时接到任务临出发了还得去一营、二营借枪。池峰毅没办法，专门去找了王红祥。

池峰毅说："司令员，我那弟兄们能打，不怕死，都喊着要给陈副司令报仇，可这手里没家伙咋打，总不能就端着红缨枪往上冲吧。"

王红祥说："你说的情况我十分清楚，也很头疼，可眼下还能有啥好办法？部队一家伙扩充了这么多，兵工厂能力有限，单靠缴获杯水车薪，有些仗甚至还得赔着老本去打。各营武器本来就都不富裕，骑兵营有一半战士还没有装备枪械，打起仗来只能举着马刀冲锋，几百人干不过人家两挺轻机枪。眼瞅着战士们像秋后的树叶一样嗖嗖嗖往地下落，指挥部里哪个人不是心疼得直掉泪？"

池峰毅说："一营、二营底子厚，能不能给我们先协调点过来？省得我们总低声下气地开口找人家借。不痛快不说，闲话还挺多，听着怪难受！"

王红祥说："他们枪林弹雨拼死拼活才弄到手的家伙，换了谁也不愿意轻易借给别人不是？打胜了咋也好说，万一打了败仗，他们找谁要去？至于协调就更不好说了，借着使使还不痛快，直接开口向他们要更是难上加难，就是我这个做司令员的也不好开那口不是？"池峰毅说："照司令员这意思,就是没办法了？"

王红祥迟疑半晌说："要说办法其实也不是完全没有,没本事的人去偷,有本事的人去抢。说句不好听的话,你要真有那能耐,写信让日本天皇给你空投几箱也算！"池峰毅说："有司令员这句话就行,我回去可要开始行动了！"

王红祥说："我把丑话说在前头,你不管用哪种办法搞武器,一个必须遵守的原则就是花最少的代价,换最多的武器！"池峰毅说："敢问司令员,你说的这个最少的代价,究竟是咋样个最少法？"

王红祥说："以前咱纵队平均每缴获一支三八式步枪的代价是5名战士的牺牲,歪把子是9名,县大队和军分区的平均数是11名和20名,你把这个数字降到3名和5名以里,就算是满分！"

池峰毅说："好,那我自己找武器去。到时候没打报告,司令员可不能说我是擅自行动！"王红祥说："你只要交出满分的成绩,每搞回30条枪或者两挺轻机枪,老子就亲自给你开一次表彰会,戴一次大红花,全营上至营长下至伙夫,每人奖励洋布毛巾一块,高粱酒半斤！"池峰毅说："弄回重机枪咋个算法？"王红祥说："重机枪有一挺算一回,全纵队去你特务营开现场会！"池峰毅说："司令员可要记住你今天说的话,到时别赖账！"说完转身就走。

从王红祥那里出来,池峰毅把侦察排的人员叫来说："从现在起,侦察排全体出击,分散行动,三天内必须把方圆百里内所有伪军和晋绥军的驻防情况都给我摸清！"

情况报回来后,池峰毅和三个连长趴在地图上,仔细把铅笔圈起来的地名挨个分析了一遍,最后把注意力集中在150里外的平西县固马镇,那里刚驻进第六集团军一个加强连。虽然远了些,但是地处偏僻,远离平川,周边三十里内再无日军和晋绥军其他部队。

"就是它了！"池峰毅直起身来,手中的铅笔被狠狠地扔在了地图上。目标是找好了,可咋打呢?池峰毅叫人把提供固马镇情报的侦察员邱大宝叫了过来。

邱大宝说:"排长把袭击目标定在那里,简直是太英明了!"一连长段波说:"叫啥排长,叫营长!"邱大宝说:"叫啥不一样?"段波说:"回到侦察排,你想叫啥老子不管,在这里,必须叫营长!"

邱大宝没再理他,对着池峰毅说:"排长,打固马镇,我倒有一个主意!"池峰毅说:"本来是叫你来汇报驻守情况的,不过,你既然有好主意,不妨说出来让我们听听!"

邱大宝说:"咱纵队骑兵营有一个连原来不是晋绥军吗,那衣服在箱子里闲着也是闲着……"池峰毅打断他说:"好!"段波拍拍邱大宝的肩膀:"好小子,脑子蛮活套的嘛,有两下子,将来不让你干这个侦察排长,还真是委屈你了!"池峰毅说:"段波和我去李家洼见闫清涛,其他人各自回去,准备行动!"

见到闫清涛,池峰毅简单说了情况。闫清涛说:"抢武器倒是行,只是尽量别伤着人,陈长官手下的兵打仗不含糊,留着命等摩擦过去了还可以打鬼子不是?"池峰毅说:"我只要武器不要人,只要他们老老实实地把武器交出来,让我池峰毅喊他们亲爹都行!"

固马镇外。特务营到时,灰蒙蒙的天地间正飘着雪。池峰毅和邱大宝拎着镜面匣子走在队伍前面,身后是一连"晋绥军"押着大约两个连的"八路战俘"。

守兵排长问:"你们是哪部分的,进镇干嘛?"邱大宝说:"第六集团军新一师二团一营特务连,奉命押解叛军俘虏前往师部!"然后指着池峰毅说:"这是我们长官!"

排长说:"去师部咋不走大路?"邱大宝说:"你这问的不是废话吗,大路能走我们何苦绕这么远?"排长说:"大路咋的了?"邱大宝说:"大路昨晚让八路给封了,现在大批八路正向这边开过来,估计你们也快接到撤退的命令了!"

排长走到队伍跟前看了看，"战俘"里有人喊："决死队不是叛军，中国人不打中国人！破坏统一战线可耻，团结一致共同抗日光荣！"排长回头命令守兵把路让开，让他们过去。

进了镇子，池峰毅手一挥，"晋绥军"和"战俘"按计划重新编组，同时行动，分头直扑守军营地。

邱大宝带人返回镇口，突然亮出盒子炮，缴了守军的枪，把他们押进村来。

整个战斗几乎没响几枪就顺利结束了。清点战果，好家伙，每个人都大吃了一惊！没想到就这么一个小小的加强连就装备有轻机枪10挺，长短枪230支，手榴弹50箱，子弹20多万发，比八路军一个团的装备也差不了多少！

池峰毅想起走前闫清涛说陈运捷手下的兵打仗不含糊的话，不由得哑然失笑。当然，按照战前制定好的方案，这个加强连被集中起来绑好，所有武器、给养都成了特务营的战利品。

被捆成一团的连长战战兢兢地问池峰毅："敢，敢问长官是哪路尊神？"池峰毅说："老子是东纵特务营，营长池，池峰毅，咋个意思？你他妈是想来寻仇，还是咋的？"接着拍拍那个连长的脑袋说："妈的，你把老子都给绕结巴了！"连长说："不敢，不敢，鄙，鄙人是想让，让弟兄们永远记得感谢池长官，不，不杀之恩！"

池峰毅大手一挥说："把东西都给老子带好。"连长小声对跟前的连副说："这，这小子，八成又是个土匪出身的泥，泥腿子！"连副说："好俺的连长大人哩，你就少说几句吧！万一惹恼了人家，咱还有的活命吗？"

邱大宝说："营长，咱都拿走了，这么冷的天，把他们饿死了，将来闫营长那里咋交代？"池峰毅说："咱管他，谁，谁他娘的管咱？饿死活该！"又说："打仗，没点狠劲不行！要不是闫，闫营长那一句话，你信，信不信老子全给他砍了？"就这一句话，费了老大劲才说完，憋得脖子上的筋都暴起来了。

回到驻地，池峰毅就落下个说话结巴的毛病，很长一段时间后才改好，在东纵传为笑谈。

庆功会上，王红祥说："刚抢了一伙晋绥军就把你老池弄成这副熊样，这要再抢一个日军小队，保不准你就能当个翻译了。"

东条子自然是侦察排关注的重中之重。从固马镇回来没多久，池峰毅就把眼睛死死地盯在了那几十里山路上。

其实自开战以来，王红祥一直就没让东条子出过自己的视线，只是忌惮岭上据点的日军，加上日军在其南北两路都驻有重兵，增援太快，因此自从上次打完据点就再没机会行动。

然而，池峰毅却不是王红祥。

从某种意义上说，自打手里有了家伙，从此便没有他池峰毅不敢干的事。

大雪还没消融，日军的汽车便恢复了运输。

"鬼子这是在中条山给饿急了，老子偏不让他吃！"池峰毅在营部会议上说。参加会议的多了个邱大宝，他现在已经是侦察排排长了。

邱大宝说："鬼子两天前就恢复了运输，车次还挺多，只要去了，随时就可以抓着吃，只是得提防来自据点和两头的援军，须在行动前先安排好阻援部队！"

池峰毅说："我哪管得了他是援军还是守军了，咱就这点兵力，不能分开，万一东西多了拿不回来咋整？反正就一条，集中火力打车队，抢东西。鬼子的军车在雪地上不敢开太快，咱就在郭家梁子那里打它，告诉战士们尽量多带些地雷手榴弹，掐头堵尾，打趴窝了一拥而上，抢了东西就抄小路翻山跑。至于援兵，不管他从哪路来都是一个打法，就地往死里打，不来正好！"

段波说："营长这是穷怕了，要不咱找骑兵营多借几匹马，把那汽车也给它拉回来？"池峰毅说："有那力气，还是多驮点武器物资划得来，要汽车有屁的用？"

邱大宝说得没错，还真是一上去就抓住了大肥货。

十多辆军车蒙得严严实实，蜿蜒两里多地，哼哧哼哧地从沟底爬进了伏击圈。段波说："营长，要再多几辆，咱的包围圈就给撑破了。"池峰毅说："说那没用的干嘛，这不是正好没撑破吗，快打吧！"段波赶忙拉响了地雷，顿时天崩地裂一声巨响，头车就差没给炸到沟里了。

头车被炸，后面的赶忙想法掉头，可山路狭窄，哪里掉得过来？想要倒车，后面邱大宝早炸了尾车，把路堵得严严实实。一时间枪声四起，手榴弹像蝗虫般飞了过去。

护车日军小队并不惊慌，他们迅速下车各找隐蔽物，拼命顽抗。

川军血性，没打两分钟呢，早忘了池峰毅的嘱咐，还没等到冲锋号声，早都跃出了战壕。有枪的端着上好刺刀的枪，没枪的高举着明晃晃的大刀，山呼海啸般卷了下去。

日军明知难以阻挡，但是毕竟是护车队，每一个都是精挑细选的好兵。面对蜂拥而来的对手，他们毫无惧色，有条不紊地开着枪，枪法准得吓人。

冲下来的战士不断有人中弹倒下，转眼间伤亡了好几个，池峰毅急得直跺脚。好在队伍很快冲到日军跟前，一阵刀光剑影，等池峰毅跑过去，日军已经连具完整的尸体都没有了。

打开篷布检查，一连十几辆车都是满满的给养。池峰毅来回跑了几遍，见没武器，感到非常失望。他站在车头上高喊道："都给老子仔细检查，迅速打扫战场，搬上东西撤！"

邱大宝突然兴奋地喊："枪！枪！营长，这里有枪！"池峰毅带人跑过去一看,立刻兴奋得跳了起来,乖乖,我的个老天爷爷哩,一堆面袋子下面,足足码放着50箱长枪!

战士们全都跑了过来,个个高兴得手舞足蹈,哇哇乱叫。池峰毅说:"都别净顾高兴,先搬枪和子弹,物资搬不动的全给老子烧掉,就算是一双鞋垫,一块肥皂,也不能给鬼子留下!"

临撤退时,东条子据点的日军到了。池峰毅命令留一个班战士阻击,其余的全部搬运东西。

为掩护大部队安全撤离,也为了那500条崭新的三八式快枪,12名特务营战士顽强抗击着50多名日伪军的疯狂冲击,宁死不退。

战至最后,山下的日军也赶来加入战斗,两路日军合力围攻。12名战士弹尽力竭,手里的大刀片子全都砍得卷了刃,就连身边的石头蛋子也都用完了,却始终无一人退却,更无一人投降,最后全部战死。人称"东条子十二壮士"。

战斗结束后,日军站成一列,向壮士们集体鞠躬致敬。完了按照县城司令部的命令,把12名战士的头颅砍下,带回据点挂在门前示众,借以威吓抗日民众。壮士们的尸身全部曝尸荒野,后被山下百姓冒死掩埋。日军得知后,也不前去制止。

两天后,段波和邱大宝带领一连和侦察排趁夜潜回东条子。一连监视,侦察排动手,未伤一人,把战士们的头颅抢了下来。又连夜返回郭家梁子挖出尸体,运回驻地。

行动中,据点日军明知特务营就在门外,却始终装作不知,没敢放一枪,更别说攻出据点了。

后来由于汉奸告密,日军曾把一营长王虎安的老母亲抓回来关到东条子据点,企图胁迫王虎安投降。因王虎安已驻扎在董家岭,特务营第一时间写信派人送进据点,限期24小时放人,否则就攻进据点强行救人。落款是"特务营东条子伏击战川军敢死队"。

据点日军慑于川军血性，只好乖乖地把人放了，还派伪军用毛驴把人送回根据地，老人家毫发未损。

晚上，池峰毅找到王红祥说："司令员，特务营现在手里存的不少枪，能否再扩充三四个连队？"王红祥说："特务营干得漂亮，战果辉煌，纵队同意特务营先扩充一个连，你把该留的枪留下，剩下的都交回纵队，我有大用！"

池峰毅说："扩充一个连还用得着来请示你大司令？"王红祥说："按说我不该跟你开这个口，上次你找我要枪，我枪毛也没给了你一根。可现在就不一样了，你一个营战斗力能顶咱半个纵队，你就是纵队的半个司令员，所以你得替我多考虑考虑整体的事情！"

池峰毅只是呼哧呼哧地抽烟，并不开口。王红祥又说："老池，上次我不是跟你说过嘛，骑兵营缺一半马枪。我派人去打听过了，总部兵工厂已经成功试制出一批八一式枪，枪身短，重量轻，打得准，正适合骑兵使。我打算跟他们做笔买卖，用300支三八式换他100支八一式回来，你看有多划算不是？"池峰毅说："300换100，还说划算，司令员这账是咋样算的？"

王红祥说："眼下这马枪咱还不好靠缴获补充，这玩意你就是钱再多也买不来。骑兵手里没有马枪，严重影响战斗力，咱这也是被逼无奈呀。从长远看，骑兵就相当于咱的摩托化步兵，迟早发挥天大的作用，这笔买卖是稳赚不赔！"

池峰毅想了会说："好吧，其实还不就是你大司令一句话，我即使不愿意又能咋的？"王红祥说："你是明白人，关键时刻不糊涂，怪不得政委总夸你呢。下次再开会时，老子就提议你当纵队副司令员！"

池峰毅说："你就是让我当了军区司令员，这个特务营营长我也得继续兼着！"王红祥说："真当了军区司令员，连张司令和老子这个大司令都得听你的了，你还兼个特务营营长有屁用？"

抗战时期,总部兵工厂共生产八一式步马枪 9600 多支。王红祥的东阳山纵队充其量只能算是一支地方武装,然而一家伙就换回 100 支八一式,轰动了整个太白山根据地。

百团大战后,日军调整部署,从临祁调集 300 余兵力偷偷北上,准备和县城日军合击军分区驻地罗汉塬。我决死二纵队利用内线人员侦获情报,随即通报给军分区。

张健调集军分区两个主力团,又从军区借了一个加强营,总共 4000 多兵力,决意在四十里外的西崖底伏击北上日军,把阻击县城日军的任务交给了东阳山纵队,要求围歼战打响后至少拖住县城日军 12 个小时。

要打大仗了,王红祥决定动用特务营和骑兵营二连、炮连一、二排,统由池峰毅指挥,西出灵沁古道,在禹王岭一线布设阻击阵地,坚决堵截日军南进。

王红祥布置完任务后对池峰毅说:“这是场硬仗,你得好好动动脑子了。打阵地阻击战可不是咱的强项!”池峰毅说:“司令员放心,不到万不得已,我才不会和鬼子拼消耗,一句话,鬼子只要到不了西崖底就算咱的胜利!”

回到营里,池峰毅说:“县城鬼子一旦得知临祁日军被围,必定会在禹王岭和我们玩命,想拼死突破阻击前去解围,咱可不能傻呆呆地把部队就那么摆着和鬼子死拼,那样阵地迟早会丢。炮兵和骑兵可都是司令员的命根子,这次司令员不把全部炮兵、骑兵都派出去,也正说明了这个。咱拼光了,把司令员的命根子也丢掉一半,任务最终还是完不成,这事咱坚决不能干!假如鬼子在攻打禹王岭时,县城突然被围攻,你们说鬼子是继续往前攻呢,还是回来保他的老巢呢?”

大家说:“应该是老巢重要吧。”池峰毅说:“既然老巢重要,那么,第一,咱要提前让侦察排混进城里去,能进去几个算几个,全进去最好。第二，炮兵两个排都要提前隐蔽在城外，我让三连随你们一起行动。等到鬼子大部队出城八小时左右，在禹王岭被特务营拖打得差不多了，你们内外同时行动，动静搞得越大越好。到时候，城内大乱，城外大炮猛轰，不怕他小鬼子不回去。第三，骑兵连提前到达周庄一带树林里隐蔽起来，鬼子南进时放他过去，鬼子返回时突然冲出来杀他一顿，等鬼子摆好阵势要干了，你们就快速撤离，南进禹王岭和特务营会合。假如日军过去五小时了还不见返回，那就是出状况了，或许是县城那边没打怕，没打疼，或许是鬼子决意去救被围日军而甘愿弃县城不顾，如果真这样，那三连和炮兵干脆假戏真唱，一举拿下县城。而你们骑兵连则须坚决向禹王岭开进，从鬼子背后发动猛烈攻击，和特务营对鬼子形成夹击之态，咱也就死马当活马医了。实在扛不住了，还可以通知董家岭的一营出北山对鬼子形成第二道防线。要是还挡不住日军，那咱东阳山纵队基本也就把家底打光了，司令员也成光杆司令了，成了叫花子了，哪里还能顾得了军分区的死活？"

自打决定和临祁日军合击军分区以来，河内礼藏就一直精心准备着。几天来，他几乎每天都待在作战室里，仔细分析进军路线，精心调整部队防线。又频频和临祁日军联络，一副踌躇满志、志在必得的样子。

按照计划，临祁日军会在抵达罗汉塬前8小时左右，通报河内礼藏，河内礼藏应亲率县城日军主力和伪军一部，经周庄南进，直出禹王岭，和临祁日军南北夹击，一举拿下罗汉塬，消灭军分区主力，彻底解除来自县城西部的威胁。

如果日军果真如此，那别说一个军分区，就是三五个也都得叫他一锅端掉！偏偏被张健提前获得了作战计划。

临祁日军刚出南霍县，就在西崖底钻进了军分区的口袋阵。日军在八路军的四面围攻下，很快被打得晕头转向，溃不成军，只好在西崖村就地构筑工事,凭借武器优势拼死顽抗,一面给县城日军发报,要求紧急增援,妄图突出重围。

河内礼藏接报后大吃一惊,他迅速指挥日伪军由南门出城,仅以伪军一部和警察大队守城,自带大队人马直奔西崖底。刚到禹王岭,河内礼藏就遭到特务营三个连的迎头痛击。

特务营虽刚刚扩充了一个连队,但其主体仍是川军,组建以来还是头一次和这么多鬼子面对面干,开打后根本停不下来,个个都像刚钻出铁笼的野狼,龇牙咧嘴又扑又咬,杀红了眼。一批批战士倒在了日军的密集炮火之下,双方均损失惨重。

激战数小时后,日军仍被死死地困在禹王岭上,无法前进一步。就在河内礼藏暴跳如雷,挥舞战刀准备亲自督战一举冲过禹王岭时,县城守军的急电到了。

垂头丧气的河内礼藏思索再三,命令日军停止进攻,全速返回。快到周庄时,又遭闫清涛亲自带领骑兵连突然杀出,心急如焚的日军无心恋战,边打边撤,丢下大批尸体狼狈逃回县城。可里里外外都找遍了,哪里还看得到攻城部队的影子?只好把火气全发泄在留守伪军身上,以谎报军情为由,把伪军大队长打得体无完肤,奄奄一息。

经此一战,河内礼藏几乎损失一半人马,县城差点丢掉,还害得临祁300余名日军全军覆没。没几天,河内礼藏就被调离前线回到联队,仅当了个联勤小队长。池重吉川代替了他。

禹王岭战斗后,王红祥命特务营和骑兵连就地在董家岭休整补充。没过多久,纵队由旬震国等人留守山寨,王红祥带炮连回到村里。一来增强河西抗日力量,二来解决大队人马吃饭问题——贫瘠的东阳山大地早已负担不了千余人马的衣食。

董家岭从此"三军"驻守(步、炮、骑),兵强马壮,他们和军分区、县大队互成掎角之势,成了令日军闻之胆寒的坚固堡垒。

挨得近了,张健和胡玉宝自然成了董家岭的常客。张健说:"池峰毅这个营长不简单,文盲一个,斗大的字认不了一麻袋,却把'围魏救赵'的计谋使得溜溜转,天生就是把打仗的好刷子,等再有战斗了,你还借我用用!"

王红祥说:"他现在已经是东阳山纵队的副司令员了,不过还兼着特务营营长,大司令想借他,不难,咱先把这次打阻击的账算清,看看你得给我多少挺轻机枪,外加多少个掷弹筒。"

张健嘴里喷出个烟圈,不紧不慢地说:"好说,好说,算账前,你先和我去趟军区,咱当着王司令的面把你私自成立东阳山纵队的事说说。"

王红祥说:"谁说我成立东阳山纵队了?"张健说:"你刚才亲口说池峰毅已经是东阳山纵队的副司令员了,还想抵赖?"王红祥心想这个阻击算是白替军分区打了,暗骂自己嘴贱,只好自认倒霉,再不敢多说一个字。胡玉宝则在一旁幸灾乐祸地抿嘴偷笑,被王红祥狠狠地瞪了一眼。

王红祥喊来炊事班长说:"晚饭准备的啥?炊事班长说:"酱肘子,红烧老母鸡,高粱酒!"王红祥问:"特务营的伤员们吃啥?"炊事班长说:"蒸鸡蛋,小米汤。"王红祥没好气地说:"把肉都给伤员送去,我们晚饭只吃窝窝头,老咸菜!"炊事班长应了一声就走了。

张健和胡玉宝面面相觑,都借口有事匆匆告辞而去。王红祥心情沉闷,哪里还有心思吃饭,天还没黑就捂住脑袋睡了。

第十二章　暗　夜

　　王红祥走后，赵富贵带领骑兵连四处出击，驰骋河东，杀得驻扎在此地的伪军中队哭爹喊娘，东奔西逃。伪军对他既恨又怕，却无计可施。赵富贵一时间威风八面，呼风唤雨，根本不把句震国和任保和、吴来泉等人放在眼里，俨然成了东阳山根据地的当家人。

　　又一次行动结束后，赵富贵命几个战士押送十来个俘虏前往山寨，自己顺便带了两条烟去看老爹赵家声。赵家声安排伙房加了两个菜，和儿子一起吃了顿饭。酒足饭饱后天色已晚，赵家声担心路不好走，就安排儿子住在了后勤部。

　　赵富贵一觉醒来，已是半夜。解完手看见前面屋子亮着灯，知道吕春桃在那住着，突然起了邪心，歪歪扭扭走了过去，咚咚咚敲了门。

　　吕春桃说："谁呀。"赵富贵说："我！"吕春桃说："是赵连长啊，这么晚了找我有事吗？"赵富贵说："你先开门，骑兵连今天伤了几个战士，我来和你商量商量！"吕春桃刚把门打开条缝，赵富贵就挤了进去。吕春桃说："伤员在哪呢？"赵富贵说："逗你呢，哪有伤员，我就是专门过来看看你！"吕春桃见他酒气冲天，知道没啥好事，猛不丁一把将他推出门外，死死地关上了门。赵富贵恼羞成怒，使劲踹门。赵家声听见声音，飞跑来拉住儿子说："你一个堂堂的纵队骑兵连连长，大半夜的踹女战士的门，难道就不怕被执行纪律吗？"赵富贵说：

"吕春桃你个贱货不识好歹,老子打鬼子杀伪军立下了汗马功劳,要不是老子在前方舍命杀鬼子,你个臭娘们早不定让多少鬼子给糟蹋了,老子跟你要要就咋了?"挣脱赵家声又踹过去一脚。

这么大的动静早惊动了旬震国。他赶来看到这一切,大喝一声:"赵富贵,你放肆!"赵富贵吃了一惊,乖乖地站着不敢再闹。旬震国问赵家声:"咋回事?"赵家声说:"他喝了二两猫尿,半夜起来踹吕部长的门!"旬震国命令警卫班:"把赵富贵给我绑了,关禁闭室!"赵家声对赵富贵说:"亏了司令员眼瞎让你当了连长,我看你就是烂泥上不了墙,狗改不了吃屎!"赵富贵瞪了赵家声一眼说:"政委管管也就算了,你个破部长算老几,也敢管我?"赵家声冲过去扇了赵富贵一个耳光,对旬震国说:"我自己的种自己最清楚,这王八蛋迟早惹出事来,我看不如现在就枪毙了这个狗日的!"旬震国说:"咱八路军纪律严明不假,但是不能随便就枪毙自己的同志,就先让他在禁闭室好好反省反省,反省完了再说!"

赵富贵虽说蹲了五天禁闭,可哪里反省得过来?大会小会上挨了不少批,还做了好几次"深刻"的检讨。回到李家洼后,赵富贵心里越想越觉得窝火,干脆不再打仗,整日待在连部吃肉喝酒,喝多了偷偷换装骑马进城,专找灯红酒绿之地寻欢作乐。城里的侦缉队便衣队又不是吃干饭的,一来二去起了疑心,只要见到赵富贵进城,就派人暗中死死地盯着他,直到发现他身上带着短枪,终于开始收网。

翠红院的当红窑姐艺名小桃红,长得好看不说,还特别妖气,是赵富贵的最爱。赵富贵每次进城都要去找小桃红。便衣队队长刘大头来到翠红院对小桃红说:"那个人是我们要抓的可疑分子,他下次再来找你,你只需把他灌醉,瞅机会把他的枪藏起来,我们自会进去抓人。你要敢不配合,就把你当八路卧底交给宪兵队!"小桃红吓得浑身哆嗦,连连点头。赵富贵就这么轻易地落到了池重吉川的手里。

宪兵队审讯室里，日军为了撬开赵富贵的嘴，动用了十八般刑具，赵富贵被打得死去活来，愣是咬紧牙关不开口。宪兵折腾得累了，只得报告池重吉川。池重吉川说："拉出去枪毙算了！"刘大头说："太君先别忙着枪毙呢，我觉得他绝不是一个普通的山匪或者土八路，我请求您把他交给我，让我来试试，实在不行再杀也不迟。"池重吉川说："好吧，就把他交给你！"

刘大头带了两个花枝招展浓妆艳抹的日本军妓来到审讯室，看到赵富贵被绑在柱子上，耷拉着脑袋，跟死人差不多。刘大头走上前去，用枪管托着下巴，把赵富贵的脑袋顶起来。赵富贵慢慢睁开眼睛，恶狠狠地盯着刘大头。刘大头说："我知道你绝不是一般的土匪惯盗，他们还真没你这么硬的骨头。看到这两个日本娘们了吧，够水灵吧？你只要说出你的真实身份，这两个日本女人从今天起就是你的。另外，你还可以从夜袭队队长和皇协军副大队长这两个职务中任意挑选一个，从此过上灯红酒绿、荣华富贵的生活！当然，你要有其他的要求，我还可以请示日本人尽量想办法满足你。但是如果你还是不开口的话，就只有死路一条！"赵富贵想了想说："实话说吧，老子就是你们要找的八路军东阳山纵队骑兵连连长赵富贵，你们只要答应帮老子攻下东阳山根据地，抓住后勤部的吕春桃那个臭娘们，老子就当你们的夜袭队队长！"刘大头听后大吃一惊，急忙打电话向池重吉川进行了汇报。

池重吉川听完刘大头的报告不由得大喜过望，当即指示刘大头完全答应赵富贵的要求，同时委任赵富贵为夜袭队队长，又奖给刘大头和赵富贵每人200块大洋。当夜，赵富贵领路，刘大头带领便衣队和伪军一个中队，400多人的队伍直向李家洼摸过去。

走近村口，暗哨问："谁？口令！"赵富贵说："是老子！"哨兵收起枪说："是连长啊。"冷不防被一个伪军从身后捂住嘴，一刀划断

　　董家岭古村落依山就势建于半山腰的坡地上，村内院落沿着由七星古槐、泊池、文笔塔组成的中轴线自然分布在左右两侧的山坡上，左边山坡有九层院落，右边有五层，暗合"九五之尊"之意。兴盛时期，村内有自己的银楼、戏院、当铺、镖局、店铺以及宰牲院、豆腐院、油坊院、磨坊院、木工院等，成为远近闻名的兴旺发达之村。

了喉咙。再走几十步，村口明哨同样被顺利解决掉。赵富贵借口夜间演习，通知全连集合。一百多人的队伍刚站好队形就被隐蔽在暗处的伪军一拥而上，全被缴了械。赵富贵命令把他们关在几孔窑洞内，留下几个人看着，自己继续带领伪军摸上山去。一路好几道暗哨明哨，没有一个来得及鸣枪报警，全都不明不白地牺牲在黎明前的暗夜里。

后勤部在山寨最底层，自然首当其冲。赵富贵说："我爹是后勤部部长，给我五分钟时间，我去劝说我爹投降，你们先别着急动手，都在外面等我，既然都已经进寨了，东阳山纵队就已经是盘子里的菜！"刘大头说："行，那你快点。"

父子见面，赵家声说："你那脸上咋了，受伤了？"突然觉得儿子此时来找自己有点不对头，立即警觉起来，手摸住枪身说："你这时突然来干嘛？"赵富贵说："爹，你紧张个屁，拿枪杀儿子？实话跟你说吧，我已经投了日本人了，那八路迟早干不过日军，早晚还是让日军给灭了，你收拾收拾跟我们走吧，咱到县城享福去，吃香的喝辣的，我和吕春桃给你生一堆孙子，给你养老送终……""住口！"赵家声打断赵富贵的话说，"你个狗日的果真是投降了鬼子了，我早就觉得你不是个东西！"往门外看了看，院里黑压压站满了人。赵富贵说："别看了，外面都是皇军！"赵家声说："你投降了鬼子，就是国家的罪人、赵家的耻辱，活着被人骂作汉奸，死后也不得进入赵家的祖坟！"赵富贵说："爹，你就别再执迷不悟了，快把枪放下，小心走了火，你就我一个儿子，难道还肯把我打死不成？"赵家声想到日军就在院里站着，说不定已经摸到了哨院、兵院、插旗石等几处险要位置，现在还没有响枪，说明政委他们还不知道消息，形势十分危急，时间刻不容缓！想到这里，赵家声坚决地举枪对准赵富贵扣动了扳机。赵富贵猛扑上去一把托起赵家声的手臂，子弹从窗户射了出去。赵家声稍一愣神，随即连续扣动扳机，清脆的枪声迅速传遍了整个山寨。赵富贵大怒,使全力夺过枪,顺势飞起一脚,早把赵家声踢倒在地,门外伪军涌进来死死按住了赵家声。赵富贵说:"快随我抢攻山寨!"

旬震国被枪声惊醒,急忙冲出棚屋,指挥警卫班守住大门,就地还击。伪军在赵富贵的带领下分别攻打几处营地,硝烟弥漫,枪声大作,手榴弹的爆炸声此起彼伏,从睡梦中惊醒的战士很多还没来得及反应就被手榴弹炸死在屋里。好在有赵家声的枪声报警,反应快的战士迅速组织还击,尽量掩护战斗力较差的后勤部队撤离,使得一些战士得以幸存并退向后山。

赵富贵亲自带领一个排攻打旬震国住的小院。警卫班战士身经百战,个个战术娴熟,枪法精准,哪那么容易被吃掉?短短几分钟,门外的伪军就倒下了十好几个。赵富贵让少量伪军在正面攻击,自己指挥其余伪军偷偷从侧翼迂回,靠近院墙外的射击死角,把手榴弹接二连三地扔了进去,伪军终于攻进了院子。旬震国被手榴弹炸到头部,早已牺牲,幸存的两名战士靠在一起,伪军冲到跟前时拉响了手中的手榴弹,和几个垫背的伪军同归于尽。此战,东阳山纵队留守部队包括政委旬震国、二营长任保和、指导员吴来泉、后勤部长赵家声在内的 400 余人非死即俘,只有吕春桃等不足50 名后勤战士在战友的拼死掩护下从后山逃出,最后辗转回到董家岭营地。

旬震国,1914 年 3 月生,福建武夷山人,红一军团战士,八路军东阳山抗日游击纵队政委,1941 年 4 月牺牲。

任保和,1916 年 9 月生,湖南怀化人,国民革命军第 43 军上士班长,1938 年夏加入八路军,八路军东阳山抗日游击纵队二营营长,1941 年 4 月牺牲。

吴来泉,1921 年 10 月生,山西晋中人,八路军东阳山抗日游击纵队二营指导员,1941 年 4 月牺牲。

赵富贵的叛变给东阳山纵队造成了巨大的损失。东阳山基地被完全破坏,赵老九在县城的商号也在一夜之间被彻底捣毁,掌柜张长元和几个伙计也全被夜袭队抓走活埋。赵家声被抓回去后始终软硬不吃,叫骂不绝,一直绝食相抗,最后壮烈牺牲。

王红祥悲痛之余和池峰毅、王虎安、闫清涛他们紧急制定对策,做出了暂时放弃东阳山基地和铲除叛徒汉奸、重建二营、解救骑兵连、恢复后勤部等决定。任命段波为二营营长,吕春桃为后勤部部长;成立锄奸队,邱大宝兼任锄奸队队长,确定由王虎安和闫清涛负责解救骑兵连。几天后,军分区调派分区独立团副政委张高强担任东阳山纵队政委。凤凰涅槃,浴火重生,遭受严重打击后,王红祥带领东阳山纵队走上了艰难的愈合之路。

第十三章　锄奸行动

打蛇须打七寸。如何准确抓住赵富贵这条毒蛇的"七寸"成为邱大宝和队员们侦察工作的重点。

赵富贵不傻,他深知自己在东阳山纵队身上犯下了滔天罪行,时时担心遭到王红祥的报复,并因此住进了日军宪兵队院内,平时深居简出,行踪诡秘,非到万不得已,绝不轻易出现在公开场合。就连池重吉川专为他和刘大头召开的庆功宴会,他也托辞养病,仅派"夫人"小桃红代表自己出席。

早在1938年,日军侵占县城后,为及时掌握敌情,八路军就选派家在县城的新军209旅特务连一排长张子明留在城里伺机打入敌人内部,搞地下特工活动。不久,经人介绍,张子明在伪县公署当了文书,在敌营站稳了脚跟,并逐渐取得上司信赖。一年半后,张子明担任了警察大队队部司事官,统管着全队领发薪饷、来往情报和武器弹药领存。同时,张子明还参加了青帮组织,以便结交各路朋友,便于开展敌工工作。短短几年,他就凭借工作便利发展了一大批人员,不仅有商会的商人和学校的教员,甚至有警察大队、伪军大队、新民会等单位的伪职人员,成为一支插进敌人心脏的地下尖兵。

根据军分区提供的接头地点和方式,邱大宝进城后很快和张子明见了面。

邱大宝说明情况后，张子明说："东阳山纵队的损失让人十分痛心！本来伪军大队也有咱们的敌工关系，可事发太突然，让敌人打了咱的闷棍，咱们的人也是第二天才得知消息。我现在只知道赵富贵和小桃红住在宪兵队院里，其他的还不清楚，我尽快想办法打听具体情况。"邱大宝说："只要他走出宪兵队，咱们就好下手！"张子明说："现在最重要的还不是赵富贵，他已经不能给我们带来更大的威胁，杀他是迟早的事。我认为当务之急是骑兵连的下落，这事才拖不得！"邱大宝说："你说得很有道理，但如果我们能尽快铲除赵富贵，那对震慑汉奸和动摇分子、鼓舞民众士气都将起到大的作用。至于骑兵连的下落，现在纵队也在发愁，你要能尽快打听到，那真是再好不过了，我代表纵队全体战士先感谢你！"

出来后，邱大宝找了身破衣服把自己扮成乞丐，脸上抹了锅灰和泥巴，手里提着根木棍，拿个破碗在宪兵队周围转悠了好久，想碰碰运气。然而，哪里等得到机会？不得已，天黑后又回到张子明家里。

张子明说："你回来的时间正好，骑兵连有下落了！"邱大宝说："啥情况？"张子明说："连人带马都在东条子据点关着。鬼子也想把这支骑兵争取过去为他们卖命，以提高东条子据点守军的反应速度，骑兵们坚决不答应，鬼子不死心，许以优厚待遇，先好吃好喝招待着，派人日夜做他们的工作，只是不给自由，双方僵持着了。但是我担心时间长了鬼子一旦失去耐心，那麻烦就大了！"邱大宝说："这消息真是太好了！我今晚就派人回去报告司令员，先救了骑兵再说！"张子明说："城里还有东纵的人？"邱大宝说："还有五个，进城后我担心目标太大引起日军怀疑，让他们先在城南真武庙藏着了，你能不能想办法送一个出城？"张子明说："这倒不难办！"

张子明领着锄奸队的陈军军走到南城门，城门早关了。守门伪军说："张哥，这么晚了，你这是要出城去？"张子明说："我倒不出去，我表弟下午进城来给儿子抓药，在我那多喝了几杯，睡过头了，这不着急回去送药呢，给兄弟们添麻烦了！"说完递过去条烟，说："哥几个拿着，夜里乏困了抽！"伪军连声感谢，急忙开了城门。陈军军疾走如飞，赶往董家岭。

邱大宝和张子明商量到大半夜，也没想出个除掉赵富贵的办法来。第二天，邱大宝继续化装侦察。张子明找到伪军中的敌工人员李如棚，商量如何除掉赵富贵，坐了一上午，也没任何收获。

城北照相馆的女老板尤凤仙长得十分漂亮，被日军小队长藤田久野长期霸占。尤凤仙非常厌恶藤田久野，却毫无办法，表面还得装出十分喜欢的样子。邱大宝转悠到城北，正好看到藤田久野钻进了照相馆，被尤凤仙领着进了后院。邱大宝躲在巷子拐角处，观察良久才看到藤田久野心满意足地走出照相馆，边走边扎武装带。邱大宝返回张子明家，穿戴一新，来到城北，进了照相馆。

拍照后，邱大宝来到柜台前付钱。尤凤仙说："客官记得把凭条收好，七天后拿上凭条来取照片。"邱大宝低声说："兄弟有笔大生意要和老板商量，咱借一步说话如何？"尤凤仙说："哦，你随我来吧。"把邱大宝领进了后院。坐下后，邱大宝看着尤凤仙说："直说了吧，我是东阳山纵队锄奸队的，想跟你商量点事！"尤凤仙一时惊呆了。良久，她才哆嗦着说："你不会是来杀我的吧，我可不是汉奸哪。"邱大宝说："你别紧张，我不会杀你，不过你要老实说清你跟那老鬼子咋回事！"尤凤仙说："那鬼子在县城说一不二，我一个弱女子要维持生意，又能有啥办法？虽然依了藤田，可天地良心，我只老实做我的照相生意，从没有做过任何帮日本人伤害老百姓的事，不信你可以去打听！"邱大宝说："那你想不想我们帮你除了藤田那老鬼子？"尤凤仙哭着说："想！咋不想？我恨不得现在就杀了藤田那老畜生，他哪里把咱中国人当人看待？"说着露出脖子上和胳膊上的掐痕让邱大宝看。又说："身上还有很多，比这还厉害，只是不方便让兄弟你看！"邱大宝说："好，我一定替你除了藤田，让他永远不能再来祸害你！不过，你得配合我们先除掉一个汉奸，他出卖了东阳山纵队，带领鬼子捣毁了我们的基地，还杀害了我们好几百战士，他现在死心塌地为鬼子卖命，被鬼子任命为夜袭队队长，不尽快除掉这个祸害，不知道还会有多少人死在这王八蛋手里！"尤凤仙说："你看我该咋样帮你们？"邱大宝压低了声音，如此这般地对尤凤仙说了好一会。尤凤仙擦掉眼泪说："好，我记住了，打鬼子除汉奸，我尤凤仙虽说现在迫不得已屈从日本人，但我咋说也是个中国人！"

第二天，李如棚带几个伪军来到照相馆，把尤凤仙和两个伙计叫上，几个人边走边拍照，一直拍到宪兵队门前。李如棚叫尤凤仙先给几个伪军拍，自己进了宪兵队。见到宪兵队长山本一禾，李如棚说："皇军大大的辛苦！我们叫了照相馆的人拍照，现在就在外面，叫进来顺便给皇军拍几张寄回家里，大大的好？"山本一禾翘着大拇指说："你的，良心大大的好，快快的叫进来，拍照大大的！"李如棚出去叫了尤凤仙和伙计回来，先给日军拍，又给夜袭队拍。尤凤仙眼瞅着赵富贵问夜袭队队员："那个人是谁呀，长得那么俊朗威武。"故意让赵富贵听见。队员说："他是我们队长，换了别人，那能有那么威武吗？"赵富贵听得心花怒放，走过来说："老板抬爱，你们这是哪家照相馆？"尤凤仙含情脉脉地看着赵富贵说："俺们是城北照相馆的，队长有时间了记得常来照顾俺们生意哦。"赵富贵听得心都酥了，忙说："一定去，一定去！"

下午，赵富贵仔细回想了所有的细节，觉得没有任何可疑之处。思索再三，还是不敢大意，心急如焚地一直挨到半夜，看街上静悄悄的没有一个人了，赵富贵这才叫起几个夜袭队队员，全副武装，偷偷摸摸地来到北城，敲开门进了照相馆。赵富贵吩咐队员们待在外屋，自己借口说事，让尤凤仙领他到后院去。尤凤仙轻飘飘地走在前面,赵富贵欲火焚身,紧跟着进了后屋。一进门,赵富贵当胸被刺刀捅了个对穿,没等叫出声来,早被邱大宝捂住嘴巴,两个战士连胳膊带腿紧紧抱住,等血流尽了才被软绵绵地放在地上。尤凤仙哪见过这杀人的阵势,吓得张手捂了嘴巴,好半天才缓过神来。外屋的几名夜袭队队员几乎同时被锄奸队缴了械,嘴里塞上袜子,捆得跟几个粽子一样,全提溜到后院粪堆上放了血。清理干净现场后,尸体全被装进麻袋运到了真武庙,分别放进几口空棺材里。

第二天,邱大宝趁热打铁,在藤田久野落单时,指挥锄奸队一路追踪,悄无声息地把藤田久野解决在伪军驻地后面的巷子里,尸体头朝下被扔进了粪坑,算是履行了对尤凤仙的承诺。队员们分头顺利出了城门。

日军直到两天后才发现丢了人。全城戒严搜了好几天,总算找齐了尸体。警察大队明察暗访,折腾了半个月,也没有弄出个所以然来,大队长最后被池重吉川叫去骂得狗血喷头,又命人将其打得皮开肉绽,只有出的气,没有入的气。他老婆亲自带了500多块大洋,上下打点,托人求情,又陪池重吉川睡了一晚上,总算是为自家男人保住了命。

赵富贵死后,刘大头自知大难即将来临,终日惶恐不安,时时感觉有无数双眼睛在暗处盯着自己,因此行事更加谨慎,出行倍加防范。邱大宝他们盯了一段,始终找不到下手的机会,遂把注意力集中到城外。

刘大头的老母80多岁,长年卧病在床,随其次子在离城15里的杨庄老家住着。刘大头心狠手辣,杀人如麻,但却是个孝子,隔三差五总要回家看看,带点稀罕的吃食给老母亲尝鲜。赵富贵被杀后,刘大头怕遭锄奸队伏击,许久都不再回去,只是隔几天派人把东西给老人家送回去了事。邱大宝几个蹲守失败,非常气恼,最后还是杨庄地下党组织负责人刘大头的本家老叔刘尔仁想出妙计。刘尔仁自己亲自进城，谎称刘大头的老母亲病危，恐去世只在一两天内，唯一的心愿就是能在死前最后见大儿子一面。刘大头一听，当即哭得死去活来，情急之下哪辨虚实？又想到是本家老叔亲自前来报信，料无虚言，当晚便叫了几个亲信，骑车出城直奔杨庄。一路黑灯瞎火勉强能走，骑行不到十里，突然被满地石头堵住去路。刘大头心说不好，正要掏枪，早被锄奸队员从四面八方团团围住，黑洞洞的枪口直指着脑袋，只好乖乖地举手站着不敢乱动。邱大宝提枪直接走到刘大头跟前，手电筒照着他的脸说："你就是刘大头？"刘大头浑身颤抖着说："是，是，好汉爷有话好说，咱们往日无冤近日无仇，你们想要多少钱多少武器，都好商量！"邱大宝话不多说，当头就是一枪，刘大头立时脑浆迸裂，"扑通"一声摔下车子。其他队员同时动手，顿时把便衣队杀得一个不剩。邱大宝满意地说："好样的，杀汉奸就得这么狠，不狠就不能当侦察员，更不能当锄奸队员！"队员们说："队长你就放心吧，我们都狠着呢！"邱大宝说："狠就行，今晚回去我请大家吃猪蹄，喝高粱酒！"

赵富贵和刘大头相继被处决后，城里伪职人员人人自危，惶惶不可终日，稍不留神就会暴死街头，甚至悄无声息地神秘失踪。汉奸伪军一时间对锄奸队畏如虎豹，谈之色变。伪职人员中广泛流传着一句话："什么都不怕，就怕锄奸队来谈话！"一般情况下，锄奸队对自己亮明身份时就一切都晚了，接下来等待自己的就是个死。邱大宝趁机让人给伪军捎话说："放下屠刀，一概不究，继续作恶，死路一条！"这几句话在伪军中间相互流传，其分量之重，震慑力之大，不亚于两军对阵，对于分化瓦解伪军、破坏日伪互信起到了非常重要的作用。越来越多的伪军带械投诚，甚至阵前倒戈。日军防不胜防，又无计可施。

第十四章　逃出狼窝

接到锄奸队连夜派人送回来的情报,王红祥一刻不敢耽搁,当即派人把王虎安和闫清涛叫来。

听完情况通报,闫清涛说:"打据点倒是容易,可咱的人马都在里面关着,强攻万万不行!"王虎安说:"鬼子要把骑兵连藏在县城,咱还真得费把子大劲,可他偏偏关在了东条子,这下鬼子失算大了!"王红祥说:"说说你的想法。"王虎安说:"司令员还记得闫家岭据点不?"王红祥说:"咋不记得,那不早就成咱的了吗?"王虎安说:"那里的伪军工作一直都是我做的,情况我很熟悉,他们和东条子据点相隔七八里路,据点之间通的电话。这就好办了,既然不能强攻,咱把鬼子引走不就成了?"王红祥说:"解救骑兵连非同小可,一旦有失,非但救不了人,还会把他们直接推向绝路,因此这次行动绝不能有丝毫大意,只许成功,不许失败。你们一定要仔细侦察,反复研究,准备工作做不好之前不准贸然行动!"王虎安和闫清涛连连点头。王红祥又说:"知道为啥把解救骑兵连的任务给你们吗?就是担心池峰毅那小子只知道一味猛攻,到时据点倒是打下来了,可咱那一百多号弟兄可能早叫鬼子给突突了,你俩明白了吗?"王虎安和闫清涛立正说:"明白了,司令员,我们保证完成任务!"

闫家岭据点的规模远小于东条子据点,驻守的也全都是伪军,只有三十来个人。王虎安让闫清涛带人去侦察东条子据点,自己一早就骑马来到了闫家岭。守军排长窦一统亲自把王虎安迎进据点，并嘱咐门口守兵加强警戒。王虎安坐下说："有啥情况没？"窦一统说："报告营长，一切正常！"王虎安说："鬼子上次突袭东阳山时，把咱的骑兵连俘虏了，就关在东条子据点，根据内线提供的情报，鬼子现在还在对骑兵连进行分化瓦解，没有发生大的变故，因此我们决定尽快解救骑兵人马，需要你们的配合。"窦一统说："营长尽管安排就是了，你就是需要我们现在就杀向东条子，我们也坚决执行命令！"王虎安说："那倒不需要，你只要在咱们的人假攻闫家岭时及时向东条子据点打电话求援就行了，要想办法把日伪军尽可能多地调到你这里来，具体打法咱们的人到时会告诉你。"窦一统说："打完咋办？"王虎安说："扒掉据点，一起撤回董家岭。"窦一统激动万分，敬礼说："是，保证完成任务！"

战前会议上，王虎安说："同志们，司令员已经批准了咱们的作战计划。我再重复一遍，一连、二连分别佯攻闫家岭据点和东条子公路南向的玉前洼粮食仓库，一连明天中午 12 点准时开打，二连 12 点 20 分开打，三连随我进据点救人牵马，骑兵连作为预备队，隐蔽至东条子据点和玉前洼仓库中间地带，相机行动。各连凌晨 4 点统一集合，明天上午 11 点前务必全部进入阵地！"

东条子据点的日伪军午饭还没开吃就突然接到闫家岭守军打来的求救电话。窦一统在电话里焦急万分地说："太君，我们突然遭到土八路围攻，火力很猛，人数挺多，有 100 多人，请求增援，请求增援！"日军小队长野岛武九不敢怠慢，急忙命令出动一半守军紧急驰援闫家岭据点。王虎安数着数，共有 10 名日军、15 名伪军出了据点，向闫家岭跑去。20 分钟后，玉前洼仓库的求救电话也到了，一样的语气，一样的焦急万分。野岛武九无奈又派了 5 名日军和 10 名伪军，由自己亲自带领，直奔玉前洼而去。王虎安掐着时间发出了进攻命令，机枪班和神枪手的火力死死封住了所有的射击孔。大批战士用手榴弹开路,杀进据点,砸开大锁,不管三七二十一把人马武器抢了就走。整个过程用时不到半个小时,打死守门伪军三人,三连被日军从碉堡顶扔下的手榴弹炸伤五人,牺牲二人。

增援闫家岭的日伪军赶到闫家岭据点后,硝烟尚未退去,却看不到一个八路军的影子,据点门前有几个伪军正在打扫战场。带队的日军说:"八路的不经打,统统跑了的干活?"窦一统在碉堡上说:"老子这就让你们统统完蛋的干活!"端起歪把子就扫射过去,两个碉堡十几个射击孔几乎同时喷出了火舌。毫无准备的二十来个日伪军哪能受得了这突然猛烈的打击,纷纷中弹倒下。幸存的几个掉头就跑,却被埋伏的一连迎头痛击,全部倒在了据点门前。

佯攻玉前洼的二连伤亡最多。他们和装备精良的仓库守军对打了数十分钟,被守军用迫击炮炸死炸伤十几名战士,看到增援的日伪军从远处跑过来时及时撤出了战斗。

逃出狼窝的骑兵三连战士看着闫清涛带领二连远远跑来,想到差点就被他们自己的连长亲手断送,不由得悲喜交加,很多人流下了激动的泪水。

闫清涛说:"狗崽子们,你们坚持这么久,没有投降了小鬼子,都算有种有骨气,不愧是本营长带出来的兵!但是你们一个个爷们家家的,哭啥,尿水子咋这么多?再哭小心爷一鞭子抽死你们!"

第十五章　张高强的一枪

　　赵富贵叛变事件平息后,王红祥深刻反思,在政委张高强的帮助下对纵队进行了全面整顿。经吕春桃推荐,纵队吸收秧歌队倡导人赵喜旺担任队长,以秧歌队为基础成立了宣传队,编练节目,宣传抗日,鼓舞部队士气。张高强亲自主持开办了青年识字班,鼓励干部战士学习文化,提高战斗素养,优秀的营、连、排长被选派前往军区进入抗大分校。不久又成立了妇救会,帮助后勤部磨米磨面,赶做军鞋服装,协助侦察排入镇进城,侦察敌情。儿童团员手持木棍站岗放哨,检查路条,传送信件情报。董家岭村彻底变了样,欢声笑语终日不断,村头打麦场上杀声震天,军歌嘹亮,赵富贵叛变带来的不利影响在短期内迅速消散。

　　1941 年 12 月 8 日,日军突然袭击美国海军基地珍珠港。

　　纵队会议上,张高强说:"日本人天生个小长不高,偏偏又喜欢吃鱼吃肉,营养多了没处去,终于憋成脑残,这次又在太平洋上捅了马蜂窝,不得已面临两线作战。日军资源短缺,兵源又严重不足,迅速结束中国战事是他们的当务之急。现在,华北已经成了日军支持华南作战的重要基地,是他们的命根子、脖颈子,下一步,日军必将对华北敌后抗日根据地发动更加疯狂的反扑。对此,我们必须保持高度警惕,时刻准备粉碎鬼子的'扫荡'!"王红祥说:"政委说得对,但是同志们还真别怕他。眼下总的形势是咱们的队伍壮大了,小鬼子的优势减弱了，咱不怕他狗日的急眼，他越是急眼，越说明他底虚不是？再说了，那兔子急了还咬人了，临死前你总得让它再蹬蹬腿、甩甩尾巴吧？但说白了，那兔子它就是兔子，它变不成狼，你们有谁听说过兔子把人咬死的？没有吧？没有就对了！话说回来，咱还是不想让它给咬到的，为啥？晦气，丢人！所以下一步，咱还是要像政委说的那样，保持高度警惕，侦察排要加强侦察，发挥好内线人员的作用，把鬼子盯死，无论出现啥情况，也绝不能再让小鬼子钻了咱的空子！各战斗连队要加强训练，提高战斗力，时刻准备和鬼子干，政委和我会随时保持与军分区的联络，关注周边鬼子的动向。总之一句话，全体准备打仗！"

日军还真是这样干的。

饭田泰次郎，千叶县人，毕业于日本陆军大学，曾获旭日勋章。1937年3月，升任陆军省兵务局兵务课课长，参加了侵华战争的阴谋策划活动，1939年3月晋升为陆军少将，任第35步兵旅团旅团长。1941年底，饭田泰次郎率第35步兵旅团3000余人分三路向八路军太白山根据地"扫荡"，被我根据地军民利用地雷战、麻雀战层层阻击，日军伤亡惨重，狼狈不堪。恼羞成怒的饭田泰次郎亲率一个联队绕道偷袭根据地核心长沁县城，妄图一举消灭我指挥部，被我太白山军区调集主力5000余人设伏围歼，除饭田泰次郎带少数日军逃脱外，几乎全军覆没。当天，军分区的命令就下到了东阳山纵队：有日军高级军官及残部40余人乘车逃往灵沁古道，命你部火速派兵截击，务求全歼残敌！

灵沁古道长沁段距董家岭百里之遥，日军又是乘车逃窜，要是慌不择路撞来董家岭方向自是死路一条。万一日军往东沿东阳山山脚逃向北面，将一路通行无阻，只需几个小时即可进入平西县城。军情紧急，王红祥命令特务营下山沿灵沁古道搜索前进，自己欲亲率骑兵营往东阳山方向截击日军。张高强说："老王，让我带骑兵营去吧,自打来到东阳山纵队,我还寸功未立呢。"王红祥说:"开什么玩笑?你去,让鬼子跑了算谁的?"张高强说:"日军不走东阳山便罢,只要他走,堵不住他是我的事,到时候不用你开口,我自己直接卷铺盖走人!"王红祥思索良久说:"好吧,我就信你这一回,拦不住鬼子军官,你自己回军分区向张司令领罪去!"张高强翻身上马,带领骑兵营飞驰而去。来到岔路口,张高强下马仔细检查了路面,说:"路上没有车辙,说明鬼子还没有过去,咱到前面找个好地方等鬼子去!"

　　长沁战斗中,骄狂的饭田泰次郎由于卫队的拼死掩护方才突出重围,逃得性命。一路上,他的车队屡遭游击队堵截,险情不断,饭田泰次郎一伙疲于应付,疯狂奔逃,由于游击队火力太弱,几次都让日军冲了过去。然而,山路崎岖,并不适合汽车通行,日军跌跌撞撞,终于凭借精准的地图指引,顺利驶上东平大路。眼看就要逃进平西县城了,饭田泰次郎高兴得手舞足蹈,命令车队加速前进,没想到却一头撞进骑兵营设下的伏击圈里,车队突然被一地的乱石挡住了去路。

　　"八嘎,又是土八路游击队的干活!"饭田泰次郎早已见怪不怪。在他眼里,游击队除了埋地雷、设路障,估计也就再玩不出什么新花样了。日军迅速下车,一部端着枪在路边警戒,其余全部冲到路中间清理石头。张高强手一挥,下令开枪,公路两旁顿时枪声大作,担任警戒的日军拼命还击,路面眼看着被清出一条通道,饭田泰次郎挥舞着战刀命令发动汽车,企图夺路逃窜。

　　"还想跑?你就老实待着吧!"临时指挥所里,张高强从身边的战士手中拽过一支马枪,举枪瞄准头车。闫清涛说:"政委,马枪的有效射程只有两百米,咱不行下令骑兵出击吧。"张高强说:"小鬼子枪法好,火力也不弱,战士们现在出去就会成为日军的活靶子!"往高调了调标尺说:"你就瞧好吧。"匀了匀气,轻扣扳机,子弹呼啸着飞出枪膛,不偏不倚,一下洞穿了汽车兵的脑袋,汽车沉闷地停止了喘息,趴在路中间熄了火,日军顿时大乱。

闫清涛双眼直愣愣地盯着张高强,惊得半晌回不过神来。张高强说:"火候差不多了,该让骑兵上去剁肉馅了,能不能全歼鬼子,我老张还能不能在东纵继续待下去,全看你的了!"

闫清涛抽出马刀,高举过头顶喊道:"弟兄们,都跟老子上去剁鬼子去!"骑兵们挥着刀,嘴里嗷嗷叫着,风驰电掣般随闫清涛冲了出去。张高强拎着枪,爬到掩体顶端,专挑日军的轻重机枪手打。

闫清涛马快,首先冲到了饭田泰次郎身边,只一刀便送他回了老家。

打扫战场时,战士们在其中一辆车上发现了大批篷布遮盖着的给养和弹药,搬到最后,赫然看到篷布底下居然藏着一个穿着肥大军装的日本女人!这个日本女人身上有伤,一脸疲态,神色慌张,怀里紧紧抱着个灰色袋子,缩在角落里瑟瑟发抖。张高强命令两个战士上去把她抱下车来,喊来卫生兵给她包扎伤口,她又踢又咬,根本没法靠近。闫清涛说:"政委,弄回去也没啥用,还得养着她,干脆一刀劈了吧!"张高强说:"八路军的俘虏政策你忘了?任何情况下都不得虐待、枪杀俘虏!"说完亲自上前比划半天,无非是想让她明白八路军和日军不一样,绝不会伤害她,希望她能够配合之类的。还真管用,那个女人终于开始接受治疗,并把袋子递给了张高强。张高强解开袋口一看,里面全是日军军钞。回头对闫清涛说:"估计是个后勤兵,非到万不得已,日军是不会让女兵上战场的,看来鬼子是真的无兵可用了,小鬼子就快完蛋了!"

回到董家岭,张高强命令卫生队用最好的药给女俘治伤,伙食上也特别给予照顾。十几天后,女俘伤势好转,面色也开始红润起来。张高强和王红祥商量后,经请示军分区,派人把女俘送往军区司令部。后来才知道,那个女俘叫山田美智子,是日军驻包头骑兵第四旅团旅团长鹰孝森一的妻子。山田美智子一直在军区待到1942 年夏，我蒙古自治军骑兵第一师副师长乌兰均被日军驻包头骑兵第四旅团俘虏后，经过和鹰孝森一交涉，八路军用山田美智子把乌兰均给换了回来，总算没白养她一场。

庆功总结会上，骑兵营战士硬是把大红花给张高强和闫清涛戴在胸前，两个大男人坐在台上浑身不自在，脸红红的像个学生娃。

赵喜旺带领宣传队唱完黄河大合唱和八路军军歌后，还不尽兴，他打着快板说："唉，唉，打竹板，响呱呱，我把咱政委夸一夸。小鬼子，不死心，一心想灭咱八路军。千把人，就想打咱的长沁城。想得美，他美得跳。同志们，打得巧又打得妙，饭田鬼哭又狼嚎，一夜跑出了灵沁道。张政委，急匆匆，后面跟着骑兵营。又堵路，又挖坑，鬼子汽车不得行。老饭田，也够拼，指挥鬼子往前冲。张政委，发了火，哪容鬼子再逃脱！抓起枪，顶上膛，凝神静气枪声响。汽车兵，真命短，脑袋打成个对对眼。就这样，还不算，老饭田，也捎上，同下地狱见阎王，见阎王！"台上台下掌声四起，叫好声不断。

坐在中间的张健说："你们这宣传队还真不错，有两下子！哪天借我用用？"张高强说："好。"

王红祥说："借没问题，顺便给带两挺歪把子回来？"

张健说："给你带个媳妇回来咋样？"张高强说："就他那长相，我看还是免了吧！"

王红祥说："咱口粗，又不指望模样俊的，你随便给带个能生娃的就行！"张健和张高强哈哈大笑。

第十六章　炮兵连助攻老爷顶

队伍中流传着一句话："步兵紧,炮兵松,吊儿郎当后勤兵。"为啥?步兵管理比较严格,都是军事训练类的。炮兵管理比较松散,大多是专业技术类的。后勤兵没什么人管,都是干好自己的本职工作就行,作风纪律相对比较散漫。

尤大彪对炮连战士说:"少听这话,这都是特务营那些兵瞎叫,在咱炮连行不通!我对你们的要求是,不但炮要打得准,军事技能样样都要过硬,拼起刺刀来,都他妈得一个顶仨!"战士们说:"连长,每场仗下来,我们常常连鬼子毛都见不上一根,即使有了二郎神的本领又能咋样?"

尤大彪说:"弟兄们这样想就错了。为啥?因为咱八路军不缺人,就缺武器弹药,最缺的还是炮兵。咱最稀缺的就是敌人最在意的。战场上咱是很少能看见鬼子,可小鬼子却无时无刻不在拼命寻找咱,找到了就会死死地盯着咱,可不是闹着玩的!不怕贼偷,就怕贼惦记。所以,咱要随时准备当步兵使。关键时刻,每个人都要拿出二郎神的本领,敢于亮出刺刀和鬼子打群架,打白刃战!"

为提高训练水平,尤大彪专门去找池峰毅,想请他帮忙。池峰毅说:"训练队伍这事,他邱大宝比我在行。"

池峰毅派人把邱大宝叫来说:"你抽空多帮炮连练练兵。"邱大宝对尤大彪说:"帮你训练倒没问题,只是你到时可别心疼自己的兵!"尤大彪说:"有啥招你尽管使出来吧,炮连顿顿给你开小灶,吃大肘子!"

邱大宝还真当回事,得空就把炮兵连带出去和侦察排一起训练。武装越野、精准狙击、拼刺格斗、爬墙越壕,甚至攀崖奔袭、捕俘摸哨,一股脑地全招呼上去。

炮兵连哪经过这样的阵势,被折腾得死去活来,连尤大彪都有点吃不消。好在咬牙坚持,丝毫没有一点松懈。

邱大宝说:"没想到你们炮兵连还真有股子邪性,一点都不孬,不行干脆都过我这边来。咱再弄点人,组建个侦察营算了,我当营长,你当副的,咋样?"尤大彪说:"都当了侦察兵,你想叫司令员亲自打炮去?"

春末,军区强攻老爷顶,由于缺乏火炮,久攻不克,不得已把东纵炮连和军分区直属迫击炮连都调了过去。尤大彪和郭大才久别重逢,兴奋异常。

晚间,军区司令员王子昂带着几个参谋亲自来检查炮兵阵地。

窝棚里,王子昂说:"这样子藏人藏炮可不行,得拆了重新建。"回头对参谋说:"调两个步兵连来,帮他们建掩体。标准要求是圆木拱顶,上面至少覆土两米!"

尤大彪说:"费死老劲整那么厚干嘛?"

王子昂说:"小子,别看日本人个子不高,可他们的炮却一点都不小,猛得很哪。这几天部队吃了大亏,至少一半的牺牲都是让大炮给整的!你们这些炮兵都是咱八路军的宝贝,大老远地跑来,我要你们全都整胳膊整腿地回去,一个都他娘的不能挂花,更不能牺牲!"

第二天黎明时分,王子昂下达了攻击令。三个炮连一个齐射就端掉了日军五六个碉堡。五分钟后,炮火向后延伸,冲锋号想起。步兵在机枪的掩护下跃出战壕冲了上去,日军炮阵突然开火进行拦阻,冲在前面的战士成排成排地倒下。

尤大彪命令副连长温向廷马上找出日军炮阵坐标,争取将其一锅端了!

老爷顶左侧日军炮阵上炮声隆隆,浓烟滚滚。

炮连阵地上不断传来射击口令,二排长徐学成不断复述着射击口令,拉火手阴宝真临时顶替了受伤的瞄准手王礼斋,他听着排长的口令,熟练地操作火炮瞄准。

温向廷跑过来说:"徐学成,连长命令你带领二排从左侧迂回上去,端掉鬼子的炮阵!"徐学成拔出枪说:"二排的,跟老子走!"

王子昂在望远镜里看得清楚,急得大声喊:"他奶奶的,炮兵不打炮,跑前面干嘛去了?不要命了?快,赶快派传令兵去,把他们给老子拦回来!"

参谋说:"司令员,你仔细看,他们跑得比步兵都快,还能拦得住吗?"王子昂说:"派人去炮兵阵地问问咋回事。"

传令兵回来说:"报告司令员,东纵炮连尤连长说派了一个排去端他娘的小鬼子的炮阵去了!"王子昂说:"你他娘的一个传令兵,咋也说上粗话了?"传令兵说:"报告司令员,不是我说的,是那个连长这样说的!"

王子昂说:"鬼子的炮阵在老爷顶上,要是轻易就能上去,我还费这么大劲干嘛?让一个炮兵排去端鬼子的炮阵,也亏他想得出来!这他奶奶的不是白白去送死吗?"

参谋说:"现在说什么也迟了,只能听天由命了!"王子昂让参谋接通了前沿指挥所的电话,对着话筒喊:"李团长吗?我是王子昂!命令尖刀营加强火力,坚决进攻,把鬼子的注意力尽量往正面吸引!"

李团长说:"咋的,司令员又有啥新打法了?"王子昂吼道:"东纵的一排炮兵拿着短枪从侧翼去端鬼子的炮阵了!"李团长说:"我的个亲娘！这不是他奶奶的胡闹吗？炮兵要能上到山顶，还要我们这些步兵干嘛？"

王子昂说："你就别他娘的废话了，赶快下命令吧，给老子把侧翼鬼子的火力都吸引到正面去！"李团长说："明白了！"

扔下话筒，王子昂仍然焦急万分，他不断搓着手，在地上不停地转圈圈。

老爷顶炮阵哪是那么好端的？阵地设在几十米高的悬崖峭壁上，其左右两侧都是陡坡，坡顶均筑有防御工事，正前方是鬼子联队据守的主防御阵地，可谓是防守严密，固若金汤，只要主阵地不失，一般情况下，敌方是威胁不到这里的。

徐学成他们冲到山底时，步兵还在正面和守卫阵地的鬼子鏖战。后方日军炮阵射出的炮弹就像是长了眼睛，专往人群中间落，炸断的树枝和人体的碎片四处横飞，场面极其恐怖。

观察良久后，徐学成带领二排来到了崖壁下面。阴宝真抬头望着近乎垂直的崖壁说："排长，太高了，太陡了，不行咱还是想别的法子吧？"

徐学成说："哪还有其他法子可想？你在侦察排白学本事了？现在也只有这一着险棋了，咱只要上去了，小鬼子就嘚瑟不成了！听我的命令，全排检查装备，就地寻找攀崖器材，准备行动！"

崖壁虽然陡直，却七歪八扭地长着一些侧柏和灌木。徐学成命人砍来根长树杆，一头牢牢绑了铁钩，做了个简易的攀崖工具，试了试还算结实。命令战士们原地待命，自己肩上斜挎了一捆粗绳，惊险万分地上到崖顶，把绳子一头绑在大树根部，另一头甩了下去。

全排上来后，徐学成让几个战士警戒，自己带其他人直扑日军炮阵。

日军炮兵正在专心打炮，仓促之下又哪里对付得了这帮突然冒出来的人？双方激战十几分钟，日军炮兵被杀得一个不剩。

日军大炮哑火后，王子昂命令所有号手同时吹响冲锋号，全军出击发动总攻，日军阵地被完全突破，两军很快陷入混战。徐学成趁机带领二排从后袭击，日军顿时溃散，狼奔豕突。老爷顶战斗胜利结束。

硝烟未散，王子昂和尤大彪就来到山顶。

徐学成敬礼后，尤大彪说："司令员，他就是二排长徐学成。"王子昂拍了拍徐学成的肩膀说："徐排长，厉害呀，厉害，太厉害了！快告诉老子，有没有伤亡？"徐学成说："报告大司令，重伤三个，牺牲了两个。"

王子昂对尤大彪说："真是些好兵！毫无疑问，你们要早一天参战，军区的损失会小很多，就要回纵队了，你们有什么要求尽管提！"

尤大彪说："出发前，我们司令员专门叮嘱，仗打完后，不能和军区首长提任何要求！"王子昂说："现在我批准你提，你们司令员的命令无效！"尤大彪正犹豫呢，徐学成说："炮兵还能提啥要求？司令员要是有诚意，就把缴获的大炮送俺们几门！"

王子昂哈哈大笑说："你倒是够直接，不过我看没有问题！"回头问参谋长："你给算算总共缴获了多少大炮？"参谋长说："山炮迫击炮加起来，一共九门。"

王子昂说："真是天大的胜利！这样吧，给东纵单独拨出五门炮，山炮三门，迫击炮两门，炮弹嘛，你看着给！"

徐学成对尤大彪说："连长，这下好了，回去你能当营长了！"

王子昂对徐学成说："徐排长，我现在就任命你为连长，下次再打硬仗时，我一个电话下去，还是你带人来增援，你看咋样？"

徐学成"啪"一个立正，敬礼说："谢谢大司令瞧得起俺，只要有司令员的命令，俺保证随叫随到！"

军区打了大胜仗,延安和重庆先后发来了贺电。王子昂决定在长沁城里召开祝捷表彰大会,张健提议请东纵宣传队过来参加,王子昂欣然同意。

祝捷大会上,东纵炮连被记集体特等功一次,一同获此殊荣的还有郭大才带领的军分区直属迫击炮连。东纵炮连二排被授予"勇夺日军炮阵"锦旗一面,徐学成被记个人特等功一次。

会议结束后,尤大彪和徐学成当天就返回董家岭,宣传队受命在各军分区巡回演出,头一站就被张健请了回去。

军分区书记员廖小宁早就被日军花重金收买,是日伪打入县大队的特工,因为有些文化,被张健调去当了书记员,干些保管资料的工作,平时没少给日军提供情报。

宣传队在军分区演出当天,廖小宁就给县城日军送出情报,把宣传队的行程计划泄露出去。池重吉川认为没多大价值,仅命令侦缉队队长任仲雄负责设伏歼灭。

任仲雄被锄奸队警告过,但又不敢不执行池重吉川的命令,拖了好几天才勉强上路。他对手下队员说:"打开了都活套些,留点水分,别他妈死心眼把人都给老子打死了。让锄奸队找上门来,咱侦缉队人员的脑袋都他妈得搬家!"

"激烈"的战斗中,一直喜欢在节目中扮演日军的赵有财首先牺牲。赵喜旺大怒,命令队员们顺侦缉队故意留下的口子先撤,自己一个人殿后掩护。

任仲雄说:"正好,都他妈给老子冲下去,抓个活的回去交差!"赵喜旺枪里只有五发子弹,枪法又差,慌乱中早把子弹全都打了出去。

眼见被任仲雄带人团团围住,再想冲出去已无任何可能,赵喜旺反倒镇静下来。他整了整身上的军装,往董家岭方向望了一眼,拉响了最后一颗手榴弹,从容牺牲。

宣传队遭遇伏击后，张健十分震怒。没等东阳山纵队开始行动，他已经派人进县城找到了张子明。

张子明四处打探，颇费了些周折，才使廖小宁浮出水面。在公审大会上，张健亲手把廖小宁的脑袋砍了下来。

第二天，张健又亲自赶往董家岭，和王红祥商量后，决定派邱大宝带锄奸队进城，寻机处决任仲雄。

第三天，邱大宝带人连续盯了十几天，终于把任仲雄打死在其姘头家中，总算是出了这口恶气，为宣传队和赵喜旺报了血仇。

赵喜旺的牺牲，让吕春桃陷入了深深的震惊和巨大的悲痛之中。

三天来，她像突然间遭遇了雷击，表情呆滞，两眼无神，头发凌乱蓬松，不吃也不睡，几乎没有和任何人说过一句话，从早到晚就那么傻乎乎地呆坐着，昔日清秀明快的脸上失去了光彩，看不到一丝血色。

王红祥和张高强几乎每天都会过来看看，说了很多宽慰和开导的话，妇救会的十几个人更是一天到晚都陪着她，生怕她会出些什么意外。

然而，失去亲人的痛苦往往需要的是时间的推移和内心伤痛的自愈，别人的同情和宽慰短时间内又能产生多大的效果呢？好在繁忙的工作多少分散了她的一些注意力，使她得以暂时忘记创伤，缓解痛苦。

失去了父亲的猫蛋狗蛋则被寄养在几十里外的姥姥家，每年能见上吕春桃一面就很不容易了。

第十七章　复仇之战

1942年,根据地进入了抗战以来最困难的时期。这一年,日军为报复八路军发动的"百团大战"而进行的大"扫荡"达到了无以复加的程度,十余万日军在所谓的"肃正作战"行动中,如同一把巨大的耙子,把华北根据地反反复复耙了好几遍,所到之处一片焦土。

日军的残暴"扫荡"几乎每天都能给根据地造成巨大的损失,带来无尽的灾难。

在河东玉前洼村,日军见人就杀,见东西就抢,杀光、抢光后再倒上汽油烧房、烧人。玉前洼村火光四起,浓烟遮天蔽日,变成一片火海,人们扶老携幼在烈火中挣扎。

残暴的日军把人们抓起来,押到窑背上用机枪扫射,当场射杀7人。幸存的人们逃到村后山上,日军一路追赶,在山上又杀害20多人。日军把人们打个半死,然后扔进火里烧,直至烧死,烧焦,没有人样。梁秃儿一家三口全被杀害,家里三岁的孩子梁根生也没能幸免。还有吴留小父子和郑洪生父子均遭杀害,梁、吴、郑三户绝门断后。此次玉前洼惨案,日军共杀村民96人,把玉前洼变成了无人村。

两天后,日军又闯入东堡子村,进行了灭绝人性的烧杀抢掠,许多来不及躲藏的村民惨死在日军的屠刀下。18岁的闫政其被日军用枪托猛砸脑袋,每砸一下,头顶便会喷起一股血水,闫政其连声惨叫,最后又被日军拿开水浇头,拿木棍砸成稀巴烂。50 岁的张二成也被浇上汽油活活烧死。张家 22 岁的媳妇被拖进庙院轮奸后,日军又用刺刀挑开肚皮,掏出腹中胎儿,挑在刺刀上狂笑玩耍。当天日军在东堡子村残杀村民 27 人,烧毁房屋 20 余间,宰杀牲畜100 多头。

下午,日军又窜到附近的马交村。村里人闻讯,大部分逃走,日军把行动不便的老人、妇女和小孩全部赶进庙院,挨个用刺刀捅死。把 25 岁的李家媳妇和 28 岁的马家媳妇抓住,轮奸后用木棍插入腹部,折磨而死。60 多岁的老汉吴元起目睹日军暴行,拿起铁锹和日军拼命,被日军当场打死,身上遍布 100 余个弹孔,惨不忍睹。当天,日军在马交村共残杀村民 33 人,烧毁房屋 25 间,抢走牲畜47 头。

日军的"扫荡"清剿使得很多群众不得不长期躲进深山。村里白天不见炊烟,夜晚不见灯火,播种、收割时都得站岗放哨。

为震慑日军,缓解根据地军民的压力,经请示军分区,王红祥决定以牙还牙,釜底抽薪,歼灭日军孤军深入、已在当地"扫荡"多日的主力鸡公山驻军。

鸡公山是一座相对独立的山峰,其以东、以北都是悬崖峭壁,以南是丘陵缓坡,以西绵延有小方山、小孤山和娘娘山等高地,形成了扼守鸡公山纵深的一道天然屏障。

尤其是小方山高地,高出鸡公山 30 余米,是鸡公山的制高点。这个高地顶部比较平缓,覆盖有茂密的灌木,以西是开阔的坡坝,鸡公山通向平西的公路由此通过。北侧有一道山谷,谷底宽 30—200 米,有一条东西向小河绕过谷底的泉则村,一条田间小路沿河通向小方山。

守卫小方山的有日军一个小队和伪军一个中队,山上构筑有12 个临时碉堡,30 多个火力点,工事布局和火力配备都比较完善。

可以说,欲攻鸡公山,必先取小方山。

王红祥将主攻小方山的任务交给了特务营,配属一个炮兵排。

池峰毅和邱大宝带领侦察排对地形和敌情进行侦察后,很快确定了攻击部署:一连担任主攻,从小方山西北面突击;二连担任助攻,沿小方山高地山脊进攻;三连和侦察排担任营预备队,在一连后跟进,必要时接替一连继续进攻。

战斗开始后,炮兵排向小方山高地进行了五分钟炮火急袭,随后逐次延伸至小孤山和娘娘山,以阻断小方山日伪军的退路,打击来援之敌。炮火延伸后,一连、二连发起冲击。

从冲击出发阵地到小方山高地的直线距离不超过 800 米。一连、二连冲出阵地,沿山脊小道冲向谷底,然后徒步过小河,越过泉则村,从左右两侧的山脊向小方山靠近。

突然,高地上的日军开火了。一时间轻重机枪、迫击炮齐射,火力非常猛烈。右翼的一连在西北侧率先接敌,当即遭到日军猛烈的火力封锁,伤亡 20 余人,一时难以前进。

左翼的二连三排为尖刀排,刚跃上通向小方山的山脊就遇到了迎面而来的弹雨,当即被打倒一片。冲击受阻,不得已停了下来。

日军在战前已经扫清了高地北侧,一连、二连是仰攻,又因地形不利难以隐蔽,完全被日军的火力压制住了。

战斗中,二连长刘虎冒观察到仅自己的正面就有日军 20 多个明暗火力点。为扭转被动局面,他重新调整了进攻部署,命令二排从正面进攻,一排从左侧泉则村背后的沟谷向敌侧翼迂回。刘虎冒指挥两挺轻机枪和增援上来的迫击炮班组成的火力队占领了小方山高地前方的鹰嘴峰,用火力支援一排、二排的进攻。炊事班迅速向后抢运伤员。

在轻机枪和迫击炮的火力压制下,高地上日军的火力一时大大减弱,刘虎冒乘机指挥全连勇猛地攻了上去。

从右翼攻击的一连受到日军火力压制,多次冲击均未奏效。后来在连长武齐的亲自带领下,全连不计伤亡冲上高地,和日伪军展开了惨烈的白刃战。打到最后,一连已有6名干部伤亡,战士损失达到四分之三。

眼见一连再打下去就要全军覆没,池峰毅果断命令三连和侦察排投入战斗。在残酷的争夺战中,特务营战士前仆后继,反复冲击,令阵地上的日军心惊胆寒。

恶战一直持续到当晚9时许,阵地上的340名日伪军全部被歼。特务营伤亡过半,仅连长和指导员,六个就牺牲了四个。

小方山战斗结束后,鸡公山的日军失去了屏障,基本已无险可守。王红祥指挥一营、二营、骑兵营和炮营把鸡公山围得水泄不通。

尤大彪利用夜色掩护,指挥炮营把9门山炮和迫击炮全部运至距日军前沿阵地250米处。

山下指挥所里,王红祥说:"特务营已经把拦路虎打死了,接下来轮到我们进羊圈宰羊了!我只有一个要求,各营进入羊圈后,全都不能给我客气,只管白刀子进红刀子出,明白了吗?"大家齐声说:"明白了!"

王红祥接着下达了作战任务:"一营长王虎安带你的人从南面突入打主攻,二营长段波,你手下新兵多,投诚过来的伪军多,宰羊的经验少,你们这次负责从西面打助攻,骑兵营留一个排在东北方向监视日军,防止少量鬼子狗急跳墙从山崖降绳逃跑,其余全部留在出发阵地,待一营突破正面后,你们就冲上去,利用速度优势把羊赶得跑起来,拿马刀给我剁!炮营在完成第一轮炮火覆盖后,赶紧收拾起大炮,紧跟在步兵后面,根据战场情况相机对步兵实行火力支援。"

王虎安说:"司令员,预备队呢?"王红祥说:"叫你去宰几只羊,又不是逮老虎,要预备队干啥?"顿了顿又说:"你回去告诉战士们,这次战斗没有预备队,让同志们抛弃多余想法,一鼓作气冲上去和鬼子绞在一起玩命,绝不给鬼子喘息的机会,直到将其全部消灭!"

池峰毅说:"报告司令员,我请求参战!"王红祥说:"可以,但是把你分配到哪个营呢?"张高强说:"就让老池带二营吧,二营长段波是新提拔的,我还是不太放心二营。"王红祥说:"好。"

尤大彪说:"司令员,我想先撤回一门迫击炮。"王红祥说:"好不容易弄过去,撤回来干嘛?"尤大彪说:"上次帮军区打老爷顶时,主攻部队吃了日军炮兵的大亏。我考虑可以利用一下日军炮兵定位快、打得准的特点,扛一门迫击炮先放上几炮,吸引鬼子主动暴露炮阵,在战斗打响前先发制人打掉它!"

大家都纷纷说:"太好了,打掉日军的炮阵,鬼子起码先泄掉一半的气!"王红祥说:"好,这个主意不错,就这么干!"尤大彪说:"还有一个小小的要求,请司令员让炊事班把辣椒面多借我点……"尤大彪话还没说完,参加过东条子据点战斗的几个人早忍不住大笑起来。尤大彪说:"咱宰羊前先给它打点麻醉剂,宰起来岂不更省事?"

战斗,很多都是靠经验打赢的。

抗战时期,八路军炮少,炮弹比元宝都金贵,可战士们发明的这种辣椒炮却让少量的炮弹发挥出更大的威力,着实让不可一世的日军吃了不少苦头,加速了日军走向灭亡的步伐。

所以说,普通战士才是战争的主角,是战争中真正的英雄。

战斗前,尤大彪派几个腿脚好的战士抱着迫击炮走出老远,朝着日军阵地哐哐哐打了几炮,然后迅速跑了回来。三分钟不到,日军的炮弹便冰雹般砸在了刚才的发射点附近。

尤大彪让温向廷迅速测出日军炮阵位置,以最快的速度送到炮兵手中。很快,鸡公山上便传来惊天动地的爆炸声,不单大炮,就连阵地上堆放的炮弹也一起被炸上了天,火光映红了鸡公山的半边天空。

王红祥在望远镜里看着远处的鸡公山，对张高强说："奶奶的，这下看来就不是宰羊了，基本和抓兔子差不多了！"

端掉日军炮阵后，炮营按照早已测好了的坐标，把炮口重新对准了日军主阵地，一口气猛轰了七八分钟。以前打仗总少不了挨鬼子的炸，如今看着鬼子的阵地被炸得支离破碎，陷入一片火海，战士们心里的感受真是难以用一句话来形容。

如果只是这么几下子就能让鬼子服软，那咱还真是小瞧他们了。

当阵地上的炮声终于停下来后，幸存的日军纷纷推开身上的杂物泥土，趴在战壕中紧张地注视着前方，他们知道，八路军就快上来了。被辣椒面迷了眼睛的则在阵地上乱跳乱窜，不揉吧，生生地疼，火火地辣，还睁不开眼睛，几乎成了瞎子。揉吧，辣椒面被挤进眼球，更是生不如死。清洗吧，倒也是个办法，可是要想完全清洗干净两只眼睛，没两桶水哪能行？

对于这些日军来说战斗已经结束了，或者可以说，他们已经死了。想想，那些目睹了日军屠村后惨状的战士们，那些眼前一直浮现着被日军用开水浇头虐杀的男人、遭轮奸后开膛破肚死不瞑目的妇女们惨状的游击队员，他们冲到跟前后会怎样对待自己？

所以说，他们知道，除非阵地不失，否则今天必死无疑。至于说到优待俘虏，他们也知道，以前也许会，但是今天却没有一个中国人会优待俘虏。不是吗？

一支带着刻骨仇恨来到战场上的部队是极其恐怖的，他们心里唯一的念头绝不是自己如何能够活到战斗结束，他们心中只有一个字，准确说应该是三个字，那就是，杀！杀！杀！

炮声刚停，战士们就冲出了阵地。本来，二营领到的命令是助攻。池峰毅回来后对战士们说："同志们，我们终于抢到了主攻的任务!"

段波说:"营长,咱们是助攻,辅助的助。"池峰毅瞪了他一眼说:"老子听得真真的,就是主攻,司令员亲口说的!"战士们听说拿到了主攻任务,个个兴奋异常。

池峰毅继续说:"咱们二营是幸运的,有两个营长指挥,所以我们一定要发挥出两个营的战斗力!一会打响了,我和段营长将冲在最前面,然后是几个连长、排长,如果我牺牲了,由段营长接替我指挥,段营长牺牲了,由一连长指挥,以此类推,干部们都牺牲了,剩下的同志们就都是指挥员,即使打到最后一个人,都要毫不犹豫地往前冲!同志们,玉前洼、东堡子、马交等几个村死难的百姓们可都在后面睁大眼睛看着咱哪,他们死不瞑目,都等着看咱们冲上去替他们报仇雪恨,等着看咱们冲上去替他们把小鬼子撕碎、咬死、砸烂!你们说,咱还能后退吗?"

战士们几乎是同时吼着说:"不能!不能!不能!"

果然,私自把助攻改为主攻的池峰毅带着二营嗷嗷叫着首先从西面冲了过去,并成功突破了日军阵地。

激战中,池峰毅的左臂被日军的机枪打断,仅留一点肉皮包着吊在那里直晃荡,池峰毅嫌碍事,右手举刀,大吼一声,生生将自己的左臂砍在地上!简单包了包,继续带领二营向日军阵地纵深猛冲。

全营战士看在眼里,个个如同发狂的公狮,瞪着血红的眼睛向前冲去,日伪军哪里能挡得住?

与二营相比,担任主攻的一营反而遇到了些麻烦。他们刚刚突破日军的前沿堑壕,就遭到了纵深阵地两个暗堡交叉火力的阻击,一下子倒下了十几名战士,攻击受阻。王虎安先后派出三拨爆破手,都牺牲在了半路上,王虎安只好命令一营暂停攻击,派了一排战士回去接应炮营。

日军正面的守军得势,趁机分出部分兵力反击西面的二营,二营毫无惧色,段波带领一连就地向日军展开了反冲击,阵地上硝烟弥漫,血肉横飞,喊杀声不断。池峰毅带领二连、三连继续杀向纵深,从侧后逐渐向主阵地包抄过来。

20分钟后,炮营终于陆续上来。尤大彪亲自抵近直瞄,两炮就把日军的暗堡掀了顶,而后继续指挥全营炮兵压制日军火力。

王虎安一跃而起,带领全营战士杀向日军,日军疯狂反击,两军短兵相接,阵地上一片刺刀撞击声和喊杀声。

鏖战中,闫清涛一马当先,带领骑兵营风驰电掣般冲进阵地,几百名骑兵挥舞着寒光闪闪的马刀,像一阵飓风般卷过阵地,一时间人头滚落,断臂乱飞,日伪军哭爹喊娘,四散奔逃,又哪里跑得过战马?

王红祥和张高强早在战斗尚未完全结束就迫不及待地来到阵地上,看到吕春桃正带领卫生队紧张地抢救伤员,两人一起走了过去。

吕春桃站起来说:"司令员政委咋也上来了?"又走到王红祥跟前低声说:"当心流弹!"

王红祥说:"你们妇女还能战斗在一线,我们两个大男人哪好意思还躲在山下?"吕春桃不好意思地低下了头。隔了一会说:"司令员,我们也想参加战斗队伍,和鬼子真刀真枪地干,为乡亲们报仇!"王红祥笑着说:"好啊,有点志气,巾帼不让须眉,古来征战有妇孺啊。"

吕春桃说:"你答应了,将来不许反悔!"王红祥说:"忙你的吧,我的部长同志!"吕春桃赶忙救治伤员去了。

张高强说:"老王,我咋突然就觉得有点不对劲呢?"王红祥说:"啥不对?"张高强说:"说不上来,反正就是感觉有点不对劲!也许只是个错觉吧。"

王红祥说："我才感觉你有点不对呢,神神叨叨的!"张高强酸溜溜地说:"她一见面就提醒你注意流弹,整得好像我身上披着铠甲不怕流弹似的!"

阵地上硝烟未净,到处一片狼藉,王红祥和张高强边走边看,心情十分振奋,但看到自己的战士伤亡也不小,又感到非常沉痛。

王虎安跑过来敬了个礼说:"报告司令员、政委,战斗刚刚结束,正在打扫战场!"王红祥说:"见到池峰毅没?"王虎安说:"没见到,听二营战士说受伤了,八成已经抬下去了。"张高强说:"知道伤到哪里不?"王虎安说:"好像是伤到了胳膊。"王红祥和张高强同时松了口气。

王红祥说:"叫战士们尽快打扫战场,迅速撤回董家岭,以防鬼子的援军!"王虎安答应一声就快速跑开了。尤大彪看着好好的一堆大炮被炸得七零八落,炮弹也是几乎连一箱完整的都找不出来,只好带人手脚并用,连刨带挖,散碎的大炮架子和零部件堆满了三辆大车。

阵地上一切能用的东西全被搬回到驻地,就连日军身上的衣服也被扒得只剩块兜裆布,就那么光溜溜地横了一大片,活像一头头褪了毛的猪,静静地等待日军前去收尸。

鸡公山战斗后,日军龟缩在交通线附近不敢乱动,尤其不敢对无辜群众再施暴行,根据地迎来了难得的安宁。

东阳山纵队虽然全歼了鸡公山的日军,但是自身伤亡也十分严重,尤其是特务营,几乎拼光了所有骨干,营、连、排长非死即伤,战士十损其六,基本散失了战斗力。一营和二营情况好点,但伤亡也接近三分之一,纵队不得已转入了全面休整阶段,只派少数部队抵近监视日军。

在一场实力相对接近的攻坚战斗中,防守方本来就比进攻方要好打很多,占有天然的优势。

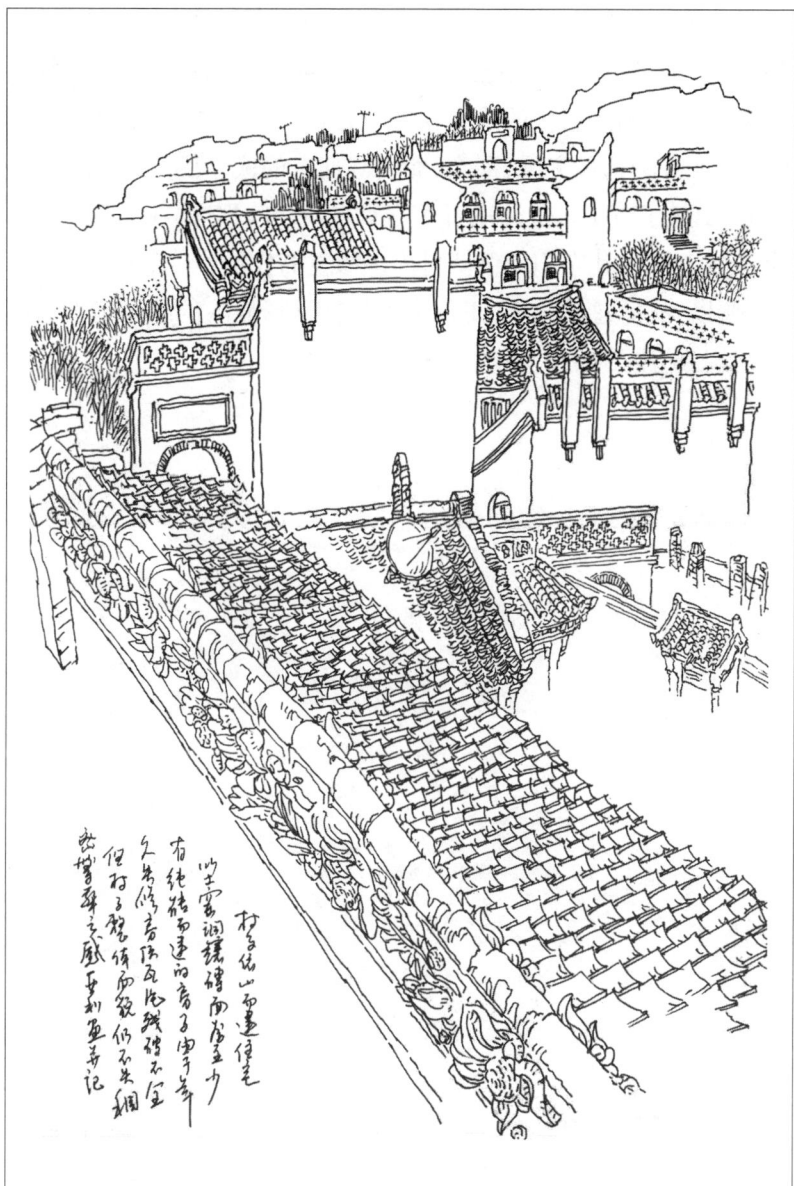

董家岭村依山而建的住宅以土窑洞镶砖面为主，少有纯砖而建的房子。由于年久失修，房顶瓦片残破不全，但村子整体面貌仍不失稠密繁华之感。

东阳山纵队经过苦战,最终赢得了胜利,一靠灵活的战术,二靠战士们对日军的刻骨仇恨和不怕死的精神。而日军的失败,究其自身的原因,则是僵化的战术和过度的骄狂害了自己。假如开战之初日军就果断选择突围,那么,凭借其拥有的武器优势,他要想走,王红祥还真拦不住。战斗中日军盲目自信凭险据守,在自身灭亡的同时,客观上也让东阳山纵队付出了惨重的代价。

　　所以,战后总结会上,王红祥首先把这场战斗的结果定性为惨胜。这显然不是谦虚,而是有充分依据的。

第十八章　策　反

鸡公山战斗后，减员较为严重的几个连队一直没有得到有效的补充，队伍士气受到很大影响。营连会议上，甚至有人建议整合兵员，取消部分建制。王红祥看在眼里，急在心上。在多次研究后，他把目光盯在了伪军身上，并决定亲自进城实施策反行动。

伪军大队原有 1300 多人，一半驻守各处据点碉堡，一半配合日军守卫县城。开战以来，伪军虽取得了夜袭东阳山纵队和配合日军进行大"扫荡"等"重大胜利"，但却屡遭重创，人马折损掉一多半，战力骤降。

大"扫荡"中，日军秦真次联队曾在平西县包围晋绥军孙天楚部一个师，迫使该师投降，后就地整编为皇协军第十二集团军独立教导一师，驻防平西城。

鸡公山战斗后，池重吉川为加强防务，确保交通线安全，曾一日三电直接向华北方面军司令冈村宁次请求派兵增援，日军遂从驻防平西的伪独立教导一师中抽调一个大队南下，归池重吉川调遣。

池重吉川不太信任这支新来的伪军，在原大队长章文强的建议下，把两个大队打乱重组，合并为一个加强大队，仍由章文强担任大队长。

出发前，张高强和几个营长出于安全考虑，几乎一致反对王红祥进城。王红祥坚持己见,执意只身前往,双方僵持不下。

就在这时,吕春桃走进来说:"司令员只身进城,身边连个掩护的人也没有,确实十分危险!我建议由我和司令员假扮成做生意的夫妻,再让邱大宝扮作伙计,进城后又有张子明和其他内线人员的暗中保护,不敢说万无一失,但是九成的把握总有!"

王红祥一拍大腿说:"好,就这么定了!"张高强几个想了想,一致表示赞同。

吕春桃走后,张高强对王红祥说:"假夫妻亲亲热热地走上这么一趟路,我估计离真夫妻就不远了!"王红祥说:"你这么大个政委,说话要注意影响!"张高强哈哈大笑。

王红祥和吕春桃、邱大宝去赵老九家借了三身衣服,穿戴起来,还真像模像样。

见到张子明,王红祥说明来意。张子明说:"章文强比较反动,深得池重吉川信任,最近又和新调来的伪军大队混编起来,情况不明,冒然策反章文强难度太大,搞不好还会惹来大麻烦。这样吧,伪军第二中队队长田大康曾经参加过县城青帮组织,在青帮中和我属于同一辈分,我俩私交还行。此人为人正直,行事低调,话语中也颇有些同情抗日力量,我看咱不如从他入手,先尽量争取他反正,等条件成熟了再想办法策反其他伪军,这样比较稳妥,你们看咋样?"

王红祥说:"也好,猛火炖不出烂肉来,咱别肉吃不着先崩了牙!"

晚上,张子明借口庆贺生日,把田大康请到自己家中。落座后,田大康说:"既是庆贺生日,子明兄何不多请些朋友,咱在聚仙楼包上几桌,大家一起热闹多好?"

张子明说:"大康兄有所不知,眼下时局不稳,治安状况又差,兄弟只好躲在家中简单备些饭菜,请在座至友屈尊,聊胜于无吧。"

落座后，田大康看着王红祥说："这位朋友面生得很，子明兄也该介绍我俩认识了！"

王红祥冲田大康抱拳说："田队长久仰！鄙人王越民，做点皮货生意。"又指着吕春桃说："贱内张钰钰。"吕春桃冲田大康微微点了点头说："田队长久仰。"

王红祥继续说："久闻田队长一身正气，乃正义豪侠之士，今日一见，果然谈吐不俗，威武不凡，我和夫人共同敬田队长一杯！"田大康："王老板言重了，幸会，幸会！"三人一起喝了一杯。

又喝了几杯后，王红祥假装不胜酒力，醉声醉色地说："自从日军打进来后，这商路便时断时续，生意很不好做，近段以来似乎又有所好转。咱生意人也不懂政治，敢问田队长，您对时局有何看法？"

田大康看了张子明一眼，面露难色。张子明说："越民兄不是外人，田兄但讲无妨。"

田大康说："抗战五年，日军已经开始走下坡路，控制力明显不足，以后生意会越来越好做！"

王红祥故作关心地说："既如此，那田队长久依日军门下，继续下去恐出路凶险，不知田队长有无长久打算？"

田大康独自干了一杯，长叹一声说："王老板此言不虚，现在日本人盯得紧，国军战力日增，八路军也不是省油的灯，我和子明兄面临同样的危局，正不知如何是好，得过且过，有一天算一天吧。"

王红祥说："放下屠刀，回头是岸，田队长是否愿意反正，我可作为引荐之人！"

田大康说："我看你不像是生意人，倒像是八路！"

王红祥："你算是说对了，老子正是八路军东阳山游击纵队司令王红祥！"

田大康大惊，手伸到腰间便去摸枪。吕春桃早把枪口对准田大康的胸口,厉声喝道:"老实点!想动手也不看看这是在哪里,你动一动试试。"田大康只好把手缩了回来。吕春桃过去收了田大康的枪。

王红祥说:"田大康,我们知道你不是死心塌地想为鬼子卖命,否则你也不会活到今天。我问你,鬼子就快彻底完蛋了,你头上这顶汉奸帽子还想戴多久?"

田大康想了会说:"王司令,我愿意弃暗投明,将功补过,一切听从王司令安排!"

当天晚上,王红祥几个共同研究制定了行动方案,决定由田大康回去后首先确定可靠人员,分别控制各个小队,严防走漏风声。纵队将在两天后派小股部队扮作土匪佯攻玉前洼仓库,田大康须在纵队发动佯攻后第二天以剿匪为名,带齐装备开到城外,迅速通过周庄向玉前洼方向集结,料无大碍。纵队将派骑兵营前出至禹王岭附近接应,行动中一旦出现紧急状况,则坚决强行攻击前进,同时打三发信号弹,接应部队看到后自会快速北进增援。

田大康说:"如此安排,大事必成!"几个人心里高兴异常,又打开一坛酒,喝了个痛快。

第二天吃完早饭后,王红祥和吕春桃、邱大宝三个出了南门,一路向董家岭走去。

已经过了周庄据点好几里路了,迎面走来一支日军巡逻队,当头拦住了去路。

王红祥把吕春桃护在身后,上前摘下礼帽躬了躬身子说:"太君辛苦,我们都是良民的干活。"

领头的日军说:"废话少说,良民证的拿来,统统的检查!"王红祥把"良民证"拿出来递了过去。日军看了看证,又看了王红祥一眼,挥手示意让王红祥通过,然后指着吕春桃说:"你的,过来!"

吕春桃走过去,把"良民证"递给日军。日军接过"良民证",却一把抓住了吕春桃的手,指着王红祥和邱大宝说:"你们统统的走,花姑娘的,不能走!"王红祥赶紧拉过吕春桃说:"她的,我的夫人的干活,一起的走!"边说边拉住吕春桃往前走。

"八嘎,良心的坏了,统统死啦死啦的!"日军拉动枪栓围了上来。王红祥说:"动手!"话音未落,邱大宝早把领头日军的短枪抢到手中,啪啪啪几枪打倒好几个日军。王红祥也从日军手里拽过一支长枪,连打带砸,撂倒了两个。一个稍远的日军举枪瞄准了吕春桃,食指就要扣动扳机,王红祥看得真切,眼见吕春桃已经来不及躲避,只好下意识地迎着日军扑了上去。

枪响了,子弹瞬间击穿了王红祥的右肩,从肩胛骨穿了出去。王红祥被巨大的冲击惯性带得仰面摔了出去,重重地倒在地上,鲜血立刻染红了长衫。吕春桃不顾一切地扑到王红祥身上大哭起来。邱大宝甩手一枪,正中这个日军的面门,其余日军见势不妙,拔腿就跑,邱大宝担心王红祥的伤,也没追赶。

王红祥疼得龇牙咧嘴,仍然强笑着看着吕春桃说:"我又没死,你哭啥?"吕春桃擦了擦眼泪,不好意思地看了邱大宝一眼。

邱大宝说:"看我干嘛,包啊!"吕春桃赶紧把自己的衬衣撕下一块,替王红祥包扎好伤口。

邱大宝担心据点的日军追来,不敢大意,蹲下身子背起王红祥就跑,吕春桃帮忙扶着,一口气跑到禹王岭山下,正遇到张高强派出接应的骑兵,终于松了口气。

邱大宝放下王红祥,一头躺在地上,累得差点昏过去。

王红祥的样子着实把张高强吓得够呛。王红祥忍痛说:"让子弹咬了一口,三八式穿透力强,没啥大事!"

张高强问邱大宝:"叫你去保护司令员,怎么你好好的,倒把司令员伤成个这?"邱大宝说:"都怪我没完成好任务,政委处罚我吧!"张高强说:"处罚你算是轻的,真该枪毙你!"邱大宝下意识地缩了缩脖子,低了头不敢再说话。

吕春桃说:"司令员是为救我才负伤的,政委别错怪了邱排长,要不是邱排长,恐怕我们这次就回不来了!"张高强狠狠地瞪了邱大宝一眼说:"回头再收拾你!"

田大康的行动进展得十分顺利。400多人的队伍三天后有惊无险地开进了董家岭,张高强亲自带领全纵队战士到堡门外迎接,并代表王红祥主持召开了隆重的欢迎大会。

王红祥养伤期间,就住在纵队卫生队,欢迎大会结束后,田大康赶紧过来看王红祥。

田大康说:"司令员为我和弟兄们的前途受了这么重的伤,我有罪呀!"王红祥说:"你能把弟兄们平平安安地都带出来,就已经为人民立了一大功,今后我们就是同生共死的革命战友了,有啥事可以直接找我和政委!"

田大康说:"政委说过两天就要整编了,可弟兄们都不想分开。"王红祥说:"你派人去把政委叫来,咱顺便把这事商量商量!"

几天后,整编命令下达。二营一连编入一营,二连、三连编入特务营,投诚队伍统一编为二营,田大康任营长,段波任指导员。

第十九章　情意深深

吕春桃一有空就会来卫生队给王红祥清洗伤口、喂水喂饭，甚至洗脸洗脚，无微不至地照顾着王红祥，俨然成了护士。王红祥心情好了就给吕春桃讲一些红军时期的战斗故事，当然，基本讲的都是自己的亲身经历，吕春桃听得如痴如醉。讲完了，吕春桃就提自己想加入战斗队的事。王红祥说："打仗那是大老爷们的事，你一个女人瞎掺和啥？专心搞好你的后勤工作就是对革命最大的贡献！"吕春桃说："上次在鸡公山上，你可是亲口答应了我的，同意我们加入战斗部队，还说古来征战有妇孺啥的，这么快就忘了？"王红祥说："有这事吗？我咋一点都不记得了？"吕春桃说："当时政委也在场，你说得清清楚楚，现在就想抵赖了？我叫政委去，咱当面对质！"王红祥说："吕春桃同志！"吕春桃下意识地立正说："到！"王红祥说："我命令你，立即回到后勤部长岗位上去！"吕春桃这才反应过来，一屁股坐在床沿说："司令员同志，卫生队归后勤部直接管，我现在就在自己的岗位上，哪都不去！"王红祥说："我是大司令，你只是个小小的后勤部长，你敢不执行命令，就是公然抗命！"吕春桃嘴一噘说："政委可是一开始就交代过了，进了卫生队，你再大的司令也就是个伤员，得服从我的管理，我不给你下命令就算便宜你了，你凭啥命令我？"王红祥说："好我的吕大部长，吕大姑奶奶，我说不过你，我服你了还不行？"吕春桃扑哧笑出声来，盯着王红祥说："叫部长就行了,其他的就别再叫了,我哪有那么大的辈分!"说完忍不住又咯咯咯笑得停不下来。卫生员探头进来说:"吕部长有啥喜事了,说出来叫俺们也听听。"王红祥说:"去去去,一边待着去,添什么乱!"卫生员吓得吐了吐舌头,缩回脑袋走了。吕春桃说:"看你给急的,我不说了还不行?"王红祥这才长舒了口气说:"好,那咱接着讲故事,你最想听啥?"吕春桃说:"那你讲讲,你那么勇敢,那么传奇,简直让人待见死了,难道就没有红军女战士追求你啥的?"王红祥说:"净乱弹琴!那会一天到晚就是个打仗,累的走路都能睡着,谁还能顾得上想那个?"吕春桃说:"这就好,这就好!"王红祥说:"好什么?"吕春桃脸一红,转身跑了出去。

池峰毅和特务营的其他几个截肢重伤号也都在王红祥病房隔壁住着。鸡公山战斗结束后,池峰毅被及时送回卫生队,接受了伤口清创、消毒、上药、包扎等一系列治疗措施。治疗过程中,他坚持把麻醉药省下来给其他战士用,自己就那么忍着,结果疼得大汗淋漓,把衣服都湿透了,裤腿上都能拧下水来,却始终咬紧牙关一声不吭,医生护士都佩服得五体投地。两天后,右腿被炮弹炸烂的一连司号员尤光雨伤口发炎,感染严重,必须连夜截肢,否则会危及生命。然而,更为严重的是麻醉药早已经用完,派去军分区找药的两个骑兵带回了令人失望的消息,军分区也没有麻醉药!所有医护人员面面相觑,不知如何是好。

池峰毅走到手术台前安慰说:"光雨兄弟,你要做好思想准备,没有其他办法,你必须忍着!"尤光雨看着身边那一堆截肢器具,紧紧地拽着池峰毅的手说:"营长,我怕,我怕我会忍不住!"说完便呜呜哭开了。池峰毅想了想说:"那咱先不做手术了,我看还能找点替代品不?"说完便推开门出去了。几分钟后回来,池峰毅手里多了把木锤,上面缠了好几层棉布。到尤光雨跟前,猛不丁照他的脑袋上就是一锤,尤光雨立刻被砸昏了过去。主刀的队长李耀惊得张嘴结舌,指着池峰毅说:"池营长,你,你……"池峰毅说:"别浪费时间,赶快做手术!"所有人才猛然明白过来,七手八脚地为尤光雨截了肢。事后,尤光雨对池峰毅说:"谢谢营长,要不是你那一锤,我还真没勇气去面对手术!"

当时的东纵卫生队就那条件,设备简陋,技术力量也不足,还经常缺医少药。一场大仗过后,牺牲在卫生队的同志不在少数。

王红祥住进来后,院子里气氛轻松了不少。很多重伤员本来疼得厉害,可知道司令员就在一起住着,尽量忍着不出声,医护人员心情也能好不少。

慢慢地,问题还是出现了。由于消炎特效药盘尼西林严重缺乏,只能用盐水和高粱酒对伤口进行外部消毒,治标不治本,而用来做替代品的草药效果很不明显,导致许多伤员都出现了不同程度的伤口感染现象,连日高烧不退,有的甚至陷入昏迷状态,吕春桃和李耀急得团团转。王红祥把进城找药的任务交给了邱大宝。

邱大宝进城后,找遍了所有药铺都没买到一点西药,更别说急需的盘尼西林了,还差点让守候在药店的便衣队员给盯上,七拐八绕,使出浑身解数才成功甩脱。没办法,邱大宝只好又去找张子明,看他能不能想办法通过特殊渠道给弄点回去救急。

张子明搓着手说:"这事还真不好办!西药属于日军严格管制的物品,以前情况还好点,大'扫荡'开始后日军明显加强了对西药的控制,民间药店根本就购不进来,难怪你买不到。这的吧,你先在这里等上一两天,前段我曾从新来的伪军手里为军分区张司令他们搞到一点点医疗器材——天晓得他们是从哪弄来的!我明天试试看能不能从他们手里弄点药品。"

第二天晚上,张子明带回来个伪军,手里提着半口袋药品。邱大宝:"太好了,这下解决大问题了!"伪军说:"俺们连长说了,一定让俺见见你。"邱大宝说:"见我干嘛?"伪军说:"俺们连长让俺问问你,你和闫清涛骑兵连是不是一伙的?"邱大宝说:"他是我们东纵骑兵营的营长,你们连长认识他?"伪军说:"岂止认识,他俩在晋绥军里是老相识!你回去见到闫营长,就说财神爷请他进城一叙。"邱大宝说:"一定把话给你带到,药钱多少?"伪军说:"连长只让收你们一半的钱,10块大洋。"邱大宝付了钱,伪军就回去复命了。

拿到了药,张子明趁夜把邱大宝送出了南门。邱大宝归心似箭,甩开大步,后半夜赶回了董家岭。这救命的半袋子西药,不知道能从阎王爷手里拉回多少战士宝贵的生命!吕春桃高兴得大喊大叫,冲过来抱住邱大宝的大脑袋,照脸上"吧唧"就亲了一口,邱大宝满脸通红地躲到一边,不停地用手抹着脸。王红祥说:"邱大宝那磨盘大个脸,你亲他干嘛?"吕春桃说:"咋的,你这么大个司令员还吃小战士的醋?"王红祥说:"我吃哪门子的醋嘛。"张高强说:"我看哪,老王就是吃醋了!"吕春桃说:"邱排长下次再弄回来药,我还亲,弄一回,亲一回!"邱大宝说:"好我的大部长,求您还是别再亲了,再亲,我倒没啥意见,只怕司令员要枪毙了我!"

王红祥一早就派人把闫清涛叫过来。闫清涛说:"司令员这么早叫我,有任务?"王红祥说:"你那个财神爷连长惦记你了!"闫清涛说:"咋回事?"王红祥说:"他现在当了伪军了,就在县城驻的了,昨天那小子居然把药品生意做到了邱大宝身上,你说有多神奇!"闫清涛说:"只要有钱赚,他财神爷恨不得去阴曹地府和阎王爷做生意呢,我得去见见他。"王红祥说:"你不去见他还不行哩,人家指名道姓请你进城一叙!这么的吧,你准备准备,我让邱大宝他们暗中保护你,提防那小子耍啥心眼。"闫清涛说:"我一个人去就行了,他要害我,上次我指定就回不来,谁都可以防他,只有我用不着!"王红祥说:"也好,你见机行事,谅他也不敢对你咋样!"

闫清涛和财神爷在聚仙楼见了面。两人互相说了分别后的经历,不由得感慨万千。财神爷说:"你说有事了可以去赵家商号联络,让我好找!"闫清涛说:"纵队出了叛徒,一夜间捣毁了县城所有的联络点,我都找不到,你找屁。"财神爷说:"当初一起打鬼子,打得好坏不说,好歹总算是个中国人,现在莫名其妙倒当起了汉奸,弄得中国人不算中国人,日本人不算日本人,将来死了也不能进祖坟,愁得我头都疼!"闫清涛说:"八路军对待伪军的政策是放下屠刀,既往不咎,你有啥打算?"财神爷说:"这正是我辛苦找你的原因。我决意要投八路,想来想去,你是最好的引荐之人,我什么要求都不提,只要八路能收留,让我做个普通士兵就行!"闫清涛说:"你对抗日有贡献,对八路军有恩,是根据地军民心中的大人物,哪能只做普通士兵!我这就回去请示司令员,商量方案!"财神爷说:"太好了,你快去快回!"闫清涛说:"可惜了这么多肉,我再吃点!"财神爷说:"吃啥吃,耽误时间,带上路上吃去。"闫清涛说:"那我多带点,来一趟不容易,司令员伤刚好,回去给他补补!"财神爷又要了两只卤鸡,三个红烧肘子,一起打了包,把闫清涛送出饭店。

回到董家岭,闫清涛见到王红祥,兜底把好吃的全倒在桌上说:"司令员放开肚子吃,好好补补!"王红祥只扯下两条鸡腿,喊来传令兵说:"都送到卫生队,让伤员们开开荤!"想了想又说:"顺便把吕部长叫来,就说我请她吃鸡腿,你也一起来吃!"传令兵说:"司令员,就这两条鸡腿,三个人吃?"王红祥说:"老子吃肉,你负责嚼骨头!"传令兵说:"总共两条鸡腿,司令员请三个人吃,您可够抠的!"王红祥把枪往桌子上一拍说:"去不去?"传令兵吓得一吐舌头,扭头就跑。王红祥哈哈哈一阵大笑。

传令兵走后,闫清涛把情况详细说了一遍,请王红祥定夺。王红祥想了想说:"一来大炮目标太大,不好出城;二来纵队物资奇缺,尤其是日军控制的紧俏商品,往后都需要大量购进,有这么个人会方便许多。再说,将来免不了还有很多大仗要打,咱预先在鬼子肚子里埋伏下这么一支要命的武装,将来必将发挥更大的作用。

所以,你再辛苦跑一趟,把道理给他讲清楚,让他千万注意保密,绝不能走漏风声,一旦发现动摇分子,一定不能心慈手软,必须坚决铲除!"闫清涛说:"司令员说得对,我就再跑一趟!"

闫清涛刚走,传令兵和吕春桃一前一后进了屋。王红祥说:"坐下,咱们一起吃鸡腿!"传令兵不敢接茬,转身就跑了出去。王红祥看着吕春桃说:"快吃吧,我才刚吃了三条,这两条你吃!"吕春桃也不客气,三下五除二把两条鸡腿啃完,骨头放在桌子上。王红祥从桌子底下拿出半瓶酒,猛喝一口,拿起一截骨头,咔吧咔吧嚼了起来。吕春桃这才反应过来,原来王红祥根本就没有动过鸡腿,一种无比幸福的感觉顿时涌上心头。她低着头,红着脸说:"你还真会疼人呢,你总共只有这两条鸡腿,是吧?"王红祥答非所问地说:"骨头就酒,越喝越觉得香呢!"吕春桃抬起头,深情地看着王红祥,直到他喝完了所有的酒,嚼完了全部骨头。

当年夏天,河西大旱,赤地千里,庄稼颗粒无收。王红祥和张高强提出了绝不能饿死一个人的口号,号召军民奋起抗灾自救。两千多人日夜不停挑水浇苗,吕春桃带领妇女儿童挖野菜,扒树皮,捉地鼠。部队的口粮标准一降再降,最后压缩到男兵每人每天五两左右,女兵只有三两,省下的粮食全部匀给了村民。

六月底,骑兵营一匹战马掉进深沟,摔断两条前腿,纵队把马杀掉改善生活,总部炊事班连骨头带肉分到十斤。大锅里撒了把花椒大料,又扔进去块盐,慢火整整炖了两个小时,香飘五里。吕春桃舍不得吃,端了自己的那份送到王红祥房里。吕春桃说:"马肉发酸,我吃不下,你替我吃了吧!"王红祥伸长舌头舔着自己的碗底说:"我不吃,你自己吃你的,要不就送去卫生队给伤员吃。"吕春桃不走,夹起肉往王红祥嘴里塞。王红祥说:"你这是干嘛,再不走我真生气了!"边说边推了吕春桃一把。吕春桃被推得跌坐在床沿上,差点把肉掉了,呜呜呜就哭开了。王红祥说:"你哭啥嘛,让战士们听见了以为我欺负你！"吕春桃说："你看你眼窝都陷到哪里了，男人家不吃上饭咋打仗？"王红祥说："你不是也瘦成个猴子了吗，不吃咋干工作？"吕春桃突然扑到王红祥怀里，把王红祥紧紧地抱住不松手。王红祥说："你松开，让战士们看见多不好！"吕春桃边哭边说："你要不吃，我就这么一直抱着，一直哭！"王红祥嚼着马肉，眼泪却一颗颗滴进碗里。

第二十章　暗　战

田大康中队成功反正后，章文强被池重吉川叫去骂得狗血喷头，又揪住衣领接连扇了十几个嘴巴，直到手累了才停下。章文强被扇得口鼻流血，晕头转向，却连动都不敢动一下。

池重吉川余怒未消，喊来宪兵说："拖出去，枪毙的干活！"章文强挣扎着说："司令官阁下，卑职冤枉！"翻译官马小帅赶忙给池重吉川递上水杯，池重吉川连喝了几大口，脸色稍稍好看了些。

马小帅边给池重吉川扇扇子边说："我看章大队长对皇军一向忠心耿耿，打仗从来不惜命，只是一时大意才让田大康那王八蛋钻了空子，不如叫他戴罪立功，回去抓紧整顿皇协军，保证再不发生类似的事情，一切也还不算晚！"

池重吉川对章文强说："今天看在翻译官的面子上权且饶过你，以后再犯，死啦死啦的！"章文强死里逃生，赶紧点头说："哈伊！"马小帅说："还不赶紧走？"章文强一步一退，溜了出去。

过了两天，章文强把马小帅请到家中，感谢救命之恩。马小帅说："同在日本人手下做事，混碗饭吃，都不容易，举手之劳，章队长又何必客气？"

章文强说："要不是你那几句话，我只怕难逃此劫，即便不被枪毙，大队长的职务也很难保得住，翻译官以后就是我章某的大恩人，有啥事尽管开口，你的事就是我的事！"马小帅说："都是一家人，自家弟兄，章队长再说啥就见外了。"两个人推杯换盏，喝了不少酒。

马小帅走时，章文强拿出两根金条，硬给马小帅装兜里。

章文强为了保命，开始吸取田大康中队被策反的教训，全面加强了对伪军的监管，他把自己手下的亲信全部撒出去，暗中监视几个伪军头目的一举一动，一旦发现可疑人员，立马抓起来严加审问，对于可疑分子，轻则关押，重则直接拉到城外枪毙。

高压之下，一些八路军之前发展的敌工人员更加小心翼翼，行动受到很大限制。

章文强的卫队长余大留本是洪洞一带的土匪，为人阴险刻薄，做事心狠手辣，从来不计后果。三年前他进城踩点时一时大意，被侦缉队设计活捉。

在审讯室里，余大留打死不怂，破口大骂侦缉队队长任仲雄是汉奸走狗。

任仲雄说："你当个破土匪，不但皇军不能容你，就是晋绥军、八路军也是一样把你视为眼中钉肉中刺，迟早死无葬身之地！"

余大留唾了任仲雄一脸脓血，正色说："老子是土匪不假，可老子就是做土匪，也要做个堂堂正正的中国土匪，哪像你们这些怂骨头认贼作父，把日本人看作自己的亲娘老子，在日本人面前点头哈腰，连条狗都不如，走在街上都要被人戳着脊梁骨骂！"

任仲雄被骂得恼羞成怒，下令活埋余大留。土都埋到余大留胸部了，又被碰巧路过的章文强救下，从此便把章文强视为大哥，发誓拿命报答。章文强渐渐地把他视为心腹，二人拜了把子。

没过多久，余大留被章文强提拔为卫队长，早把审讯室里义正词严的硬汉形象丢到了九霄云外，死心塌地跟随章文强做起了汉奸，成为章文强的得力助手。

土匪手中有钱，但干的都是刀刃上舔血的营生，时刻面临着死亡的威胁,因此整日得空就舞枪弄棒,增强生存本领,成千上万颗子弹喂出来余大留这么个实实在在的神枪手。

在一次次的"扫荡"中,他手持双枪,左右开弓,指哪打哪,双手沾满了根据地军民的鲜血,就连他自己都记不清自从当了汉奸以来,到底有多少个抗日战士死在自己枪口下。

章文强十分满意余大留的出色表现,不但给他在县城买了宅院,还亲自出面做媒,让他做了县城豪绅周一琨的乘龙快婿。锄奸队成立后,曾盯过他一段时间,由于找不到合适的机会,几次都被他死里逃生,还伤了两名锄奸队员,后来只好暂时放弃,只派人设法给他送去警告书信,他连看都不看,让人念了念,根本不以为然,一撕了之,还嚣张万分地放出话来,要找机会和邱大宝"决一雌雄"。

章文强下达监视伪军头目的任务以来,余大留虽然也在被监视之列,却浑然不知,一味玩命地四处活动,死盯几个重点目标不放。

财神爷做事一向谨慎,一般不亲自出动,但是手下的连副房正却逐渐被余大留给盯上了。

俗话说,不怕贼偷,就怕贼惦记。余大留自从怀疑上房正,房正便再也没有出过余大留的视线,当然,余大留也早就处在李如鹏等人的监视之下。

李如鹏发现房正被余大留盯梢后,及时把情况反馈给了财神爷和房正。

邱大宝再次进城后,根据财神爷提供的情况,决定趁机不动声色地除掉余大留这个心腹大患。得知财神爷和马小帅私交不错后,邱大宝提出了几个方案,几个人仔细商量了一晚上,决定在除掉余大留的行动中,"邀请"马翻译官这个日军的大红人做个"见证人"。

邱大宝和房正把会面地点约定在聚仙楼的二层包间。这里两面窗户临街,站在窗前,楼下左右两条街上的动静都可以看得清清楚楚。

邱大宝一早便安排两个侦察员分别扮作卖烟的和摆摊卖菜的,各自守在楼下两侧,以防万一。

近午时分,余大留眼见房正手里提着个包走进了聚仙楼。过了几分钟,邱大宝也走了进去,径直上了二楼。余大留亮出双枪,带着几个伪军小心翼翼地跟了上去。

刚上二楼,在楼梯口正遇伙计肩上搭条白毛巾下楼。看见余大留几个手里的枪,伙计吓得"妈呀"叫了一声就飞一般跑下了楼梯,差点把余大留撞倒。余大留小声骂了句"赶着投胎去啊"便继续带人搜去了。冲进包间,一齐把枪口对准了房正。

房正说:"余队长,你这是干啥呢?"余大留说:"少他妈废话,人呢?"房正说:"你问谁人呢?"余大留说:"问你呢,刚才上来的那个人呢?"房正说:"这好几个包间那么多人你不去问,偏偏来问我,你什么意思?"余大留命人把房正的包打开,里面除了几瓶酒和几包香烟外,再没有其他东西。

余大留下令说:"把房正先给我捆了,等找到八路再和他当面对质!"正在这时帘子被掀开,同时传来一声大喝:"混蛋,光天化日之下,这是谁要捆老子的人?"

余大留回头一看,马小帅、财神爷和炮连几个班排长都走了进来。余大留说:"你们,你们这是?"

财神爷看着房正问:"怎么回事?"房正说:"报告连长,我刚安排好饭菜在这等你们,余队长他们突然闯进来,二话不说就要捆我!"余大留说:"房正私通八路,约定好在这里碰头,我刚才亲眼看见他们上了楼!"

财神爷说:"房正私通八路?余队长的意思是,我的连副要在我的生日宴会上当着马翻译官的面私通八路?或者是说,我的连副要带八路分子一起参加有马翻译官亲自出席的我的生日宴会吗？我说余队长，这捉贼要赃、捉奸要双的道理想必你也明白，你说房正私通八路，你可得拿出证据来！否则，仅凭你余队长红口白牙一句私通八路，就想捆我的连副，这是欺负我们炮连没个能做主的还是咋的！"几个班排长一齐把枪口对准了余大留几个。

余大留就是再有恃无恐骄横霸道，毕竟把本来有理的事做成了没理，况且还有日军司令部的翻译官在场，心里早已没了主张。他结结巴巴地说："刚才我看见八路明明已经上来了，应该是和房正在一起的，可，可能是，八成是跑了。"房正说："余大留！你说你刚才看见八路上来了，我问你，那八路脸上写着八路二字呢，还是穿着八路的衣服呢？你一个堂堂的皇协军大队卫队长，大白天说瞎话，凭空捏造，血口喷人诬陷我，说我私通八路，我看你那土匪身份才更值得怀疑，你这是典型的来路不明，更像是八路派来的卧底！"余大留气急败坏地说："房正，老子毙了你！"边说边把枪口指向房正，几个伪军也都举起了枪。财神爷手一挥，几个班排长早一通乱枪，顷刻间把余大留几个打死在地上。财神爷说："马翻译，这你都是看见的，你可得为我们作证！"马小帅说："余大留是章队长的卫队长，这事不小，依我看，咱还是先把现场保护好，你速派人去叫章队长。"财神爷说："好，马翻译说得对，既如此，咱们大家都待在原地别乱动，等章队长来了公断！"

不消一刻，章文强已经赶来，看到余大留满身枪眼死在地上，不由得大吃一惊。马小帅把情况细细讲了一遍。章文强对带来的下属说："先把现场收拾了吧，把人都抬回去。"下属上去抬人，突然起身说："报告大队长，在余队长兜里发现一封信！"章文强接过信一看，上面血迹未干，还有一个弹孔。下属说："报告大队长，检查过了，衣兜上确实有个弹孔。"章文强打开信仔细看，发现正是写给余大留本人的，落款是"东纵王红祥"。章文强一把把信撕了，恨恨地说："我就说吧,这么重要的人,会不被八路收买?多亏发现得及时,要不老子稀里糊涂见了阎王爷都不知道自己咋死的,他奶奶的,跟老子玩贼喊捉贼的把戏!把他们都给老子拖到城外乱坟岗喂狗去!"马小帅捡起信的残片看完说："好险哪,章大队长又躲过了一劫,值得庆贺!"

那个下楼的伙计正是邱大宝,"惊吓"中逃下楼梯差点撞倒余大留之际,已经变戏法般给余大留衣兜里塞了封信。有了那封信,他余大留今天死与不死早已经由不得自己了。

余大留死后,章文强更是疑神疑鬼,看谁都像是八路军的卧底,尤其是身边的卫队人员,全都被吊起来拷问了一遍,最后重新换了人手。伪军内部相互猜疑,人人自危,而亲手除掉"八路卧底"余大留的财神爷则暂时受到章文强的信赖,没几天就被提拔为一中队副队长,房正当了炮连连长。财神爷则抓住机会,顺势把李如鹏推荐为一中队第二小队队长,为开展工作带来了极大的便利。不久,财神爷得到王红祥的指示:为便于抑制章文强,获取更多日军情报,尽量争取马小帅反正,争取不成,则相机铲除,纵队将派锄奸队予以配合。财神爷找借口把马小帅请来,试探了好几次,马小帅老谋深算,遮遮掩掩,含糊其词。财神爷和邱大宝商量后,决定由邱大宝上门,直接把意思亮明,视其态度见机行事。

邱大宝利用夜色掩护,翻墙进入马小帅家中,把马小帅从被窝里叫醒。邱大宝说："我就是八路军东阳山纵队锄奸队队长邱大宝,深夜打扰马翻译,是来传达我们大司令王红祥的意思!"马小帅说:"我只做翻译,从没干过伤天害理的事。"邱大宝说:"眼下国家支离破碎,老百姓流离失所,马翻译就不想为国家、为人民出点力,也为自己多留条后路,难道真想一条道走到黑?"说着手已经摸向了枪,眼里露出了杀气。马小帅思索良久说:"我虽然做了汉奸,可好歹身上也还流着中国人的血,你们需要我做什么就说吧,我马某照办就是!"邱大宝说:"这就对了,你成天围在日本人身边转,应该也可以看得出来,小鬼子是秋后的蚂蚱,蹦跶不了几天了。我们希望你以后能多为根据地做些事情,从今天起就算你正式反正,成为八路军的一员,你当前的任务是大量收集日军情报,同时尽量制造日伪矛盾,抑制章文强这个大汉奸,能借日本人之手除掉他更好。"马小帅连连点头。邱大宝又说:"实话告诉你吧,我今晚来的任务就是能说服你最好,实在不行就当场处决你!当然,我们也不怕你出尔反尔,你也听说过锄奸队,想除掉你,那也是随时随地的事!"马小帅浑身哆嗦,不停地擦着汗说:"我明白,我明白。"邱大宝回来见到财神爷,财神爷问:"咋样?拉过来了还是除掉了?"邱大宝说:"妈的,贱骨头一个,开始嘴硬,枪一亮怂得跟煮熟的粉条一样软!"财神爷说:"他要真心反正,作用比谁都大,毕竟是在鬼子眼皮底下!"

九月初,马小帅送出绝密情报:玉前洼仓库守军驰援长沁,仅留伪军数人,存粮巨大!

王红祥接报后唯恐有诈,急派邱大宝侦察,果然不假!当晚,东纵和精壮村民全体饱餐一顿后出发,2500 余人的队伍,大车小车蜿蜒排成长龙,浩浩荡荡直奔玉前洼。担任前哨的特务营剪断电话线后,十分钟不到便结束战斗,仅轻伤三人。此战,偌大的玉前洼仓库被搬运一空,缴获粮食数十万斤。

张健一得到消息就带了几辆大车赶过来,王红祥把张健领到大院里。张健惊得眼睛都瞪圆了,他指着粮堆说:"好家伙,我的个乖乖,你居然一家伙弄到这么多粮食!"掐了掐自己的脸蛋问王红祥:"我这不是在梦里吧?"王红祥说:"饿了几个月了,我几乎天天做这样的梦,你现在感觉自己是在梦里,这叫穷人乍富,一点都不奇怪!"张健手一挥,大声对带来的战士说:"同志们赶快动手搬,今天谁也不许给老子客气,都给我往死里装,装完了就在这里吃面条,都放开肚子往死里吃!"王红祥说:"瞧瞧你大司令这副小气样,传出去也不怕让人笑话。这么跟你说吧，就您老带的这几辆大车，我给你三天三夜，你让他们随便拉，院门随时开着，都挑好的装！"完了又安排人给军区司令部送去 20 车小麦。

马小帅这一情报让东纵在最困难的时期获得了最急需的粮食，成千上万个生命得以延续，部队严重削弱的战斗力得以迅速恢复，被军区司令员王子昂评价为"最有意义的一次胜利"。当然，王红祥对情报来源进行了严密封锁，即便是王子昂和张健问起来，王红祥也只是随便编了个名字糊弄过去。毕竟，在那个敌中有我、我中有敌的特殊环境下，任何麻痹大意都可能给情报人员带来杀身之祸，使辛苦得来的情报源戛然中断。更严重的是，一旦情报人员身份暴露被日军巧加利用，甚至直接策反为双面特工，将给队伍造成不可估量的损失，带来灭顶之灾的可能性也不是完全没有。

池重吉川虽然在气头上要杀章文强，但那毕竟只是在气头上而已。否则，他要真想杀章文强，仅凭马小帅的一杯水和几句话，又哪能保得下章文强的人头？池重吉川并不傻，他深知皇协军并不可靠。你想，一支连自己的国家都能说不要就不要的部队，你指望它一心一意地永远效忠一个远隔重洋、看不见摸不着的所谓天皇，可能吗？然而，现实的情况是，日军兵力严重不足。随着战事的发展和战线的拉长，日军占领的地盘越来越大，需要派兵守备的城市也越来越多，兵力不足与前方需求增大之间的矛盾也越来越突出和尖锐，日军不得已把十五岁以上，甚至十三四岁的孩子都召入战斗部队，到最后就连身体好一点的妓女都让上了前线，很多士兵站起来还没枪高，把枪端平都得使出吃奶的力气，又怎么可以和同仇敌忾的几千万、几万万中国军民长期对抗下去？没办法，唯一的指望就是皇协军，而皇协军又是如此让人不省心！他们打仗时虚张声势，打一棒子挪一步，能勉强冲到几百米外对着国军和八路军的阵地胡乱放枪已经很不容易了。在抗战军民的震慑和感召下，很多皇协军无时无刻不在思谋着怎样才能逃离日军控制,三五成群、偷偷携带武器投奔抗日队伍已经算是最没出息的了,不在临走前猛不丁给你司令部扔几颗手榴弹,甚至轰上你几炮,就已经算是念及几年的收留养育之情、同壕战斗之谊,权当感恩回馈之举了,且够你偷笑上好几天的!在这种情况下,能拥有一个像章文强这样死心塌地、忠心不二的皇协军大队长,池重吉川庆幸还来不及,又怎么舍得杀掉他?装装样子,吓唬吓唬罢了,事后还是一样的信赖,一样的倚重。

马小帅观察良久,始终找不到挑拨离间池重吉川和章文强关系的突破口,又考虑到自身安全,别偷鸡不成蚀把米,弄不好事情办不了,把自己先搭进去!思忖再三,不得要领,只好暂时按兵不动,徐图良机。情况汇报给王红祥后,王红祥表示充分理解,反复叮嘱马小帅一切行动均须以保证自身安全为前提,不得急功近利,好高骛远,抗战岂是一朝一夕的事?马小帅深受鼓舞和感动,总能在关键时刻送出重要情报,起到了一般敌工人员难以起到的巨大作用。

财神爷所在的一中队队部有个记账员,叫武力勇。此人本事不大,进队就是记账员,干了几年,还是踏板车加油,原地不动,也就是个打杂办事的普通文员。看到别人或凭借关系,或凭借自身表现,屡屡得到重用和提拔,心里很不舒服,总想自己也能找机会谋个一官半职,从此不再低人一等,受人歧视。但是一个不名一文的小小记账员要想引起日本人或者皇协军高官的注意和重视,没有非常特殊的表现无异于痴人说梦!但是,小人物自有小人物的思维和路数。自从章文强加强监视伪军头目以来,武力勇便觉得自己出人头地的机会就快来了,他想,这么大一支皇协军队伍,如果没有几个甚至更多的八路军敌工人员,凭什么隔三差五总有皇协军能够成功反正投入八路军阵营?只要自己平时多留点神,下点功夫,

古村小巷幽深，曲折蜿蜒，历史的脚印留在这些斑驳的石板路面上，让人沉思，叹怀。

总能发现并盯上那么一两个，密报给日本人，再顺藤摸瓜，捣毁八路的秘密网络，岂不是大功一件？到时别说在皇协军内部，就是在日本人眼里，那都绝对是大红人一个，何愁不能飞黄腾达，一举圆了自己的当官梦？想到这里，武力勇不由得血脉贲张，仿佛一切美好的前程就在眼前。他表面上不动声色，依然老老实实地该干嘛干嘛，一切都和从前没有什么不同，暗地里却瞪大眼睛，密切注视着所有人的一举一动。慢慢地，新提拔的第二小队队长李如鹏进入了他的视线。

经过长期观察，武力勇发现李如鹏家里常有不明身份的人进进出出，而且样子神神秘秘。不仅如此，他还发现李如鹏经常偷偷出城。那么，那些来找李如鹏的都是些什么人呢？李如鹏偷偷出城又是去见什么人、干些什么事呢？武力勇觉得，即使现在还不能肯定李如鹏就一定是八路安插在皇协军中的敌工人员，但是此人行踪神神秘秘，办事鬼鬼祟祟，其背后一定有着不可告人的秘密，其真实身份值得怀疑，一旦能够坐实李如鹏就是八路的敌工人员，那么，别的奖赏姑且不论，把李如鹏除掉，自己取而代之当上小队长应该是袜子里捏脚——十拿九稳的事。

然而，怀疑终究只是怀疑，在没有任何可靠证据的情况下，仅凭自己的这点小能耐，要想扳倒身为小队长的李如鹏还真不是那么容易的事，弄不好还可能让李如鹏反咬一口，到时候，自己即使命大死不了，只怕掉层皮是无论如何也躲不了的！细想之下，武力勇决定借日军之手进一步查清李如鹏的通共证据。他认为，一旦日军根据自己的检举把李如鹏最终揪出来，自己也毫无疑问是立了一件大功，该来的奖赏还是会来的！于是他来到日军宪兵队，把自己的怀疑一五一十告诉了宪兵队长山本一禾。山本一禾当即带武力勇去司令部面见池重吉川，报告了情况。池重吉川命令山本一禾暗中调查李如鹏，尽快拿到李如鹏的通共证据，彻底捣毁八路军在县城的地下情报网。

山本一禾和武力勇走后，马小帅大惊，急忙以最快的速度把日军暗中调查李如鹏的消息告诉了财神爷。如此重大的事情，财神爷和李如鹏他们哪敢大意？几个人苦思冥想，紧急研究，终于商量好了应对之策。

城外五里的孙家庄是进出县城的重要门户，驻有日军重兵。章文强当了伪军大队长后，曾想把老娘和兄嫂一家从百里外的老家接到县城居住，可老娘和兄嫂怕被骂作汉奸家庭，坚决不愿进城。章文强无奈，又怕住得远了遭受游击队骚扰，也不便于自己探望，于是选择在孙家庄为娘兄几个安了家。李如鹏何等聪明，经常在出城之际顺便去章家坐坐，免不了带点稀罕吃食，一来拉拉家常顺个人情，在章文强面前混个面熟，便于开展工作；二来组织上一直没有放弃争取章文强，现在多跑跑他娘兄家里，将来万一条件成熟，还可以动员家人做他的工作。章大娘慈眉善目，和蔼可亲，总把李如鹏当儿子一样看待，每次都"儿子，儿子"叫得怪亲热。

晚上没事，李如鹏走出驻地，一路"鬼鬼祟祟"地出城来到孙家庄。守卫村口的伪军和李如鹏早已熟稔，打了声招呼就让李如鹏进去了，李如鹏进村后径直走进了章家。跟踪而来的日军果然上当，冲进去不由分说，把李如鹏和章文强的哥哥章文根捆得结结实实，抓回了宪兵队。

山本一禾问李如鹏："你身为皇协军军官，不在城里待着，黑灯瞎火的跑到孙家庄干什么？"李如鹏说："我吃完饭后没事，去看看我干娘，顺便给老人家带点糕点，不知咋的就被皇军突然冲进去抓来了！"山本一禾问章文根："他说的都是真的？"章文根说："是真的，李队长进门后把糕点给了我娘，还说八路军到处捣乱，治安状况不好，皇军和皇协军十分辛苦！"又说："我是你们皇协军大队长章文强的大哥章文根，我要求见他！"山本一禾给章文强打通电话说:"章队长,你有个哥哥叫章文根?"章文强说:"是啊,怎么了?"山本一禾说:"你马上来宪兵队一趟,你哥哥在我这里!"章文强大惊,撂下电话就往宪兵队赶。山本一禾对李如鹏说:"有人揭发你是八路的卧底,你能解释清楚吗?"李如鹏说:"我跟了皇军五年了,天天就在皇军眼皮子底下,忠心耿耿效忠皇军,怎么就成了八路的卧底了?说我是八路的卧底,有什么证据?是谁说的?我要求和他对质!"正在这时,章文强到了。他边给他哥松绑边问山本一禾怎么回事。山本一禾说:"有人举报李队长私通八路,被我的人抓回来了。"章文根腾出手来,照章文强脸上就是一巴掌。章文强捂着脸说:"哥,你打我做什么?"章文根说:"这就是我给你这个堂堂皇协军大队长当哥哥的下场!几年来我老老实实在家伺候老娘,替你尽孝,好端端的却成了八路的探子,莫名其妙让人五花大绑捆到这里,你再迟来几分钟,估计我就被枪毙了!"山本一禾说:"你们先坐下,让我把话问完!"眼睛盯着李如鹏说:'李队长,一中队记账员武力勇揭发你是八路的卧底,说你家里和队部常有来历不明、形迹可疑的人进出,你本人也经常鬼鬼祟祟地出城,皇军也认为他说得很有道理!"李如鹏说:"山本太君,没有任何证据,仅凭一个小小记账员的揭发,你不能妄定我就是八路的卧底,我认为武力勇说的这些话全都是对我的恶意诋毁。你想想,我要真是八路的卧底,明知道队伍整顿这么严厉,会愚蠢到经常让八路来自己家里甚至队部吗?不错,我家里和队部是有不少人常来找我,但那只不过是些亲朋故旧。他们来找我,无非是知道我在皇军这里高就,要么是受村上人欺负,想让我给他们撑腰说话,要么是家人被皇军抓了,想让我在皇军面前说情美言,要么就是想攀上我这棵大树,为自己谋点好处。说句实话,我对这些人都不胜其烦,可他们常常是不请自到,我也实在没有办法,骂走不让再来,或者躲着不见吧,他们会骂我当了官眼睛就长到后脑勺了,这样我在亲朋故交面前也抬不起头来,不这样吧,他们就这么走马灯似的总来,我也只好与他们周旋。这一点,今天章队长正好也在,你可以问问章队长自己是不是也深有体会?"山本一禾把脸转向章文强,章文强非常肯定地点了点头。李如鹏继续说:"说我经常鬼鬼祟祟地出城,这不正好文根大哥也在吗,你可以问他,远的不说,仅最近两三个月里,我出城去孙家庄看望干娘,往少了说最少也有二十来次吧?城里人多眼杂,谁也不敢保证就一定没有八路或者其他抗日分子夹杂其中。我去看望干娘,那可是章队长家,所以总得小心翼翼,就是怕万一被八路知道了老人家在那住着,他们啥事做不出来?我这样做,当然被那武力勇看作是鬼鬼祟祟了!"章文根说:"李队长说的话一点都不夸张,今晚去了家里,还说皇军来到中国,帮助建立大东亚共荣圈很不容易,很辛苦,计划向上司请求亲自带人冒险去替皇军征粮了。说谁是八路的卧底我都信,可说李队长是卧底,打死我都不信!"

章文强说:"李队长是我看着过来的,几年来对皇军那是忠心耿耿,每次'扫荡'都是舍生忘死,冲锋在前,这点也是有目共睹的,最近才被我提拔为小队长,我敢担保李队长绝不是八路的卧底!"山本一禾说:"现在我也感觉李队长是被武力勇冤枉了的,这样吧,既然章队长亲自担保,李队长就由你带走吧,我也就可以向司令官交差了!"

出了宪兵队,章文强对李如鹏说:"眼下是非常时期,你以后最好还是少去我家为妙!"李如鹏说:"是,属下记住了!"章文根气咻咻地说:"你们打你们的仗、当你们的汉奸也就是了,凭什么不让李队长去咱家,难道咱家是八路的联络站?"章文强说:"哥,这是政治,你一个老百姓懂个屁!"章文根对李如鹏说:"你别听他的,当了个破汉奸大队长,就以为自己有多了不起似的,好像啥也懂,不知道背后人家咋样骂他呢!"李如鹏显得有些为难,低声对章文根说:"快回去看咱妈吧,不知道让吓成啥样了!"章文根这才恨恨地走了,嘴里嘟嘟嚷嚷骂了章文强一路。

通过这场风波,日本人认为这是伪军之间的内讧,也就停止了对李如鹏的侦查。对于武力勇,池重吉川和山本一禾认为他即使揭发不实,但是也就是立功心切,对日军倒是非常忠心,考虑到他一个小文员再在伪军里待下去也不合适,于是将他调去便衣队了事。但是,财神爷他们认为,武力勇作为一个死心塌地的汉奸,虽然人微言轻,但他绝不会就此罢休,他一定会千方百计继续寻找线索构陷李如鹏,他的存在,对于秘密战线工作的开展,对于战斗在日军心脏里的敌工人员,迟早是个巨大的威胁。为此,根据内线要求,东纵锄奸队设法将便衣队诱出城外,一举全歼。差点给地下特工组织带来巨大损失的武力勇终于消失得干干净净。因为是全歼,所以丝毫没有引起日军和章文强的任何怀疑。

第二十一章　反攻序曲

　　1943 年秋，中国共产党领导的敌后军民经过 6 年艰苦卓绝的斗争，熬过严重困难时期，形势出现明显好转，日军在华北敌后逐渐失去了战场的主动权。

　　进入 1944 年后，中国战场的形势更为有利。日军为发动豫湘桂战役，打通大陆交通线，从华北、华中大量抽调兵力，使敌后日占区更加空虚。根据党中央的指示，敌后战场逐步展开了局部反攻，同时，各根据地积极加强整军练兵，为即将到来的大反攻做准备。

　　王红祥几个趴在地图上研究了好几天，结合侦察结果，再三权衡，最后把反攻第一仗定在远离县城的段池镇。

　　段池镇背山临水，地势西高东低，城墙坚固，其南大门甚至筑有瓮城，城楼及四角设有明、暗火力点，街心筑有核心工事，易守难攻，是日军揳入根据地中心区的一颗钉子。当时，镇内总共驻有日伪军 400 余人，绝大多数都是从平西县城调过来的老兵，是个实实在在的"硬骨头"。

　　王红祥说："以前咱打仗总是老太太吃柿子，专拣软的捏，这次，咱另找郎中瞧病，变个方方，挑个硬核桃砸砸！"池峰毅说："司令员，啥核桃，比小方山还硬？"王红祥说："比那硬得不是一星半点，这次咱要打的是段池镇，是一座真正意义上严格设防的小城市！"王虎安说："上次特务营啃了硬骨头，这次让他们喝点稀汤，主攻任务交给我们一营完成！"田大康站起来说："虽说二营弟兄们以前当过伪军，可那是以前，要说打攻坚战，二营也绝不是吃素的！"张高强说："同志们急于求战的心情可以理解，但是这次纵队要打的段池镇非同寻常，它绝不是一般意义上的小山头，而是一个实实在在的城池，不但地势险要，城坚墙厚，工事完整，而且里面驻有重兵，火力不弱，全体指战员绝不能有任何轻敌麻痹的思想，要把困难想得多一些，力争把战前准备工作做得更细、更深、更扎实，尽最大可能减少伤亡，争取一击必中！"王红祥说："段池镇是日军插入根据地腹地的一根毒刺，拔了它，河西根据地就会连成一片，日军以后要再想进入根据地，那他除非把自己变成一根金刚钻，否则他想都别想！废话今天就不多说了，我来布置任务：一营担负主攻镇西牛角山高地的任务，由西门突入。二营主攻东门，突破城门后与一营形成东西合击之势。特务营和骑兵营分别佯攻南、北门，策应一营、二营行动，一旦东、西门实现突破，则分别转由东、西门跟进，由外到内扫击南、北两条街上的日军，各自完成任务后咱四路人马合击街心核心工事。以上各营除一营外，各留一个连作为战斗总预备队。炮营除东门留一个排配合二营外，其余全部集中于西门牛角山一线，争取用最快的速度把牛角山轰开一道口子，拿下了西门，就等于拿下半个段池镇。至于打援部队，我和政委已经去过县大队了，胡玉宝会带人监视鬼子的援军，你们只管放心攻城！作战部署就是这样，任何人不得更改，纵队给各营留三天的准备时间，怎么准备、怎么打是你们的事，三天后纵队会统一下达攻击命令，就这，散会！"池峰毅说："这就要散会？"王虎安说："没听见司令员说任何人不得更改作战部署吗？"张高强走过来拍了拍池峰毅的肩膀说："老池，有什么话下去说，今天会议定了的事就先这样了。"池峰毅说："不让打主攻，这仗还打的什么劲？上次特务营牺牲了那么多老战士，这仇还没报了！"王红祥说："老池，上次总攻鸡公山，你狗日的私自把助攻改成主攻,这笔账老子还没跟你算呢,要不咱今天先算算?"王虎安说:"老池你就知足吧,这战场抗命,那可绝不是小事,就算不枪毙,最少也得关10天禁闭吧,等你从禁闭室出来,莫说是个小小的段池镇了,恐怕我们早把县城也打下来了,你就等着给我们打扫战场吧!"闫清涛低声对池峰毅说:"上次你能把助攻改成主攻,难道说这次就不能?那段池镇是圆的,不论哪个方向,谁先进去就是谁的不是?"池峰毅点点头说:"老闫,要不咋说姜还得是老的辣呢,你这话中听,我爱听!"

回到营里,池峰毅就把刘虎冒和武齐几个叫到一起研究上了。池峰毅说:"他奶奶的,这次没捞到主攻,窝囊,怪我没本事,让咱打佯攻,佯攻个屁!老子搭台,他王虎安唱戏?美死他!不过闫清涛建议咱老调重弹,还把佯攻当主攻打!所以说咱特务营的目标就是要第一个上城头,把鬼子吸引过来打,那一营要是连鬼子都找不到了,他还主攻个屁?但是咱们现在面临的问题是没有炮兵支持,司令员把炮兵都给一营调去配合攻牛角山了。没有炮,咱还要先上城头,你们说,这仗咋打?"邱大宝说:"事不宜迟,我先带人去侦察地形和敌情,争取把日军的兵力部署都摸清楚,司令员肯定也等着要呢。"池峰毅说:"快去吧,一定注意安全,别让老子战事未开,先折大将就行!"邱大宝答应了一声就急忙走了。

池峰毅说:"老刘先说说,咋打?"刘虎冒说:"你先把打前锋的任务给了二连,我就说!"池峰毅一把拍在刘虎冒帽檐上说:"叫你给老子讲条件!"刘虎冒跳开说:"给还是不给?"池峰毅说:"老子没时间在这跟你扯淡,给,给了!"刘虎冒这才凑过来说:"营长,南门外地势开阔,首先不能硬冲,我建议掏地洞至城墙底下,埋药量大些,咱给鬼子坐坐土飞机,先把城墙炸塌。至于冲锋过程这一段,搞土工作业尽量缩短冲锋距离,或者多做些土坦克在前面挡子弹,这样既能解决没有大炮的问题,又能迅速冲到墙根下。"武齐说:"鬼子居高临下,土工作业难保不被发现,小鬼子枪法不孬,战士们岂不成了活靶子?"池峰毅说:"挖直壕肯定不行,可以用之字形壕代替,但是太近了鬼子往下扔手榴弹咱还是没招,所以交通壕只能挖至距城墙四五十米处,这时候就用得着土坦克了,桌子上面垫土,下面藏人,平车上竖门板,蒙湿被子,能挡子弹。机枪手占住阵地掩护,突击队尽量多带手榴弹,没有大炮,咱只能靠它了,手榴弹多了鬼子一样吃不消,只要突破城墙就有办法,再有就是多设几个爆破组,破鬼子的碉堡手榴弹不行,只能靠炸药包,今天就开始准备,明天天一亮都跟我去看地形!"

会还没散,田大康来了。池峰毅说:"不好好准备你的主攻,来这干嘛?"田大康说:"池营长,二营攻坚没啥经验,政委让我专来请你指点!"池峰毅说:"我们也是刚研究了打法,计划挖地道至城墙底下用炸药炸墙,冲锋路线上用之字形交通壕尽量迫近,最后50米再利用土坦克推进。至于说到了城墙根下,那还等啥,机枪手榴弹开路,刺刀见红上就是了!"田大康说:"我那好歹也还有一门炮,我要先进去了就分别派人去南、北门接应你和闫清涛!"池峰毅说:"放心,你不会比我早进去的!"又对几个连长说:"突破城墙后重点向东门方向推进,接应二营和骑兵营的弟兄进城!"大家说:"是!"池峰毅说:"这下放心了吧?"田大康说:"司令员交给特务营的任务是打佯攻,难不成你又想抗命?"池峰毅说:"佯攻不也带着个攻字呢吗,这打段池镇,就好比是去西天取经,管你是真和尚假和尚,只要能取回真经的,他就是大和尚,唐僧!"田大康听完,一脸的愕然。也难怪,他先当国军,后当伪军,打了快半辈子仗了,哪见过这号人?

从特务营出来,田大康顺路来到闫清涛营部。闫清涛问:"池峰毅准备好了?"田大康说:"那可不是咋的,他和手下那几个连排长,个个都是一脸的杀气,真没见过那样的兵!看这架势,我估摸着我这东门即使自己打不下来,也自有特务营从里面接应,你到时候把耳朵竖起来,眼睛睁大点,东门一开,你就带人跟着我往进冲!"闫清涛说:"这么说来是双保险了,我这就让弟兄们磨刀去,准备开杀就是了!"田大康说:"我那弟兄们手里没刀,你借我几十把马刀咋样?"闫清涛说:"我那刀人手一把,没有多余的,切草的铡刀倒是有十几把,都借给你,你再去后勤部和老乡家里多跑跑,把那切菜刀多借几把,将就使使算了,还不是一样砍小鬼子的脑袋!"

王虎安拿到了货真价实的主攻任务,开心得不得了,会一开完就撒腿跑回营部,命令召集所有连排长开会。人到齐后,二话不说就带上大家去牛角山下看地形去了。

牛角山大倒不算太大,却高出段池镇好几十米,其东部山崖紧挨段池镇的西城墙,最近处仅隔三米多一点,轻轻一跃就可以跳到城墙上。牛角山山势险峻,但顶部地势平坦,站在山顶即可俯视全镇,因此成为段池镇的天然屏障,是段池镇日军必守之地。日军占领该镇后,用了一年多时间,强迫当地百姓在镇里建立了坚固的防御工事,最主要的是在牛角山上修建了许多混凝土结构的碉堡和环形工事,还利用山崖上的一些天然石洞,建成了明暗相间、立体交叉的火力点,派30余名日军和70名伪军驻守。因此,如果说段池镇是个实实在在的"硬骨头",那么牛角山则是这个硬骨头当中的"铁核桃",只要砸碎了这颗"铁核桃",段池镇便形同虚设,不攻自破了。难怪王红祥把牛角山作为段池镇战斗的主攻目标,派出一营和炮营的几乎全部主力主攻牛角山。

王虎安和尤大彪用了整整一天时间才基本搞清了牛角山的防御情况,当然只是把那些暴露在明处的工事和火力点摸清了。至于隐藏在各个角落的暗堡和其他工事,则只能等开打后根据情况再做处理。

王红祥把攻击牛角山的时间定在了黎明时分,其他各个方向的攻击命令则没有下达，他想等牛角山这边的情况明朗了再动手攻城墙。

短短五分钟时间里，尤大彪就指挥炮营向牛角山倾泻了不下200发炮弹。睡梦中的守军有的还没来得及钻出被窝就被炸塌的工事掩埋了，侥幸活着的则纷纷就地寻找隐蔽之处，抱住脑袋缩成一团等待炮火停息。日军部署在城内的炮阵在短暂的沉寂之后也纷纷开始向尤大彪的炮群开炮。一时间犹如被捅开了的马蜂窝一般混乱，轰隆隆的大炮怒吼声此起彼伏，地动山摇。

炮火过后，担任突击任务的一营二连在连长窦玉忠的带领下迅速跃起，沿公路向山底冲了过去。部队刚刚冲出去30多米，突然遭到公路右侧悬崖上一个山洞里日军密集火力的阻击，全连猝不及防，一下子被打倒7名战士，窦玉忠立即命令部队停止前进，同时指挥全连还击，但是日军的机枪仍旧响个不停，细看之下，原来洞口有一道突起的石墙，枪打不进去，炮也轰不着。窦玉忠当即命令一排长吴建国带一排去拔掉这颗钉子。

从公路到山脚，有70多米的开阔地，一排完全暴露在日军的火力之下，刚一露头，日军密集的子弹就打过来，泥土、石块到处乱飞，又有几个战士负伤了，全排被压在开阔地无法前进。一班长车钱爬过来，主动要求去干掉这个火力点，吴建国点头同意了这个请求。车钱立刻带领一个战斗小组，在火力掩护下向山脚右侧迂回前进。四个人交替前进，一会儿跃进，一会儿匍匐前进，好不容易通过开阔地进入到日军机枪射击的死角。仔细观察之下，车钱却发现从山脚到洞口是60多米高的峭壁，根本就没有上去的路，不得已摆摆手，示意无法上去，吴建国急得拳头直砸地。紧急时刻，尤大彪派徐学成带着4个战士赶了过来。吴建国说："你不好好打你的炮，来这里做什么？"徐学成说："吴排长，我们营长命令我向你报到！"吴建国说："你又没带炮，空人向我报到个蛋包子？"徐学成说："打老爷岭时我们爬过几十米高的悬崖,大概跟这个差不多,营长让我们上去试试!"吴建国疑惑地说:"也好,就让你上去试试也无妨,拔掉这个钉子,我给你向司令员请功!"

徐学成几个在全排掩护下迅速跃进至山脚下。经过观察,徐学成发现石壁中有一条长着小树和山藤的岩缝。徐学成立即卷起袖子,把带铁钩的细绳拿出来叼在嘴里,一手抓住藤条,一手插进石缝,踩着一个个小石窝,一步一步艰难地往上爬,4名战士也紧跟着爬了上去。石缝里长满了滑溜溜的青苔,只要脚下一打滑,两脚就会悬空,惊险万分。足足用了十几分钟,五个人终于爬上了石壁,来到离洞口3米左右的一块平地。这时候,日军的机枪还在猛烈地向下扫射,徐学成立即掏出两颗手榴弹向洞里投去,炸得日军鬼哭狼嚎。残存的日军发现有人爬到洞口,接连向外投出三颗手榴弹,一名战士不幸被弹片击中右腿,差点摔下崖壁。这时,一名日军以为洞外的人已被炸死,从洞口探出半个脑袋来观察,徐学成一枪打过去,把这个日军击毙。紧接着,徐学成一个箭步冲上去,左手抓住树枝,右手一把抓住机枪管,使劲往外拽,洞内三个日军死死抓住枪托往里拉。徐学成拉不过日军,遂急中生智,突然把手一松,日军毫无防备,一齐往后倒下,徐学成顺手接过战士们递过来的两颗手榴弹,拉下拉火环,数够三秒后丢进洞里。趁着手榴弹的烟雾,徐学成跳到洞口右侧一块石头上,向洞里连开几枪,然后迅速冲到洞口,夺过机枪,调转枪口向洞里一通猛扫,全歼了里面的日军。

窦玉忠见山洞口日军的机枪彻底哑掉了,手一挥,带领全连迅速冲过公路,向山上的日军发动猛攻。

南门外,池峰毅眼见一营已经攻到山底,急忙派人分头通知田大康和闫清涛,要求南门打响后,大家便一齐动手。田大康想等司令部的命令下来再打,因此沉吟不语。闫清涛答应得倒是挺爽快。

池峰毅不等通讯兵回来,早下达了攻击命令。几秒钟后,南城门东侧地底下传出一声闷响，满满两棺材黑火药连同堆在一起的数百颗土地雷瞬间把城墙生生托起几十公分，又轰然落下，城墙一下子被撕开一道十几米宽的口子，南门附近顿时墙砖横飞，尘土弥漫，遮天蔽日，夹杂着阵阵恐怖的惨叫声。与此同时，隐藏在交通壕里的特务营几乎同时跃起，二连在前，一连在后，齐声呐喊着向缺口冲去，惊愕中反应过来的日军急忙组织火力阻挡，特务营里不断有人倒下，没有中枪的人根本没有丝毫的停顿，继续开枪的开枪，投弹的投弹，见人就打，见工事就炸。他们风一般卷过缺口，迅速向城墙左右展开，一部分人继续沿城墙内侧攻击前进。

东门这边，田大康一直没敢贸然行动，他在焦急地等待纵队指挥部的命令。眼见东侧墙头上已经影影约约有了特务营战士的身影，再不打就迟了，他一咬牙，终于下达了攻击命令。闷响之后，只见城墙摇了摇，却没有塌掉。炮排的大炮发出了怒吼，炮弹准确地端掉了城墙上的两座碉堡。田大康看到城墙并没有被炸塌，只好命令火力组封锁住墙头垛口，云梯队和突击队、投弹队在土坦克的掩护下迅速接近城下，强攻城墙。北门外的闫清涛早在特务营打响后就开始对北门进行佯攻，城墙上的守军也立刻开始还击，噼噼啪啪的枪声和手榴弹爆炸声一直响个不停。

设在河对岸山上的攻城指挥部里，王红祥把着望远镜一直紧张地盯着城墙下发生的一切，当他看到特务营提前开始行动后，当即命令参谋打电话给特务营："你给老子问问池峰毅，看到底我是总指挥还是他是总指挥？"过了几分钟，参谋报告说："司令员，电话打通了，但特务营指挥部里只有一个传令兵，他说池营长早就带突击队攻上去了。"王红祥说："奶奶的，拿不下段池镇，看他池峰毅咋样有脸回来见老子！"

东城墙没炸塌，二营正在组织强攻，城里的池峰毅哪里知道？冲进缺口后，他让刘虎冒带二连和侦察排向西攻击去接应一营，自己亲自带领一连向东门方向猛冲,然而都快把东门打下来了,还不见田大康的动静,他对武齐说:"伪军毕竟只是伪军,手把手都教不会!这的吧,东门这块不止只有二营,我让闫清涛也向东门运动了,就靠咱这两个连,要想吃掉全镇的鬼子也不现实,搞不好还得崩掉几颗门牙!咱必须尽快把东门打开,放二营和骑兵营进来,从现在起,你带一排去增援城墙上的弟兄,从西往东打,一定要冲到东门上方,我带二排、三排剩下的战士继续往前打,咱就是用牙咬,也要把东门啃开个洞,放二营和骑兵营进来!"

牛角山下,刚刚冲到山底的一营二连遭到日军设在半山腰的暗堡火力突然阻击,被压在山底动弹不得。尤大彪带炮营赶上来后,在距敌仅100米处抵近射击,一炮把山腰炸开个大洞,飞溅过来的混凝土碎块把几个炮兵也砸得头破血流。二连战士在窦玉忠的指挥下手脚并用,在炮兵的掩护下终于突进到第一道堑壕里,与守壕的残余日军展开了近身肉搏。激战十几分钟后,伤亡20余人,终于在随后赶来的一连增援下拿下堑壕,并一鼓作气突破第二道堑壕,向纵深挺进。战斗打得异常激烈,一连长窦一统在白刃战中被日军狙击手击中头部,壮烈牺牲。鏖战之际,却传来了特务营拿下南门正向两侧攻击前进的消息。窦玉忠对连副说:"这下坏菜了,头功又让特务营抢去了,咱王营长这只公老虎怕要发彪了,估计又要骂娘!"王虎安说:"骂啥的娘,我非狠狠地甩池峰毅那不要脸的二货几个大耳刮子不可!"窦玉忠回头一看,只见王虎安浑身是血,一脸怒气,手里提着两把盒子炮站在自己身后,吓得连连吐舌头。王虎安说:"窦连长,我是老虎,但你咋知道还是只公的?"窦玉忠答非所问,脸红着说:"营长你咋也上来了?"王虎安说:"就这还让人家甩在后面,我要再不上来,只怕池峰毅把镇子都打下来了,咱一营还在这破山头转圈子!"窦玉忠高喊:"同志们,给一连长报仇,给王营长出气,都跟老子往前冲啊!"把王虎安撇在那里,一溜烟就跑得没影了。

山顶纵深有个核心大碉堡，全混凝土结构，一半建在土里，一半露出地面。徐学成他们几个从山洞摸上来后，本想和一营上下夹击包抄日军，没想到刚露头就被这个大碉堡强大的火力困住，想了许多办法都无法靠近一步。这个大碉堡墙体厚达一米多，大碉里还套着个小碉，仅射击孔就有 30 多个，大炮都奈何它不得，更别说轻武器了，难怪徐学成他们毫无办法。

一营上来后，王虎安命人四面封锁住射击孔。徐学成带人找来两大桶汽油，靠上去后全部灌进了碉堡里面。王虎安对里面的伪军说："最后问你们一句，投不投降？"伪军说："八路爷爷，日本人拿枪顶着脑袋呢，坚决不让投降！"王虎安说："老子没时间跟你们耗了，委屈你们了！"伪军说："八路爷爷，这辈子就这样了，来生跟着你们一起打鬼子！"徐学成从火堆里抽了根树枝，从射击孔丢了进去，刹那间，所有的射击孔都喷出了冲天火焰。

田大康的二营虽然由于地道里的火药装少了，最终没有如愿炸塌城墙，但是在接下来的战斗中还算勇敢。一来这也算是他们加入八路军后打的第一场硬仗，打不好脸上也无光，加上田大康还是用的以前的老办法，派警卫班端着机枪在队伍后面跟着，凡后退者，不问情由，上杀连长指导员，下杀伙夫，一律杀无赦。自加入东纵以来，二营不大不小的仗也打过几场，死在警卫班枪口下的大有人在。中间也有田大康私设"督战队"的情况被反映到司令部，王红祥睁一只眼闭一只眼，只当不知。按他的理解，战场上违令不前，本来就该枪毙，何况是掉头后退！换句话说，那些后退者即使当时没有死在督战队枪下，等打完仗回来也绝过不了他司令员这关。不管咋样，对于正处在改造当中的二营来说，督战队打仗时多少总是发挥了一些积极作用的，个中道理，田大康和王红祥心里都十分明白。试想，二营这几百个士兵，以前的作战模式早已经在他们脑子里生根发芽，打起仗来，身后突然没有了机关枪的逼迫，如同冲锋时听不到冲锋号，他们还会觉得不适应呢！第二个原因是他们知道特务营已经攻进了城，正从远处城墙上冲过来接应自己，所以打得有信心，不顾一切地往上冲。好歹总算是盼到了来自墙头的增援，源源不断地爬了上去，与武齐带领的一连一排合兵一处，追着日伪军往死里打。

城墙上面的压力减小后，池峰毅指挥一连二排、三排连续爆破，用手榴弹和炸药包开路，终于顺利冲到东门前，打开了城门，等候在外的二营和骑兵营几百人一举冲杀进来，和日军在镇内展开了巷战。

当牛角山和城墙上的战斗逐渐停下来的时候，王红祥知道，这场艰苦的攻坚战胜负已定。然而，巷战仍然打得很辛苦。日军在街道上做了很多街垒和路障，依托街心核心工事强大的火力节节抵抗。战士们尽量保护老百姓的房屋，所以只用手榴弹和步、机枪进行攻击，每前进一步都十分困难。王红祥进镇后，为了减少伤亡，命令暂停攻击。

几个营连长集中过来后，王红祥说："房子坏了可以修，可战士们的命丢了咋修？"大家一致决定抛弃一切顾虑，把炮兵调上来进行火力支援。突击战士进入两边民房，逐屋捣通墙壁向前推进，伤亡大大减少。几十个战士攀上房顶，与地面人员相互掩护，迅速突破街垒路障，向核心工事推进。新战法实施后，日伪军哪能对付得了这来自地面和空中的立体攻势？半小时不到便纷纷放弃阵地，退进了核心工事。对付核心工事，东纵自有十几套成熟的打法。几炮过去，里面的日军便被炸得哭爹喊娘。在几十捆干柴火焰的炙烤下，大约一个小队的伪军突然调转枪口对准日军，包括日军中队长中岛正武在内的残留日军被杀得一个不剩。

此战，全歼驻守段池镇的日伪精锐400余人，击毙日军中队长中岛正武,缴获少量枪支弹药和大量给养,缴获日军战马百余匹。东纵自一营一连长窦一统以下,伤亡 150 余人,其中牺牲 98 人。

窦一统,1920 年 11 月生,山西霍县人,晋绥军 138 师排长,伪皇协军排长,1941 年 4 月加入八路军东阳山纵队,任排长、连长,1944 年 7 月牺牲于对日作战。

早在开战前,县城日军就接到了中岛正武的求救电话,但是池重吉川担心东纵围城打援,不敢贸然派兵深入根据地腹地去解围。及至最后,眼看着东纵攻下了镇子,也只能是哀叹一声。想想也是,此日军非彼日军,此东纵也非彼东纵,池重吉川就是派兵前来,除了多增加些伤亡外,又能咋样呢?

在照例召开的战后总结会上,王红祥对闫清涛说:"我把这次战斗缴获的战马全部给你,各营战士由你任意挑选,我给你三个月时间,你给我把骑兵营一连训练得能打仗了,你看咋样?"闫清涛敬礼后大声说:"谢谢司令员,保证完成任务,三个月头上,欢迎司令员前来检阅骑兵营一连!"王红祥说:"没问题,到时我和政委带所有营连排长去!"王虎安站起来说:"司令员、政委,池峰毅身为特务营营长,却屡屡抗命,这次战斗又是擅自提前行动,甚至怂恿二营和骑兵营随同他一起违令,我建议对池峰毅同志新账旧账一起算,坚决执行八路军纪律,从严处罚,撤职查办!"田大康说:"池营长违令不假,但是却因此立了大功,撤职查办只怕对他有失公道。"闫清涛坐着慢悠悠地说:"老池,有过。但,功大于过。顶多,做个检讨,算了。"王红祥说:"池峰毅,你有什么话说?"池峰毅说:"司令员,你干脆一枪毙了我老池算了,省得王营长总捞不到头功,心里发酸!"众人都哈哈大笑。张高强说:"我来宣布东纵党委对池峰毅同志的处罚决定:池峰毅身居要职,却目无组织,屡犯纪律,公然战场抗命。考虑到其战果,经东纵党委研究,罚其自即日起为一营营部掏茅坑一个月!"说完,没等大家笑,自己倒先笑了起来,窑洞里笑成了一

如果说董家岭村的形状像一条龙的话，那么相隔仅两公里的枣岭更像是一只展翅之凤。两村是实实在在的龙凤姊妹村。

片。池峰毅说:"政委,我只有一条胳膊,连粪勺子也握不住,咋样掏茅坑?我提议,叫一营长代替我掏茅坑,我支援一营两挺歪把子,咋样?"王虎安说:"美死你吧,你就是支援一营两门九二式步兵炮,我也不替你!"闫清涛说:"老池别怕,政委叫你为王营长掏茅坑,又没说必须掏干净,你不会成天就扛着个粪勺子守在茅坑上,让一营的同志们都不能拉屎尿尿了,到时候不怕他们不向政委请求撤销对你的处罚!"一屋子人笑得肚子都疼了。王虎安说:"政委你可真会罚,你咋不罚老池给我擦屁股呢?直接把我憋死算了!"又引来一阵笑声。张高强说:"那咱现在就撤销这个处罚,罚老池今晚请大家喝酒行不?"大家纷纷说:"好,好,太好了!"张高强问王虎安说:"王营长,你说行不行?"王虎安说:"大家都同意,我再说不行,显得我老王不合群。"池峰毅说:"也行!田营长、闫营长虽说是受我怂恿,但是也算战场抗命,酒钱我出,菜钱他俩摊,另外,除我们三人外,全部实行酒量控制,每人一小碗!"王虎安说:"我老王也除外,喝三碗!"

就在大家七嘴八舌吵个没完没了时,赵老九突然推门进来说:"今晚的酒菜我都包了,同志们只管敞开了吃,放开了喝!"

段池镇战斗后,东阳山纵队又配合军分区打了几个小规模的反攻战,虽也小有损失,但是客观上也让部队在实战中得到了锻炼。王红祥和张高强遵照军区的指示,利用战斗间隙,广泛开展了以提高部队作战能力为目标的大练兵运动,总结带兵、用兵与养兵的经验。各营掀起以投弹、射击、刺杀和土工作业等技术练兵为主的练兵热潮,在练兵中,采取官教兵、兵教官、兵教兵等群众性练兵方法和举办竞赛活动、介绍典型经验、表彰练兵模范等方式,把群众性的练兵推向高潮。大练兵运动极大地提高了部队的战术和技术水平,改善了军民关系和部队内部的上下关系,各地前来参军的青壮年源源不断,大大增强了纵队战斗力,为迎接大反攻、争取抗战的最后胜利做了充分准备。

第二十二章　围　困

春节过后,为抵近监视和震慑县城日军,特务营奉王红祥的命令,五天内在县城周边连拔 8 个碉堡,歼敌 100 多人,营长池峰毅让日伪军既恨又怕,人送外号"独臂虎"。此后,全营驻进了离城 15 里的杨庄,与日军孙家庄据点相隔仅 5 公里,只差一步就能摸到县城日军的鼻子尖了。

据俘虏房来的伪军交代,早在半年多前,附近的日军就穷得揭不开锅了。据点里的伪军把还未成熟的青麦拔了运回县城,饿极了的日军连麦穗带麦秆,全部煮熟吃掉。县城周边十里之内,很多树上的叶子和树皮都被饥饿的日军一扫而光,有叶子的树寥寥无几,地里的青禾、青豆以及青蛙和蛇都是他们最好的食物,甚至有日军士兵跪求当地老百姓给自己点干粮的事情发生。能被派出去"打仗"——其实就是去抢些老百姓的吃的,当然被很多日军看作是件非常幸运的事,因为可以先用抢的粮食填饱肚子。这些"作战"士兵的口粮是每日两餐均吃杂米饭,即少许大米或者小米拌上高粱和黑豆,而且每人只限吃一碗,菜蔬则以抢来的南瓜和土豆充之,老兵 4 人一小碟,新兵 6 人一小碟,每人吃不到三口就没了。他亲眼见到抢粮的日军在杨庄为了争抢一个老婆婆的窝窝头而打起架来,其余人拉都拉不住。至于肉,除了抢来老百姓的牛羊鸡外,两个月不见荤腥是常有的事。

夏天和秋天还好对付,进入冬季,孙家庄附近几个据点碉堡里的日军还没有穿上棉衣。在八路军穿了羊皮大衣还觉得冷得受不了的时候,素不习冷的日军还饿着肚皮、穿着单衣在寒冬朔风中执勤,其狼狈情形是可想而知的了。鞋子破了便抢着和做工的民夫换,以致吓得民夫们都不敢穿好鞋了。烟卷早就不吸了,只能抢民夫们的旱烟过过瘾。最有趣的是日军各据点晚上都点着蓖麻油子的灯,民夫问为什么不点煤油灯,日军自嘲说:"我们抵制英美货,所以不点煤油灯。"

　　用池峰毅的话说,日本人就是发贱的,标准的贱货,你打不过他时,他追着你满世界跑,恨不得一口吃了你。而当你把他彻底打怕了的时候,他从此怕你如同老鼠怕猫。

　　老百姓和八路军是一家人,日军怕开八路军后,自然对老百姓也怕得发抖,刚开始进村后不是杀就是抢,后来不敢了。日军总部就曾下令不能再杀无辜的老百姓,谁违反命令枪毙谁,下面的鬼子也真听话,从此把老百姓当作天皇子民看待,交易时也开始和老百姓"公平做买卖",甚至很多时候老百姓还能略微逮点便宜。因为他们知道,一旦这边欺负了老百姓,很快便会遭到八路军的报复,挨打是分分钟的事。

　　天气暖和之后,孙家庄的孙老跳带了 20 个玉米面贴饼子在县城街边摆摊叫卖。日军小队长龟田太郎路过贴饼摊时,馋得不行,可是却没钱来买,不得已脱下身上的棉大衣示意交换。孙老跳抱紧自己的面袋子死不松手,随行的卫兵骂了句"八嘎"便要上前抢夺,被龟田太郎连打几个耳光后退到一边。龟田太郎和颜悦色地问孙老跳:"东西的少,不够的干活?"孙老跳护着袋子,眼睛死死地盯着龟田太郎腰间挎着的指挥刀说:"太少,太少!"龟田太郎想了想,无奈地摇了摇头,解下指挥刀,连同大衣一起交给孙老跳,终于换到了贴饼。交易后,孙老跳把大衣穿在身上,肩上扛着指挥刀,大摇大摆地出了县城回到孙家庄。沿途日伪军瞠目结舌,弄不清孙老跳到底啥来头,也没敢多问。

在宪兵队门前,杨庄的烟贩子杨清才看到宪兵队长山本一木走出大门,赶紧凑过去拿出一条"哈德门"说:"皇军,您拆了包装看里面,董家岭八爷的货,战马牌,正宗当地产的烟叶,八毛钱一条!"山本一木说:"七毛行不?"杨清才指着山本一木胸前吊着的望远镜说:"拿那个换,给你两条!"山本一木哈哈大笑说:"你的,良心大大的好,成交大大的!"

杨清才回到村里,把望远镜挂在脖子上到处显摆。池峰毅问清情况后,派人把他叫来说:"给你三块钱,把望远镜给老子留下,老子打鬼子用!"杨清才卖掉望远镜后,喜出望外,回家告诉了他爹杨九儿。杨九儿大骂说:"你眼瞎了,做买卖也不看跟谁做,还不赶紧把钱给独臂营长退回去。"杨清才返回营部,放下钱就走。池峰毅说:"你敢不收钱,我就枪毙了你!"杨清才只好又拿上钱。池峰毅哈哈大笑说:"你小子脑瓜活套,会做买卖,今后营部就聘请你专门和鬼子做买卖,行不?"杨清才说:"首长看得起俺,有屁的不行?"

第二天,池峰毅派人给杨清才在县城马号里支了个早点摊做掩护,专门和日军做起了生意。双方约好交换条件和交货地点,多少条步枪和子弹换多少斤白面,多少挺轻重机枪和掷弹筒换多少斤猪肉,日军保证武器质量,杨清才保证粮食和肉类不缺斤少两,生意做得红红火火。

日军尚且如此,伪军更是可怜。池峰毅根据王红祥的指示,派人暗中给李如鹏和房正带去不少粮食和蔬菜,起码保证弟兄们不挨饿。

三月初,刘虎冒带领二连在黑市上没收来不少烟土,回来问池峰毅:"营长,这东西变卖出去害中国人,烧了吧?"池峰毅说:"那东西价钱不低,听说日军专把烟土卖给国军,你让杨清才带点样品去,问问日本人要不要。实在不行再烧也不迟!"杨清才和日军商量后,日军说手头暂时缺现金,答应等几天把货辗转卖出去后再付钱。因数额较大,杨清才不敢做主,回来向池峰毅做了汇报。池峰毅说:"做买卖哪有不赊欠的,可以答应他们,但是警告他们必须按时结清货款,一天也不能拖延!"

抗战后期,国民党曾诬陷八路军怂恿老百姓大量偷种罂粟,制成烟土后和日本人做买卖,致使烟土流入国军,士兵吸食后战斗力严重下降,还把状告到了蒋介石那里,蒋介石也曾发电质问延安。然而,到了抗战后期,蒋介石的话在八路军耳朵里,那还能叫话吗?

不久,池峰毅为了方便,干脆带领特务营驻到了距孙家庄只有一里多地的辛庄,日军的日子更不好过了。城里的日军知道投降是迟早的事,许多十五六岁的士兵为了活命,天天上门巴结有钱的地主富农套俩零花钱,干爹长干爹短叫得那叫一个嘴甜,甚至有偷偷给地主家当了上门女婿的,那真叫个本事。像龟田太郎这样的日军小队长,一天从早到晚琢磨的居然是找个门路去附近的哪个小煤窑当个挖煤工,好攒钱凑够将来回家的路费。

消息传到赵老九耳朵里,他亲自进城打探,在杨清才的介绍下,赵老九一次就带回来 15 个日军,给自己当起了长工。日军起早贪黑替赵老九在地里干活,每天除管饭外,每人能挣五毛工钱。

特务营驻进辛庄后,每天就在孙家庄据点外训练、出操,日军坐在炮楼上,瞪眼看着这一切。附近一带的据点碉堡都被特务营拔光了,只有孙家庄据点没被拔,为啥?池峰毅说:"先放放再说吧,老子每次路过,那据点上面的鬼子都在小队长小林光川带领下列队向老子敬礼呢。"

据点里的日军都如此尊重池峰毅,池峰毅也就睁一只眼闭一只眼,给日军留足了面子,各自相安无事。过了些日子,偏偏来了个不长眼的。平西大留堡据点被八路军拔掉后,仅 17 岁的小队长松井洋二得以幸存，日军因其忠勇，特调来孙家庄据点负责防守。松井洋二来到据点后，日日鼓劲加油，整顿守军，叫嚣着要和据点外的特务营决一雌雄。小林光川和其他日军吓得够呛，这不他妈就是带着大家出去找死吗？

找死和等死可是完全不同的概念。

小林光川夜里派人溜出据点，给池峰毅送去了松井洋二制定的作战计划，并约好两军对垒时日军凭暗号一齐卧倒，只留松井洋二站立，由特务营狙击手干掉他，之后各自撤回驻地。第二天，松井洋二果然稀里糊涂丢了性命。

当天晚上，小林光川特意前来感谢池峰毅。池峰毅看他饿得够呛，吩咐炊事班多做了几个菜，又叫来刘虎冒和武齐几个一起陪小林光川喝了顿酒。吃完饭后，小林光川说："池营长盛情款待，大大的够意思！今晚酒的不能白喝，肉的更不能白吃，池营长想要点什么东西的顶账？"池峰毅说："吃顿饭而已，顶什么账？"边偷偷踢了刘虎冒一脚。刘虎冒说："这的吧，小林队长也不是外人，我看你们要武器也没啥用了，给我们一挺机枪如何？"武齐说："一挺太少，最少也得两挺！"小林光川竖起大拇指说："池营长客气的不要，刘连长和武连长大大的实在，我给你们两挺机枪，五箱子弹咋样？"刘虎冒喊来传令兵说："去炊事班要两只卤水鸡来，给小林队长带上！"传令兵去炊事班锅里捞了两只鸡，拿废纸包好，给小林光川带上。小林光川千恩万谢，一路哼唱着《樱花赞》被传令兵送出村口。

过了两天，俩日军打着白旗，真把两挺歪把子和五箱子弹送来了。日军说："小林队长交代，我们的，回去的不用，就跟着你们八路，咪西咪西的干活！等战争结束了，回家的路费，八路大大的给……"

池峰毅对刘虎冒说："就把这俩日军编到你们连算了。"刘虎冒皱着眉头说："啥也干不了，平白无故添两张嘴，完了还得给路费，这买卖就是个干赔！"池峰毅说："你不会动动脑子吗，想办法看看他俩能干点啥？"后来，刘虎冒发现这两个日军枪法好得出奇，拼刺刀的本领也绝非常人能比，就专让他俩负责训练全连战士，没想到磨合一段时间后，训练效果非常好。在纵队举行的比武活动中，二连战士一举夺得打靶和拼刺两项第一，着实为刘虎冒脸上添了不少光彩。

日军给赵老九当长工的消息不但惊动了周边地区，还迅速传遍了整个太白山根据地，三三两两蹲在地头看热闹的人每天都有，有几次要不是赵老九的百般劝说和竭力拦拽，只怕那十几个日本兵免不得一顿皮肉之苦。王红祥和张高强拗不过吕春桃，被连拉带拽地弄到地头。王红祥连比带划地问日军："你的，小孩的，来这里的打工，不怕让人们死啦死啦的干活？"吕春桃笑得前仰后合，说："司令员，你也不怕吓傻人家孩子。"王红祥说："吓死了才好，省得日后还得辛苦八辈地走好几千里路回老家！"张高强说："严格意义上说，放下了武器的日军就不再是我们的敌人，应该受到优待，老王吓唬他们的做法值得商榷。"王红祥说："日军给咱中国人当长工，这倒确实新鲜，不过既然来了，回不回得去，就由不得他们了，干脆让军区领走算了，否则就这么待着，保不准哪天夜里让战士们偷偷摸进去都给咔嚓了！"十几个日军全都竖起耳朵，似懂非懂地听着，听到"咔嚓"二字，知道那是杀头的意思，不由都哆嗦了一下，以为王红祥几个商量着要咔嚓他们。

王红祥他们走后，日军害怕丢了性命，偷偷商量了半天，计划晚上就趁夜逃回去。

中午时分，军区敌工科的干部带着翻译赶到了。在经过初步了解后，决定把这 15 个日军先带回军区，视情况发展再行处置。赵老九表示理解，临走前给结清了工钱，"长工"们点头哈腰，再三感谢后被带走了。路上，这 15 个日军哭得稀里哗啦，不停地鞠躬，一再感谢敌工科干部救了他们的命，弄得敌工科的人丈二和尚摸不着头，问翻译咋回事。翻译问过日军后说："他们说，东纵首长商量好了要杀他们的头，多亏让咱们给救了！"

第二天，军区政治部派人把王红祥和张高强"抓"回军区。日军指着王红祥和张高强大声说："就是他俩和一个女八路一起商量要咔嚓我们的！"政治部的人看着王红祥和张高强说："你们作为堂堂的纵队司令员和政委，却公然企图杀害手无寸铁的战俘，而且一杀就是 15 个，简直是骇人听闻！你们脑子里难道就没有一点点八路军战俘政策的概念吗？"王红祥和张高强一人一句，相互补充，把地头的事情一五一十地说了一遍，政治部的人听完哈哈大笑，让翻译细细地翻给日军听，日军这才破涕为笑。王红祥说："笑屁笑，你们他娘的打长工挣大钱，老子让你们害得差点被执行纪律！"

特务营移防杨庄没几天，王红祥派王虎安带一营驻进了桃纽村，把郭李庄煤矿和车站严密监视起来。

郭李庄车站站长叫秦三铸，满铁出身，因脾气暴躁，背地里人们都叫他秦三炮。此人脾气不好，心肠倒是不错，很同情中国人，对日军的侵略行为颇有微词，早年间遇见小孩，总会给个洋糖、饼干啥的，附近村里的老百姓卖个蔬菜、瓜果之类，总能得到他的照顾。王虎安来到桃纽后，首先派窦玉忠去拜访了秦三炮，给他送去些猪肉和白面，秦三炮高兴得手舞足蹈，答应和八路军做朋友。窦玉忠顺势把他请到营部，王虎安拿出好酒好菜款待了秦三炮。秦三炮说："我老早就觉得小日本干不过中国，中国地大物博，给个东北让你待着种点地，养活点人，睁一只眼闭一只眼也就算了，偏偏鬼子得寸进尺，吃着碗里的，看着锅里的，怀里还要抱只老母鸡，世上哪有这么便宜的事？得，这下好了，让人打怂了吧？"王虎安说："日军完蛋就在眼下，你没有丧失一个中国人的气节，从没有为难过老百姓，这点我们很高兴，咱往后就联起手来，一起把小鬼子赶回他老家去！"

秦三炮回去后，每天夜里都要指挥工人把车站的钢材、铁轨，甚至日军的武器，反正有啥拿啥，偷偷弄到林子里藏好，等一营派人来取。日军的火车、装甲车途经郭李庄的时间、计划，秦三炮都会提前通知给一营。有一次夜里搬运钢管时，被炮楼上的日军用探照灯扫到，十几个工人全被日军捆了带进炮楼，日军军曹小泉正保亲自挨个审讯。

秦三炮得知消息后，手提两把王八盒子，直接踹开门闯进了炮楼，把工人们身上的绳子全部解开。小泉正保抽出指挥刀，眼睛盯着秦三炮说："你的，良心大大的坏了，放了八路分子，想造反的干活？"秦三炮说："我的工人加班干活，你他妈把他们抓到这里干什么？"小泉正保说："你的人加班的不是，把皇军的物资统统送给八路的干活，良心大大的坏了！"秦三炮打开手枪保险对周围的日军说："老子看看是哪个狗日的看见我的工人给八路送东西了？"日军没人敢吭声。小泉正保说："秦三炮，你的，土八路的干活，死啦死啦的！"

秦三炮走上前，揪住小泉正保的衣领说："你他妈要横也不看看现在是啥时候，老子今天让你长长记性！"噼哩啪啦就是十几个耳刮子。小泉正保气得哇哇大叫，扔掉指挥刀抱住秦三炮，两个人在地上好一顿猛踢猛打。小泉正保好几天都没吃过一顿饱饭，身上发软，哪里是秦三炮的对手？被秦三炮骑在身上，打得鼻青脸肿，满脸是血，躺在地上像个死猪。

秦三炮站起来拍了拍身上的土，问日军："你们是不是想一起上？"日军纷纷往后退，说："你们两个人打架，内部矛盾大大的，我们的，不敢参与！"秦三炮说："谅你们也不敢！"拿上枪，带上工人们扬长而去。

郭李庄煤矿曾被东纵打得七零八落。东纵撤走后，日军重新占领了煤矿，又从各地用欺骗手段招来几百工人，日夜不停地生产，所产原煤就地炼成焦炭，大都运回了日本。驻军里有个朝鲜翻译，叫朴俊柱。朝鲜人最早被日军殖民，既会日语又懂中国话，日军最信任他们，占了翻译队伍的一多半，当时中国老百姓称之为高丽二鬼子。这些家伙心理扭曲，心狠手辣，比真正的日军对中国老百姓还要残暴，可以说无恶不作。朴俊柱就是这么个人。

当时日军只顾出煤，哪管工人死活，安全设施跟没有差不多，井下事故非常频繁。那些在事故中受伤的工人，往往日本人还没说什么，甚至张罗给治疗，朴俊柱首先不行。红苗谷地万人坑里，差不多有三分之一的人是被活埋的，而其中最少有一半就是这个高丽二鬼子亲手干的。按理说他当翻译，这些活哪用得着他干？可他不行，干残害中国人的事上瘾了。为震慑其他矿工，那些逃跑被抓回来的人是必须要处死的。执行死刑时，十个中有九个是被朴俊柱亲手虐杀的，其手段之残忍，方法之暴戾，有时就连日军都看得心惊胆战，他却毫不在乎，乐此不疲。

王虎安听秦三炮说了这些后，决定首先拿这个高丽二鬼子开刀。

秦三炮派人进入煤矿，给朴俊柱送去请柬，请柬上说自己在铁路边捡到只被火车撞死的野狗，不忍独享，约他晚上来车站品尝美味。一听说有狗肉，朴俊柱按捺不住激动的心情，果然在天黑前赶了过来。窦玉忠和秦三炮一见面就把他按在地上，五花大绑捆了个结结实实，嘴里填上破布带到了桃纽，大冷的天，就那么扒光衣服绑在营部外面的杨树上。王虎安和窦玉忠、秦三炮几个吃着狗肉聊着天，喝起了小酒。那朴俊柱虽然耐寒，可咋受得了零下十几度的冷冻？等窦玉忠他们喝完酒出去看时，早冻硬了，放在地上跟个木桩子似的。窦玉忠喊来警卫班长说："明天把这二鬼子拖出去埋了！"

第二天,煤矿日军派人来车站要人。秦三炮指着桌子上一堆骨头说:"昨晚他吃喝完就走了呀,我当时怕夜里不安全留他住一晚,他说今天一早还有工作要做,坚持走了,咋会没回去呢?"日军说:"朴桑是你请来吃狗肉才丢了的,对于他的失踪,你得负责!"秦三炮说:"他是我请来吃狗肉的不假,可这狗肉也吃了,他也从我这里走了,至于路上他把自己丢哪了,这就得由他自己负责,跟我还有屁的关系?"日军无奈,拿个破袋子装了骨头回去复命了。复命又咋?日军只能自认倒霉,这事也就不了了之了。

出煤是日本人的唯一目标。为了防止矿工怠工或逃跑,日军先后从附近村里雇了十几个凶悍的无业游民,对地面和井下进行分片监管,矿工们把这些人叫作"把头"。把头只听日本人的,全然不管矿工死活,还经常向日军打小报告,借此对矿工进行敲诈勒索,矿工们早就恨透了他们。

朴俊柱失踪后不久,有个矿工得了重病,找到驻军头目福原佳哉,请求回家养病,福原佳哉没有阻拦,还给了几块钱让他回去抓药。都走到门口了,被把头李虎儿听说后抓回来,不但被没收了所有的钱,还挨了几鞭子。这事被秦三炮无意中听到,回来告诉了王虎安。王虎安趁李虎儿休假回家时,派窦玉忠半路把他抓回桃纽。起初李虎儿自恃有日本人撑腰,态度强硬得很,还威胁要带煤矿驻军来攻打桃纽,为他"报仇"。窦玉忠火冒三丈,把他的头发揪住按在地上,几拳头下去,早被砸得没了人样。窦玉忠把他提起来扔在椅子上,再和他说话,哪里还有刚才的嚣张?王虎安说:"你回到村里看看,找人问一问,看日本人还有几天的蹦跶头?你对自己的同胞犯下了十恶不赦的罪行,今天我们念你也是穷人出身,就姑且留你一条命,如果你还有点中国人的良心,回到煤矿后立即把钱退给那个矿工兄弟,派人护送他回家治病,否则,我们绝不会让你活到第二天!"李虎儿连连点头答应,回到煤矿,果然照办。

没几天,窦玉忠装作菜贩子混进煤矿,在李虎儿的配合下分别见到了几个矿工骨干。窦玉忠给他们讲清了抗战形势,号召他们把工人们发动起来,坚决和日本人斗争,必要时可以采取怠工甚至罢工的形式,要求提高安全保障,改善生活条件,尽量减少产量,以加速日军的灭亡。对于助纣为虐、罪行累累又无悔改之心的把头、二把头和矿警队伪军,要求掌握其罪恶事实,及时将其行踪设法送出煤矿,由一营相机处决。

此后,一营又联合活跃在铁路沿线的矿山游击队对煤矿实行了包围,进一步震慑里面的日军,给矿工们吃下定心丸,以便将来里应外合拿下煤矿。此后一个多月时间里,一营就在工人的配合下派人进入煤矿,实在无法下手就设计将其诱出煤矿,处决罪大恶极的伪矿警和把头十余人,在守军和管理人员中引起了极大的震动。

第二十三章　吕春桃的小报告

春上，王红祥和张高强在野地里看二营战士进行攻坚训练，传令兵跑来说："报告司令员、政委，军分区张司令员来了，在司令部等着！"王红祥和张高强急忙赶回去。

互相敬礼后，王红祥拉着张健的手说："您老来也不提前打声招呼，我们好敲锣打鼓到村外接您去。"张健说："我又没立啥大功，敲什么锣，打哪家鼓？"王红祥说："那您这牛王爷级别的大人物亲自来能有啥大事，不会是想我俩了吧？"张健说："把吕春桃同志叫来！"传令兵跑去叫了。张高强说："叫吕春桃干嘛？"张健说："一会就知道了。"王红祥和张高强弄不清咋回事，心里直打鼓。几个人都不说话，只是默默地喝茶。

吕春桃兴冲冲地跑进来，给张健敬礼说："张司令员，东阳山纵队后勤部部长吕春桃向您报到！"张健还了个礼说："全体立正，我来宣布军区王子昂司令员的命令！"掏出文件念道："经八路军太白山军区司令员王子昂批准，自即日起成立东阳山纵队妇女独立排，编制 38 人，任命吕春桃同志担任排长。"王红祥说："军区任命东纵排长？这都哪儿跟哪儿呢，这不狗拿耗子多管闲事吗，这文件不算，不管用！"张健大声说："王红祥同志，你他娘的还是不是八路军的干部，还有没有一点组织观念？"王红祥说："东纵的事由东纵说了算，军分区都不管，他王子昂手伸这么长，算怎么回事？"张健说：

"我倒是想管,可管得着吗,我连一点消息也没听到,军区的文件就到我那儿了,王司令员亲自打电话,要我来东纵宣布命令,我满打满算也就长着一颗脑袋,敢不来吗?"

王红祥死死盯着吕春桃说:"我明白了,这八成是你搞的鬼吧?"张健说:"你有不同意见可以保留,军区的命令必须执行!"又对吕春桃说:"吕排长,我现在命令你立即组建妇女独立排,今天就上任,哪个胆敢阻拦,你直接向我报告,按违反命令执行纪律,绝不姑息!"吕春桃说:"是,坚决执行命令!"冲王红祥做了个鬼脸,转身连蹦带跳地跑了。

中午吃饭,王红祥一直铁青着脸不说话,自顾自端着碗喝酒。张健说:"王大司令员,你他娘的这是给我甩脸子看呢?也好,我回军分区吃饭去,军分区再穷,也不至于缺我司令员的半斤八两破酒!"说完提上衣服,扎起武装带就走。张高强赶紧一把拽住说:"司令员别多心,他这不是一时转不过弯来嘛,哪能是故意给你甩脸子呢?"顺便踢了王红祥一脚。张健说:"你才来几天啊,就跟他穿一条裤子。别忘了,你可是军分区的人,能把你调来,今天我就能把你再调回去,走!你现在就跟我回去,调令马上就下,咱不在这伺候他!"说完拉起张高强就走。王红祥急了,赶忙拦住二人说:"张司令,您老人家这是干嘛呢,这嫁出来的女儿,我们两口子又没吵又没闹的,你这当老丈人的咋能说带走就带走呢,这要传出去,知道的会说您这是跟我这个女婿赌气,不知道的还不定咋样说呢,来来,老丈人您先坐下,听我和您好好拉拉话!"张健见他那个样子,不由得扑哧笑了出来。

张高强悄声对张健说:"您大概还不知道吧,他俩,老王和老吕,正搞这个呢。"把手攥成拳头抵住,两个大拇指往一起靠了好几下说:"这个,明白了?"张健恍然大悟:"靠,怪不得呢,我还一直纳闷了,不就是一个后勤部长吗,有啥舍不得的,原来是让这个骚公鸡他娘的给搞上了啊。"王红祥说："搞啥搞啊，说得那么难听。你说打仗这事，它就是老爷们的事啊，这一个女人家家的，也就包扎个伤口啊，纳个鞋垫啥的还行，你让她拿枪上阵冲锋打仗，这也不靠谱啊！"张健说："这话你就说错了，咱八路军队伍里，包括红军时期，那战斗部队里女兵还少吗，哪个打起仗来比男兵差？再说，你要真舍不得，她就在你东阳山纵队，你是司令员，她不过一个小排长，打不打仗，上不上阵，由你还是由她？"王红祥说："司令员你还不了解她，有股子拗劲呢！"张高强说："鸡公山战斗中老王曾答应人家加入战斗队伍，完了人家找了他好几次，都让他给糊弄过去了，吕春桃是那好糊弄的人？"王红祥说："她见我不答应，直接告到军区了，你说这叫什么事，我以后能领导了她？"张健说："对于妇女上一线参战，咱八路军有不成文的规定，一般让她们打个佯攻啊、追击啊啥的，尽量照顾着不打硬仗就行了，实际战斗中，你们看情况安排任务即可。"王红祥说："快别说佯攻了，她要上了战场，一准又是个池峰毅，佯攻比主攻也打得狠！这老池还在那杵着，又给我来个老吕，这可咋整，还让不让我活了？"

张健让人叫来吕春桃说："吕排长，当了排长，就必须遵守一切行动听指挥的原则，叫你咋打就咋打，绝不能随意更改作战命令，明白吗？"吕春桃说："明白了，坚决服从命令！"王红祥说："军法无情，谁敢违抗命令，一律枪毙！"吕春桃说："那特务营池营长一天到晚战场抗命如同家常便饭，请问司令员，您枪毙过几回？"王红祥一时语塞。张健说："他是他，你是你，要是指挥员都不执行命令，各自为战，那你们司令员和政委咋样带兵打仗？我今天把话给你放在这里，能让你当排长，就一样能撤掉你，不服从命令，还回去当你的后勤部长去！"吕春桃说："是！"抓起一碗酒，咕咚咕咚喝完，抹抹嘴巴跑了。张健说："我的个姑奶奶，看来还真不是盏省油的灯，咋这么野？"王红祥和张高强张口结舌，面面相觑。

老槐树逐渐枯萎
村民
九龙槐树龄起码三百年以上
二〇一五年夏于山西省董家岭

董家岭村的九龙槐逐渐枯萎，村民说老槐树树龄起码在三百年以上，应在四百年左右。

没有了后勤部长，张高强只好先兼着。王红祥说："政委兼任后勤部长，以前旬震国就是这么干的，这是咱东纵的优良传统！"

妇女独立排组建后，吕春桃把邱大宝请回来，专门替自己训练士兵。邱大宝也够狠，把独立排当男兵一样训练，吕春桃也不能例外，王红祥和张高强看得心惊胆战，惊悚不已。邱大宝跑过来问："司令员心疼了？要不我松松劲？"王红祥说："不能松，就这么给老子练！"

晚上，吕春桃来找王红祥给挑脚底的泡，王红祥抱住脚仔细挑着，吕春桃突然就哭了。王红祥说："就是挑个泡，又不疼，你哭啥？"吕春桃说："我好歹还能在你面前哭，战士们找谁哭去？"王红祥说："这倒不难，今晚你回去检查她们的眼，一准都是肿的！"吕春桃说："咋？"王红祥说："刚才政委带人过去看她们了，没准这会一个个都抱着政委哭呢！"

直到半夜时分，张高强才从妇女独立排回到纵队部。王红祥说："政委，女兵们哭没哭？"张高强把上衣脱下来，给王红祥扔到炕上说："你自己看看！"王红祥拿起来凑近油灯看，发现上面皱皱巴巴，湿乎乎的。王红祥说："不刮风不下雨的，这是咋弄的？"张高强说："你舔舔看，是不是苦的？女人泪！"

集训结束后，妇女们跃跃欲试，天天盼着能小试牛刀。吕春桃没事就来纵队部磨王红祥和张高强，请求下达作战命令。吕春桃说："再不抓紧打两仗，等到日本人跑了，俺们打谁去？"张高强把王红祥叫出来小声说："曹家楼子这几天收油菜，要不干脆派她们去警戒两天？"王红祥想了想说："也行，你让二营派一个班跟她们一起去，万一有事，也有个照应。"顿了顿又说："你记得再三叮嘱他们，一定要保护好妇女们，少根手指头，回来我轻饶不了他们！"

曹家楼子一带收油菜，又哪里瞒得过日军？本地日军晓得利害，自然不敢觊觎。可日军在和八路军的长期较量中慢慢学乖了，自觉聪明的他们甚至班门弄斧,摸索出了一套像模像样的"游击战术",什么声东击西呀,围点打援呀,小股渗透呀等等,都使过。长沁龙门垴据点的五名日军和十多名伪军穿起八路军的灰布军装,居然一路畅通,大摇大摆地闯到了百里外的曹家楼子来抢油菜。饥饿的日军进村后把村民全部赶进庙院,挑现成的饭菜吃得饱饱的,把抢来的油菜籽、小米和其他杂粮装了两大车。临走时,又温饱思淫欲,进庙院拣模样好看的妇女拖出来两个,让伪军把着庙门,五名日军就在打谷场上放倒妇女,挨个施暴。妇女独立排赶到时,日军提起裤子正要逃走,两名妇女躺在地上奄奄一息。吕春桃一声令下,战士们迅速散开,把日伪军围住就打。日军让伪军在前面顶着,自己缩在猪圈里偷偷放冷枪。吕春桃见对方人不多,火力也弱,就让战士们只打不攻,等到日伪军弹药耗尽时,一起冲上去,除了打死几个伪军外,其余的都被活捉。清点队伍,独立排伤了两个。战士们把活捉的日伪军捆得紧紧的,提到吕春桃跟前请示下一步行动。吕春桃向伪军问清情况后,命人把五个日军单独揪出来,冷冷地对二营来的那班战士说:"你们,把他们都给俺阉了!"战士们惊诧之余,都纷纷往后退。吕春桃命令独立排战士:"男兵们怂包,咱们自己动手!"女兵们大多在卫生队待过,多少也懂点,纷纷卸下刺刀,一齐涌上去,生生把五个日军那点零碎剐切得一点不剩!日军个个血流不止,疼得满地乱滚。村民们看到这里,都纷纷鼓掌,不知是谁喊了一声:"打死狗日的!"众人呼啦一下全围上去,铁锹锄头一顿乱整,顷刻间把五个日军打得稀烂。几个伪军早吓得筛糠似的浑身发抖,只知道不停地磕头。吕春桃对村民说:"伪军就饶了吧,改造好了让他们打鬼子!"

吕春桃她们在曹家楼子待了好几天,不但妥善安抚受辱妇女,帮助群众完成了油菜收割任务,还利用缴获来的武器,又从独立排匀了点弹药,把附近几个村的青年男女组织起来成立了民兵队,对他们进行了简单的训练。临走时,群众敲锣打鼓,给妇女独立排送来一面锦旗,上面绣着"巾帼子弟兵"五个金色大字。

天下哪有不透风的墙,妇女独立排在曹家楼子阉割日军的消息很快传遍了根据地。张健他们装聋作哑,只当不知。邱大宝听到后说:"不错,够狠,这才像老子训出来的兵!"

吕春桃回来后,第一时间跑到纵队部向王红祥和张高强复命。王红祥说:"听说你让战士们把俘虏过来的日军都给阉了?"吕春桃脸一红,不好意思地说:"哪有那事啊,你别听人瞎说。"张高强说:"没有最好!咱八路军对待俘虏是有明确政策的。你作为一名老兵,又是一级指挥员,想必也是清楚的,我们也觉得你不会做出虐杀俘虏的事情!"说完就借口有事走了。王红祥对吕春桃说:"你阉鬼子事小,可咱全纵队战士都嚷嚷说下三路疼!"吕春桃捂住嘴,笑得前仰后合。王红祥说:"我的好姑奶奶,万一上级派人来调查,你就是死也不能把这事说出去。实在扛不过,就推到村民身上去,法不责众!"吕春桃说:"嗯,俺明白着呢!"

二营那几个战士回到营部后,绘声绘色地把当时的情况讲给田大康听,田大康听得头皮发麻,两腿间不由得阵阵发紧。很长一段时间,只要别人不注意,田大康就会不由自主地用手捂捂裤裆。有次不小心被王红祥看到,王红祥说:"田营长,又没人阉你,你捂裤裆干嘛?"田大康说:"司令员,不由人,想想就觉得瘆得慌!"

第二十四章　釜底抽薪

缺粮的危局严重困扰着驻守县城的日伪军，池重吉川整日唉声叹气，又无计可施。偷偷出城投降的伪军几乎天天都有，抓到了也没啥好办法，皮鞭抽上一顿，伤好了照样跑。遇上脾气犟的，时不时地还敲打施刑的人两句："左右我也是要走的人，等哪天我领着八路打回来，你说到时候咱俩该说句啥？"想想也是，哪个还敢像以前那样往死里打？

三中队有个机枪手叫卫胡孩，长得人高马大，一身的力气，可就是饭量大。粮食充足时一个人就得吃掉本班一半的饭，后来控制了伙食，饿得头昏眼花，一门心思就是想着咋样出城投八路。因为人笨，卫胡孩逃跑时先后被抓回来九次，皮鞭没少挨，施刑的伪军都打得烦了，对他说："哥，你去求求班长吧，多说些好话，兴许他会发善心主动放了你，也省得我们老打你，结怨拜仇的。"卫胡孩也实在，回去后找到班长说："班长你让俺走吧，俺实在是饿得撑不住了，你要有俺这饭量，你也饿几天试试，要不你直接枪毙了俺也算！"班长无奈，怕他迷路，天亮后亲自把他送出城，给他指清了特务营的驻地方向。

卫胡孩告别班长后，走走停停，停停走走，最后居然走进了孙家庄据点，进去就说俺是来投特务营的！守兵赶紧把他领到小林光川那里。卫胡孩对小林光川说："俺是来投你们八路的，你们啥时换装的,咋都穿鬼子军服了?"小林光川大惊,急忙派人爬到炮楼顶通知围墙外出操的特务营:"八路大哥,有个皇协军士兵说要投降你们,估计是让饿傻了,跑到我们这里来了!"

池峰毅派人进去把卫胡孩领出来,让人端来了一盆煮土豆。卫胡孩吃饱后第一句话就是:"等打进城了,千万别杀俺班长,他叫刘永成,个头不大,麻子脸,小眼睛,定襄人!"池峰毅笑得止都止不住,说:"你小子倒挺义气,就冲这点,特务营收下你了!"卫胡孩说:"那你还杀俺班长不?"池峰毅说:"不杀,不杀。"卫胡孩说:"那俺听你的!"池峰毅喊来刘虎冒,指着卫胡孩说:"把他编到你们连吧!"刘虎冒看着卫胡孩说:"看这块头,扔手榴弹是把刷子?"卫胡孩走到磨盘前指着挺轻机枪说:"俺平时使这个!"刘虎冒一脸的怀疑,盯着卫胡孩说:"你会使它?知道咋打吗?"卫胡孩提起机枪,拉开保险,冲着院外树顶乱叫的一只花喜鹊就是个点射,花喜鹊扑棱着翅膀飞起一两米高,然后一头栽到了树下,众人一起鼓起掌来。刘虎冒一把拉起卫胡孩就走,边走边回头说:"谢谢营长,让我白捡了一个机枪班长!"武齐气得直跺脚,冲池峰毅嚷嚷说:"营长偏心眼,咋啥好处都能让刘虎冒捞到?"

后来,卫胡孩怀揣着一只卤水鸡潜进城里,把整班伪军连人带枪都给领回来投了特务营。一开始刘永成坚决不同意,卫胡孩说:"咱班弟兄生死都在一起,你不投八路,就不给你吃鸡,弟兄们人人有份,就你没有!"刘永成咽着口水,无奈地说:"那就一起走吧。"

财神爷所在的一中队,队长叫孙吕岩,原系国民党第 14 军陈铁部炮兵,在小原头村抢粮时由于副村长告密,被日军抓获,日军威胁只要有一人逃跑,就要统统枪毙。在求生无望的情况下,孙吕岩只好与其他被俘人员相互担保后,被迫当了伪军,由班长、小队长升至中队长。此人倒是有点正义感,还曾在军分区武工队软硬兼施下偷偷放过十几个被俘的战士和民间抗日人士。然而,在日军下达任务后,他还是不遗余力地坚决执行,曾带队多次参加日军组织的"扫荡",甚至亲手抓捕过抗日军民,手上也有血债。东纵锄奸队成立后,也间接做过他的策反工作,但他一来认为老蒋几百万军队都被日军打得落花流水,八路只是几个泥腿子,恐怕也干不成啥大事。二来自己手上沾有抗日军民的血,难保将来不被反攻倒算,还是跟着日本人保险。基于以上考虑,孙吕岩始终在反正问题上举棋不定,犹豫不决。

1944年初,孙吕岩带人去南庄村抢粮时,游击队事先得到情报,设伏围歼。虽然由于游击队火力不足,伪军损失不大而且成功逃脱,可他本人却被游击队打伤胳膊肘,最终落得个残疾,从此他更加怨恨八路军,彻底倒向日军。财神爷他们见攻不下孙吕岩,转而利用亲戚关系,把一分队队长郭长旺拉了过来,彻底孤立了孙吕岩,变相控制了他。

粮食危机爆发后,孙吕岩观察良久,发现伪军中就数他一中队的人吃得好,甚至很多时候连日军也望尘莫及。闲来无事,他叫来财神爷问:"日军最近顿顿都吃红面窝窝,还只限一人一个,饿得都快走不动路了。咱中队弟兄们白面馒头、猪肉粉条不断,最差也有玉米面窝头,为啥?"财神爷说:"你这个中队长问我这个副中队长,问得好!弟兄们吃得好是好点,这倒不假,你难道巴不得他们都饿成日本人那怂样?"孙吕岩说:"那倒不是,可我就是觉得有点奇怪。你说实话,是不是八路给的?"财神爷说:"是又咋样,不是又咋样?"孙吕岩说:"你就不怕我告你个八路嫌疑?"财神爷说:"你就不怕这几百号弟兄把你家老少几十口都做掉,把你家祖坟也扒了?想告我的状,你告一个试试,你看究竟是你先死,还是我先死。"孙吕岩说:"大队长知道吗?"财神爷说:"大队长知不知道我不太清楚,可我知道大队长也是中国人,都到这步田地了,你觉得大队长就希望看着弟兄们一天天都这么饿着,就这么给日军殉葬?"孙吕岩听了沉吟不语。财神爷继续说："孙队长，不是我说你，那别人不清楚倒也罢了，可你我一直都在日军眼皮底下待着，这么大的地盘，你算算，属于日军的还有多大？整个华北、华东，哪里不是这样子？华南吧咋样，日本人还打得动吗？现在就连日本人都承认投降只是迟早的事，轮得到我们为他们尽忠？他们投降后，起码还有个国家能回去，可咱们呢？日本人连自己都顾不了，会管咱们？留在国内，就算国民党和共产党都能放过咱们，可老百姓会放过咱们吗？八路军的政策很清楚，放下屠刀，既往不咎，现在回头还来得及，再晚可就连机会也没有了！"孙吕岩说："那你说像我这样手上有血债的人，八路军会放过我吗？"财神爷说："但凡我们这样的人，当伪军时间这么久，哪个手上又能干净到哪儿？远的不说，那田大康你总清楚吧，去了东纵那边，营长当着，好几百弟兄带着，现在都成响当当的主力部队了，哪个又翻过他的旧账？"孙吕岩说："听君一席话，胜读十年书，你要有渠道，就替我给八路那边捎句话，我孙某人一切都听八路安排！"

成功争取了孙吕岩后，财神爷给王红祥提出建议，鉴于目前的形势，应该把一中队及时调出城外。一来可以省去粮食进城的诸多环节；二来可以防止日军狗急跳墙，出现不必要的损失；第三可以增强围城部队的力量，此消彼长，给县城日军以更大的震慑。王红祥和张高强商量后，也认为一中队出城利大于弊。遂通知池峰毅，想办法尽快落实。

池峰毅和刘虎冒几个商量了很久，考虑到轻武器和人员出城咋样也好解决，可大炮那么大的目标，要想顺利出城，还真不是件容易的事情。就在苦思冥想之际，传令兵报告，小林光川来访。刘虎冒说："营长的老朋友这是又饿得支撑不住了，来讨饭吃了！"池峰毅说："我倒觉得他是来送大礼了，快请进来！"

一见面，刘虎冒就对小林光川说："小林太君这是又想我们哥几个了？"小林光川擦着汗说："惭愧，惭愧。我的，八天的没有吃饭，肚子的咕噜咕噜叫，大大的厉害！"池峰毅赶紧让人准备酒菜。小林光川说："菜的，油水的少，肉的，大大的上。"池峰毅笑着说："放心吧，猪肘子，红烧肉，猪脸子，猪大肠，大大的扛饿，耐饱！"

吃完饭，池峰毅叫人扛来两扇猪肉，一袋白面，对小林光川说："这些白面和肉，统统的送你！"又命令警卫班长找几个弟兄亲自送到孙家庄据点。小林光川看着这么多东西，激动得流下了眼泪。他对池峰毅说："你的，朋友大大的，这次想要点什么武器，我的，一定答应！"池峰毅说："这次什么都不要，只想烦请小林老弟进城跑一趟。"小林光川说："为池营长效劳，我的进城，大大的愿意！"池峰毅如此这般说了不少。小林光川说："池重吉川的不答应，我的，回来就命令孙家庄据点投降池营长！"

第二天一早，小林光川就来到了日军司令部。池重吉川赶紧让小林光川坐下，马小帅给倒上水。小林光川说："司令官阁下，属下有重要情况汇报！"池重吉川说："有啥情报，小林君快说！"小林光川说："属下探知，八路特务营昨日开拔，去协助攻打长沁皇军了，辛庄屯有大量的粮食和猪肉，只有一个连驻守。军情紧急，属下愿意亲自带领孙家庄守军袭击辛庄，抢回粮食，为司令官阁下分忧！"池重吉川听得眼睛都亮了，忙说："这么说来，小林君有把握从八路手里抢来粮食？"小林光川说："孙家庄据点的皇军战斗力下降得厉害，辛庄八路又筑有工事，仅用轻武器恐难快速攻下，属下请求司令官阁下能派一个中队的皇协军步兵和炮兵支援作战，一定能顺利拿下辛庄，抢来粮食！"池重吉川正在考虑，马小帅说："司令官阁下，皇协军一中队既有炮兵，又有步兵，战斗力也比较强悍，正好堪当此任务！"小林光川说："有一中队配合，再合适不过了！"池重吉川说："好，太好了，马桑，你现在就去通知一中队速速准备，听候小林队长调遣！"马小帅说："哈伊！"

当天晚上，孙吕岩和财神爷带领一中队浩浩荡荡开出县城，直接绕过孙家庄据点，进驻辛庄。第二天午间，小林光川在辛庄外围"阵地"上一会一个电话打到池重吉川司令部，要求迅速派一中队"增援"，池重吉川到哪去找一中队？到了黑间，小林光川告诉池重吉川："辛庄八路回援，因一中队始终未到，攻打计划失败。"池重吉川大为光火，把章文强叫去，命他速速查明一中队去向。直到三天后，章文强才向池重吉川报告，一中队确认已经投了八路，就驻扎在辛庄。可以想到，章文强的脸被池重吉川打成了什么猪样。

一中队走后，章文强手下除了驻守在外的一个中队，身边只有不到二百伪军，几乎成了光杆大队长，再也掀不起任何风浪。

池峰毅几次向纵队报告，请求攻打县城。王红祥说："县城日军还有一定的战斗力，贸然攻打必会带来伤亡，还会引来平西日军的增援，破坏当前的整体局面。"又叮嘱池峰毅告诉战士们别急躁，还是继续围困、消耗日军，逼迫日军投降才是上策。

1945 年夏，天大旱，郭李庄矿区闹流行性伤寒，80% 的矿工染病。日军为维持生产，对染病矿工实行了残忍的"隔离治疗"，他们把所有患者都集中在木板做成的"隔离所"里，每天用碳酸水普浇一次，进行所谓的"特效消毒"，结果患者全身腐烂，病情加重，每天死亡多达 10 余人。在瘟疫日益严重的情况下，日军又使出"根绝疾病"的损招，设立死人把头和拉尸队，在患者未死之时，就以"特殊急救"的名义，拉到红苗谷地万人坑进行活埋处理。短短一个多月，就有 500 余名矿工病死或者被活埋。王虎安回董家岭时，专门就此事向王红祥和张高强进行了汇报，建议立即攻打郭李庄煤矿，解救受迫害矿工，彻底斩断这根日军支持战争的能源链。

王红祥他们听得火冒三丈，当即决定先集中兵力打掉郭李庄煤矿。接着又研究确定了兵力部署，由骑兵营和炮营留守董家岭，一营、二营和财神爷的炮连担负攻打煤矿的任务，特务营负责监视、打击日军增援力量。任务下达后,参战各部迅速行动,东纵上下磨刀霍霍,准备开战。

各部都在紧张准备着,唯独没有妇女独立排什么事,吕春桃坐不住了,她在王红祥和张高强那里软磨硬缠,终于领到了监视矿区以南伪军碉堡的任务。

战斗在黎明前打响,财神爷和房正亲自指挥炮连轰击日军碉堡和机枪阵地。炮击停止后,六个号手跳出阵地,同时吹响冲锋号。王虎安带领一营,田大康带领二营,分别从南、北两个方向攻入煤矿。一时间,爆豆般的枪声和手榴弹爆炸声在矿区各个角落响起。军心离散的日伪军被战士们撵得四散奔逃,纷纷中弹倒下。矿区游击队趁机和矿工们里应外合,他们打死身边看守的日军和把头,一窝蜂似的冲出窝棚,又在游击队指挥下一批批撤出矿区,往桃纽村转移。

吕春桃独立排在监视碉堡时,眼见煤矿那边打得火热,却不见一个伪军出来增援。吕春桃知道伪军胆小,索性连唬带哄对碉堡里的伪军展开了政治攻势。吕春桃说:"里面的二鬼子听着,煤矿那边的大炮已经打掉了所有的炮楼,马上就过来轰你们,你们能受得了十几门大炮轰不?"伪军班长任小小说:"我们都看见了,一门也怕受不了!"吕春桃说:"投降优待,敢顽抗下去就炸死你们!我给你们五分钟时间考虑,不想当鬼子陪葬品的就老实出来投降!"仅过了三分钟,任小小在前,其余伪军在后,双手举枪,排成一行走出了碉堡。吕春桃说:"算你们识相!"回头命令:"一班看守俘虏,二班进去,把能用的都拿出来,其余的浇上汽油给我放火烧!"任小小嘀嘀咕咕地说:"大姐是女八路,咋和男八路一样狠?"吕春桃瞪着他说:"再敢多说一句,信不信姑奶奶现在就毙了你个狗汉奸?"任小小用手捂住嘴巴,大气也不敢出。

第二天,王虎安把缴获来的9000斤小米和其他杂粮以及3000

多块钱的伪币全部分给了矿工们,让他们回家养病,回不了家的就地留在老百姓家里,找来郎中治疗。身体条件好、愿意加入东纵的总共留下来 200 多人,全部编入一营和二营。

第二十五章 截 降

　　1945 年夏，世界反法西斯战争进入最后胜利的阶段。7 月 26 日，中、美、英三国联合发表《波茨坦公告》，敦促日本立即无条件投降。8 月 6 日和 9 日，美国先后在日本广岛和长崎投下原子弹，大量人员伤亡，震动了日本朝野。8 月 9 日，苏联红军百万大军从东、西、北三面攻入中国东北，日本几十万关东军顷刻间土崩瓦解。

　　8 月 9 日，毛泽东发表《对日寇的最后一战》，号召八路军、新四军及其他人民军队，在一切可能条件下，对于一切不愿投降的侵略者及其走狗实行广泛的进攻，歼灭这些敌人的力量，夺取其武器和资财，猛烈地扩大解放区，缩小沦陷区。随后，朱德总司令连续发布关于受降和对日展开全面反攻等七道命令，命令华北、华中和华南各解放区的人民军队迅速前进，收缴敌伪武器，接受日军投降。

　　8 月 15 日夜，风雨交加，电闪雷鸣，本来答应好第二天投降的县城日军在池重吉川和章文强的带领下趁乱窜出北门，在东纵包围圈中撕开一道不小的口子。他们分乘 22 辆汽车，向平西县城疯狂逃窜，企图在那里与平西县的日军一起向晋绥军第 26 师投降。因事发突然，马小帅自己也被裹挟其中，根本来不及通报东纵，甚至连逃脱的机会也没找到，只能走一步说一步了。

　　王红祥在睡梦中被传令兵叫醒，不由得大吃一惊，赶紧起身，自己和闫清涛先带骑兵营抄近路去堵截日军，让传令兵分头通知其他部队尾随追击。日军好不容易才逃出来,自然不敢大意,一路狂奔,骑兵营直到第二天快中午了才在离平西县城不到10里的红柳洼把日军堵住。

池重吉川看到前面几百个骑兵战士端着马枪、举着手榴弹怒视着自己,遂命令日军停下,不敢再往前走一步。王红祥说:"池重老鬼子,你他奶奶的说好了今天向东阳山纵队投降,为何出尔反尔,把拉出来的屎坐回去,趁夜逃跑,赶着投你娘的胎去?"池重吉川说:"我接到的命令是向你们委员长的部队投降,你是八路军,我怎么投降?"王红祥指着帽子上的青天白日徽章说:"瞎了你的狗眼了,你仔细看看老子头上的帽徽,是不是蒋介石那王八蛋发的?老实告诉你,老子自打你们这些畜生进了县城就跟你们干上了,大小打了几十场仗了,也不差这最后一仗,是打是降,老子给你十分钟时间考虑!"手一挥命令道:"全体都有,枪上膛,准备战斗!"

池重吉川问章文强:"章桑,你看咋办?"章文强自知罪孽深重,说:"八路就那点骑兵,又没有重武器,真要打起来,谁输谁赢还没准呢。"马小帅说:"司令官阁下,我看章队长是害怕八路轻饶不了自己才这样说的,他这是抱着别人家的小孩跳河不心疼,明摆着是要皇军给他陪葬!"池重吉川反复掂量,难下决心。时间一分一秒地过去,马小帅心急如焚。

紧要关头,特务营首先赶到,池峰毅二话不说,立即命令全营包围了日军。几分钟后,王虎安、田大康、尤大彪、财神爷等各自带着队伍赶到,他们迅速拉开架势,把日军里三层外三层围得水泄不通。章文强闭上眼睛说:"刚才要走,兴许还来得及,现在只怕插上翅膀也飞不走了。"马小帅说:"请司令官早下决断,等到打开了就一切都晚了!"池重吉川说:"马桑,你去传达我的命令,全体皇军下车,向八路投降!"

王红祥过来问池重吉川:"平西城里有多少日军?"池重吉川

说:"连同皇协军在内,大概有 2000 人。"王红祥说:"晋绥军约定啥时来接受投降?"池重吉川说:"按照通报时间,明天一早就到!"王红祥说:"兵力也就半斤八两,可我盛敌衰,传我的命令,全体急行军,立即包围平西县城,准备强攻!"张高强说:"也不开会布置一下?"王红祥说:"来不及开会了,让战士们把日军都放了,伪军由妇女独立排就地看押,一营、二营、骑兵营分别包围东南西三个城门,其余的都部署在北门,防止日军狗急跳墙向太原逃窜,立即行动!"

平西城的日军哪能料到突然间就被八路军大军围城?守城的日军大队长安东贞美问池重吉川:"八路有几门大炮?"池重吉川说:"少佐阁下,算上刚刚缴获的我军装备,山炮和迫击炮加在一起,大约不少于 20 门。"安东贞美说:"这是支他妈啥队伍啊,一点规矩也不讲,最后通牒只给留一个小时!"池重吉川说:"刚才他们只给了我十分钟时间考虑,给你的时间算多的了!"安东贞美说:"池重君,以你跟他们多年的作战经验来看,假如八路攻城,结果会是什么样子?"池重吉川说:"那个八路司令员说,兵力也就半斤八两,可我盛敌衰。"安东贞美说:"就咱现在的士气,池重君还敢说盛?"池重吉川说:"这是那个八路头子的原话,意思是八路盛,皇军衰!"

两个人正在说话,北城门方向突然传来轰隆隆两声巨响,震得窗户纸都响个不停。安东贞美说:"什么声音?"卫兵进来说:"报告少佐阁下,有两颗炮弹落在北门城楼上,估计是八路在试射大炮!"安东贞美喃喃地说:"看来八路这是要真打了。"池重吉川说:"凭我对这支八路队伍的了解,八成他们是要真打!"安东贞美说:"既然决定了投降,反正是中国人就行,咱管他是晋绥军还是土八路了,何苦因为这个再死很多皇军呢?"池重吉川正巴不得能有个一起违反命令的同门师兄弟陪伴自己。忙说:"少佐阁下说得很正确,万一晋绥军问起来,咱可以说有一支和他们穿得一模一样的部队,自称是晋绥军提前来受降，他也就怨不到咱们头上了！"安东贞美说："就这么定了，向勇敢的对手投降，本来就不是什么丢人的事，我马上派人出城和八路商量投降事宜！"池重吉川说："我替阁下跑一趟吧，我认识他们，好说话！"安东贞美鞠躬说："那就有劳池重君了！"

池重吉川出城来到王红祥的指挥部，见马小帅也在。池重吉川说："马桑，你的，怎么在这里？"马小帅说："池重司令官，我们都是中国人，怎么不能在一起？"池重吉川摇了摇头，对王红祥说："安东少佐派我和你商量投降仪式的事情！"王红祥说："不就是个投降吗，搞什么仪式？你回去告诉安东贞美，带齐所有武器和人员出城，尤其是武器，一件都不能少，交下武器后你们直接回城，就这么办！30 分钟后不到，老子就下令攻城，到时候，一个都他娘的别想跑！"池重吉川连声答应，着急忙慌地跑回去了。

日军出城后，排好队，交下武器后就进城了。王红祥不敢多耽搁，收拾起武器掉头就走。第二天上午，晋绥军 26 师火急火燎地开进城里，哪里还有一件武器？师长问清楚情况后，命人扒去安东贞美和池重吉川的衣服，把他俩绑到树上，打得皮开肉绽，死去活来。

尾 声

1945 年 8 月 28 日,董家岭村头打麦场上,秋高气爽,军旗猎猎,3400 多名东纵指战员军容整齐,精神抖擞,战马嘶鸣,街路边,窑畔上,到处挤满了看热闹的老百姓。10 时整,太白山纵队司令员王子昂、新任命的副司令员张健等人在赵老九、王红祥和张高强的陪同下步入会场,走上主席台。王子昂讲话后,由张健宣布八路军太白山纵队的命令:

组建太白山纵队独立团,任命王红祥为独立团团长,张高强为独立团政委,何志青(财神爷大名)为独立团副团长;

组建太白山纵队特务团,任命池峰毅为特务团团长,王虎安为特务团政委,刘虎冒为特务团副团长;

组建太白山纵队直属炮兵团,任命尤大彪为直属炮兵团团长,张子明为直属炮兵团政委,房正为直属炮兵团副团长;

组建太白山纵队直属骑兵团,任命闫清涛为直属骑兵团团长,秦贵保为直属骑兵团政委,靳富贵为直属骑兵团副团长;

组建太白山纵队独立团直属侦察连,任命邱大宝为独立团直属侦察连连长,李如鹏为独立团直属侦察连指导员;

组建太白山纵队独立团直属妇女独立连,任命吕春桃为独立团直属妇女独立连连长兼指导员。

纵队命令,组建后的各团、营、连务于 8 月 29 日开至纵队部,随纵队参加即将进行的长沁战役。

宣布完命令后，王子昂紧紧握住赵老九的手说："谢谢你呀，谢谢董家岭所有的父老乡亲，是你们为革命培养出这么一支英雄的部队，董家岭村对抗战有功，对革命有功，对中国人民的解放事业有功！"说完，面对赵老九和全体村民庄严地敬了一个军礼。

王红祥大声说："独立团和炮兵团、骑兵团永远属于董家岭，属于董家岭村所有的父老乡亲。同志们，让我们共同向董家岭村的父老乡亲，敬礼——！"

后记:五十岁前,我得整点东西出来

——小说《董家岭》创作谈

王建川

一

对于我这样的小人物,写点东西从来不敢自称"写作"。熬夜熬到鸡叫,烟抽到口干舌燥,第二天上班,别人问我怎么了,人不像人,鬼不像鬼,我顶多也就说句"写东西来"。然后一般便是揉眼,继续揉眼,有时还得跑到楼道尽头的厕所里,对着镜子,翻开眼皮,把躲藏在眼睛深处的眼屎抠出来。我的第一部长篇小说《出路》就是这样写成的。

时间久了,才体会到,"写东西真能写死人"这话并不是虚言。想想路遥,当初写《平凡的世界》,百万字的鸿篇巨著,单靠手写,完了修改,还要誊写。这边才写到中间,那边电台已经开播,如同皮鞭棍棒加身,压力可想而知。英年故去,令人惋惜。

一句话:"喜欢,待见,有钱难买愿意,神仙都没治。"

二

和大多数爱写的人一样,我喜欢写,从上小学时就开始了。头一篇作文交上去,恩师孙玉兰便大加赞赏,从此精心培养,偏爱有加。一直到大学,这一爱好始终如一。我像一个徜徉在文学殿堂里的信教徒,对于头顶那尊佛,无时无刻不是顶礼膜拜,虔诚之至。

上大学后的头一个月,我写了散文《父亲》,1100字。刚刚写好,学校的雪野文学社招收新会员的广告便在教学楼前贴出来了。雪野文学社创办于雁北师专迁来大同的头一个冬季。当时中文系几个文学爱好者酝酿成立个文学社,却在起名时产生了分歧,一时确定不下来,很是头疼。一日雪后大家出了校门,观赏高原风光,但见茫茫原野,一片雪白。一个名叫冯桢的校园诗人提议定名雪野文学社,得到大家的一致认同。到我们那届,雪野文学社已历经7届,首任社长冯桢已经由校报编辑调任《大同日报》社编辑,还有几个后来的社长如郑凤岐、刘青春、马宏光、宋旭等也相继在《山西日报》、朔州电视台、朔州地委宣传部等单位任职。关于这些,雪野文学社在招新广告里写得很全。我当然没有理由不报名,于是把《父亲》交了上去。

让我没有想到的是,雪野文学社不但吸收了我,还把我的《父亲》作为压轴作品在校报副刊出了个专辑。小小副刊撑死了也放不下4000字,我的《父亲》就占去四分之一左右的版面。当时校报印好后分发各班,每班一份,传看下来要好几天,那期校报传看一遍用时十来天。为啥?后来才知道很多同学都把《父亲》抄在自己的摘抄本上了,因此传阅得慢。《父亲》是我的处女作,是我头一篇变成铅字的文章,它的发表让我一炮打响。没几天,社长解更生和主编孙毓北便一起找到班上,直接把我任命为副社长。

冯桢那时虽已调走,但是人还在学校住。隔三差五,更生和毓北便叫上我去校报楼找冯桢和新任校报副刊编辑古卫东闲坐。说是闲坐,其实一点都没闲着。古卫东是英语系讲师,笔名古阳,多写诗歌和散文,尤其擅长朗诵。他极不注重形象,一脸的胡子拉碴,鼻毛探出鼻孔老长也不剪去。头发散乱如鹊巢,喜欢穿条洞口颇多的牛仔裤。夏天一般是光脚穿着塑料凉鞋,诗人气质明显。极具磁性的中音朗诵起江河、北岛、顾城等人的诗来,常常让我们听得如痴如醉。冯桢却是个细皮嫩肉、穿戴讲究、斯斯文文的人。他说话不急不慢,字斟句酌,一丝不苟。也曾把自己最得意的长诗《黑骏马 白骏马》拿出来朗诵过不止一次,听得人不由得热血沸腾,心潮澎湃。有次还把自己写的散文《家信》找出来读给我们听,听得大家都流泪了。

既然《父亲》那么火,而且冯桢调到《大同日报》当了编辑,他便把《父亲》拿去报社,交给了副刊的唐编辑。没多久,我在班上订的《大同日报》上便看到了自己的《父亲》。冯桢见到我时说:"唐编辑有本剪报,喜欢把他特别喜欢的文章剪下来贴在上面,我亲眼见到他把你的《父亲》也贴到剪报本上了,祝贺你啊!"

第二学期中间,我加入了雁北地区作协。没多久,我写出了5000字的短篇小说《庄稼人》。正赶上《北岳》杂志社举办"矿业杯"小说大赛,我便请更生帮助修改了好几个晚上。更生心细如发,主人公的名字我原来写的是"保挂",他建议修改为"有福",说这样更符合农村人起名的习惯,我听了拍手赞同。后来,小说署名我和更生参赛,得了优秀奖,奖品是一个闹钟外加一个风景镜框,镜框上用黄油漆写着奖项名和主办方以及日期。回校后,更生要了闹钟,我把镜框用床单包裹着抱回了家。我爸把镜框挂在家里最显眼的墙壁上,遇上客人来,恨不得把我吹成文学大师。

比我高几届的师专老乡里,有个师姐叫景淑英,我入校时她已经毕业,留在大同工作了。老乡聚会时,她有时也回来参加。1992年3月,化学系一个同学突患白血病,全校师生大捐款,大献血,恶战死神,终于成功挽救了他的生命。4月21日,以我主笔采写的4000余字的长篇通讯《爱 在这里涌动》在《雁北日报》头版头条发表,轰动全地区，获得该报年度新闻奖，景淑英的丈夫当时就在该报任编辑。通讯发表后，他把报纸拿回家里，高兴地对景淑英说："我们的报上发了一个通讯，写的是你们学校的事情，特别感人，好多人都看哭了！"景淑英过来看了署名，说："这是我老乡写的！"她丈夫听完介绍，很吃惊，说："再锻炼两年，等毕业时留在大同当记者，编报纸，准错不了！"

一年时间匆匆而过，更生和毓北同时毕业离去，走前把社长的职位托付给了我。我又让同系的诗人刘军当了主编，社刊《绿岛》和校报副刊连续推出了几期诗歌专辑，又一批校园诗人脱颖而出。

相对于其他体裁的文学形式，诗歌的生命在于寄情。诗人以这一最简约的表现形式，或叙说，或概括，或联想，短短的篇幅里，惜字如金，最终向世人传递出来的，是自己的心声。

1992年底，《北岳》杂志社面向晋北地区举办"希望杯"诗歌大赛，雪野社很多会员都去参赛，我当然不能置身事外，赶写了《夜鹰》投去。说起来惭愧，满共30行的短诗，我竟挖空心思写了整整半月之久。

快放假时，我去和冯桢道别，晚饭就在他家吃。闲谈中，他问我"希望杯"诗歌大赛参加没。我说："我写诗不行，瞎写了首关于老鹰的短诗寄过去了。"他瞪大眼睛说："题目叫啥？"我说："叫《夜鹰》。"他顿时惊呆了，半天才说："《夜鹰》真的是你的？"我说："是啊，怎么了？"他说："你中大彩了！"忙把情况细细说给我听。原来他下午才在《北岳》社坐了，从主编那里得知本次大赛收到诗稿360多篇，一等奖入围三篇，《夜鹰》位列第一！我当时也惊呆了，半天回不过神来，有点不大相信。他问我："你头几句是啥？"我说："骄傲的鹰／翅膀落满霜痕／幽蓝的眼睛如剑……"他打断我说："夜空为之而黑！"如同地下党同志对上了接头暗语，我终于长舒了一口气。我想，初评一等奖第一名，就算将来复评出点意外，二等奖准跑不了,奖金起码在300元以上,一学期的费用就都有了,含金量非同寻常。冯桢兴奋之余,跑出去买了两个菜,在橱柜里找出瓶董公酒。我去把古阳叫来,一起喝了个底朝天。

1993年初,"希望杯"诗歌大赛落下帷幕。让人大跌眼镜的是,《夜鹰》仅仅得了个优秀奖!颁奖时,评委组组长、《北岳》杂志社主编刘纯仁在讲话里说:"本次大赛评奖过程中,争议最大的诗是《夜鹰》,初评一等奖里的第一名,最终只评为优秀奖,如同状元郎降格成为秀才……"

后来,冯桢专门去了《北岳》社一趟,算是知道了事情的缘由。原来大赛的赞助单位雁北某煤业公司老总是个"诗人",他在复评中对《夜鹰》的评价是一文不值,根本就不能进入获奖名单。后经刘纯仁等其他几个评委力争,才"照顾"给了个优秀奖。冯桢对此结局,只是报以"呵呵"二字,我却觉得身体里的血都快要喷出来了。以下是《夜鹰》诗稿:

骄傲的鹰 / 翅膀落满霜痕 / 幽蓝的眼睛如剑 / 夜空为之而黑 // 驻足冷冷的岩 / 想象几千里戈壁滩 死尸毗邻 / 猫头鹰缩进岩缝 / 幽魂群动 如钟奔走 / 黑色的躯体凌于天幕 // 夜夜归巢 / 有颗年轻的心 / 那时节 竟走失了伊人 // 夜的天空布满云 / 钢爪如钩 / 翅膀扇出了威风 / 一张巨嘴 都能衔化 / 虎的威严 鸡的孱弱 狼的诡诈 // 深秋 枯叶纷纷而下 / 一丝颤栗 / 如电流穿越躯体 / 孤独的鹰 / 体会着衰老的心情 // 闭上眼睛 / 一颗浊浊的泪珠 / 沉重地洒落 / 脚下 / 岩石为之风化 / 年老的鹰 / 便没了家

那以后没多久,我写了个小说《黑里沟记事》,一万来字,去找冯桢帮忙修改发表。冯桢看了觉得很有意思,评价说"小说语言很好",我们得空就一起修改。他老婆甄月梅也加入了修改队伍,不时给我们提建议。就这样费时近一个月，终于改好。我请民师班擅长楷书的老乡石老师帮忙，用了好几天时间，把小说誊抄好。冯桢细看了一遍，拍手说："很好，太好了，我尽快找家杂志想办法发表！"说完久久地看着我，若有所思。突然说："写诗没有出路，我看你以后不如写小说吧！"我当时也是心有所动，有种拨开迷雾见青天的感觉，自此把小说作为主攻方向，坚持了半生。

《黑里沟记事》不久便由冯桢交给了《雁北群众文化》的主编，好像是姓左，叫什么忘记了，左主编答应择机发表。遗憾的是，直到毕业离校，再也没有《黑里沟记事》的任何消息。

毕业那年，校报给校党委打了报告，请求把我留在校报当编辑。校党委很快给了批复，同意给校报留一个人，但是必须从中文系本科毕业生中选，选谁由校报说了算。校报的意见是要留，就是政史系的我，非我则宁可不要这个指标。最终的结果是校报那年真的放弃了那个指标。而我，则由此错过了人生中最重要的一个从文机遇。

参加工作没几年，晋中的《乡土文学》举办小说大赛，我动了用《黑里沟记事》参赛的念头。然而找遍书箱，也没有找到《黑里沟记事》的任何草稿。好像当时还和冯桢联系过，请他去《雁北群众文化》找找，由于时过境迁，最终没有找到。

三

2006年，我们集团公司创办了内部月报，我兼任执行主编。几期编下来，总感觉新闻类稿件多，副刊稿件缺，重量级"东西"更是严重不足。而文学类作品不同于新闻类稿件的是，它难以通过短期培训便迅速见效。

有需求就有动力。我再次萌生了写个"大点的东西"以应急的念头。凭着那点模糊的记忆，我短期内写出了中篇小说《黑里沟记事》，两万多字的样子，在集团报副刊连载完成。小说完成后，我左看右看，总觉得意犹未尽，时时在心里思谋着怎样想办法把它弄完整些，弄成个长篇。在又一次深思后，我终于按捺不住内心的冲动，深夜里狂奔到单位，开始了真正意义上的"长途跋涉"。28个日夜，除去吃饭睡觉，我几乎把所有的时间都用在了写小说上。手指酸痛僵硬，用力抖抖捏捏继续写；颈椎难受，后仰脑袋扭动几圈继续写；头昏脑胀，思维不畅，点支烟抽几口，捋捋思路继续写。快写好前，突然发现自己头上的白头发少了很多，细看座椅跟前的地板上，竟然是细密的一层白白的头发。感情是白头发不牢靠，重压之下相继掉落了！好在快要结束了，我将有充足的时间来"休养生息"。如此，十多万字顺着笔尖流淌而出。又用了两三天，将这部分内容和《黑里沟记事》融为一体。题目暂定为"黑里沟记事"，全篇17.7万字。

《黑里沟记事》完成后，我让集团打字员打好存入我的电脑（辛苦她们了，我的原稿字迹潦草，龙飞凤舞，小郭和小安费劲巴火地终于打完）。数年内，我常常打开电脑，仔细端详着自己的第一部长篇小说，端详越久，修改的念头越强烈。感谢这个小说，让我终于开始尝试在电脑上修改、保存，慢慢地将就会使用电脑打东西了！直到现在，我常常想，如果不是学会了使用电脑，那么在打字员都相继离开集团的情况下（后来只有兼职打印员），我的第一部小说（后来定名为"出路"）会完成修改吗？会最终出版吗？

关于《出路》的出版过程，我就不细讲了。《出路》定稿后，我一直没写个后记啥的，总感觉有点小缺憾。这里写《董家岭》的后记，自然提到自己的文学历程，也算是给《出路》搞了个后记吧。

四

说说五十岁前的话题。

人到中年，自然会产生莫名的焦虑感、紧迫感（至于成就感，那是自认为有成就的人的事），我也不例外。常常想，马上就要五十了，再过十来八年，也就步入老年了。那么，年轻时，自己是否还有该做、能做而没有做完的事？相信很多人都会给自己提出这样的疑问。对于自己，我的回答是肯定的。自己参加工作 20 余年，所写的各种各样的文字材料何止数百万字。然而，屈指算来，又有多少真正属于自己？无非是写好了供别人读，供别人用。读完了，用过了，扔了，弃了，几乎消失得如同一堆柴火丢进了火炉。自己有辛苦获得的文学积淀，有多年接触社会的生活阅历，怎么甘心就这样对时光的流逝无动于衷？怎甘心整日浑浑噩噩地混迹于闹市之中，就这样平庸地老去？

五十岁前，我得整点东西出来！这句话，我几乎是咬牙切齿地在心里说的。对自己，我够狠的。不就是再掉些头发吗？不就是再过段人不人、鬼不鬼的日子吗？这时候不由得又想起路遥，整出"大东西"来，纵使英年早逝，也了然无憾了。对于我来说，再整出个十几万字的小说来，已经算是"大东西"了，且不管它能否成功。心底不由得生出很多豪情来，感觉如同烈焰焚身，身体里顿时血液贲张，有如万马奔腾。我知道，骡子套进车辕里了，该上路了。无论拉多重的货，也无论爬多陡的坡，走多远的路，这趟远门是出定了。

五

长期以来，我对战争题材的文艺作品都偏爱有加。也许，这也算我的一个爱好。直白一点说，就是爱看打仗的。看影视剧，首选战争片。一部《亮剑》，翻来倒去看了不下十遍，还不过瘾。各种党史资料、战争小说，抓到了就爱不释手。近几年来，也常常在心里这样问自己——由我亲自写个战争题材的"大东西"，咋样？

2017 年 8 月，《出路》经赵亚利老师和解学红老师帮忙联系出版事宜后，我终于等到了动手写新小说的时机。

把《出路》发给解老师后没几天，我去董家岭古村公干，口渴了就走进老赵（大名赵兴灵，公司聘用的护村员）家讨水喝，边和他聊着村里的事。聊天时，他讲到1936年红军的一支队伍来过董家岭村，还在村里就地发展了新兵，但是没有带走，而是留在村里搞党的工作，以便将来红军再次来山西抗战时能够予以配合。我县抗战史实前些年我通过县志上介绍的情况已经了解到不少，知道我县同样是英雄辈出，仁人志士颇多，为抗战胜利做出了一定的贡献。一直思谋着咋样把这些抗战故事和人物有机地穿插起来，经过艺术加工后形成一个"大东西"，却不屑于平铺直叙的俗气，始终没能找到很好的突破口。听了老赵的讲述，我心里不由得暗自称妙。

如果说，我先前的种种构思、酝酿和思想、心理的准备过程只是把一头猪掀翻在地，捆住四蹄的话，那么，董家岭之行回来后就算是手握尖刀，白刀子进，红刀子出，到了要动手杀猪的时候了。

六

8月11日去了董家岭，下午回来直到第二天都在思谋。基本把大框子在脑子里画好了，而且简单列了章节提纲，初步定了章节名，第一章就定为"红军来到董家岭"，这是在和老赵聊天中就想好的。

13日，我的计划是先开了头即可。结果一上手就收不住，一口气写到晚上12点多，完成了5600字，大大出乎自己的意料。我原先给自己定的目标是每天2000字，全书大约12万字，需要费时两个月完成初稿，哪敢想头一天就写了5000多字？14日又是一个整天，早7点到晚12点，又写了5500字，前三章已经写完了。期间老友张伟上来闲坐，也不由得大吃一惊。待到我把写好的念给他听，他直说好。我问："咋样好？"他说："反正比《出路》好几十倍！"我听了大受鼓舞，又发给另一个朋友看，他也是赞不绝口。晚上回去已经一点多，顾不上吃饭，先把老婆叫醒，一句句念给她听。她听得大呼小叫，说："老王，你写得太好了，情节好，结构好，语言更有特色，你就照这样往下写吧，一定错不了！"

如此一直努力地写。到23日深夜一点，已经4.8万字了。算算时间，已经写了11天，日均约4300字，是计划中的两倍还多。

然而，问题还是出现了。

第12天，感觉到了严重缺觉的危害。精神恍惚，头脑不清，难以继续下去，不得已开始补觉。这天白天睡了两次，心里安慰自己这叫磨刀不误砍柴工。要命的是，从这天开始，头发又脱开了。低头看去，地上有一层白头发，座椅左右两边都有。在同龄人中，我的头发还算是不错的，虽已有点点白发，但终究瑕不掩瑜。可是小说还没写到一半，头发就掉开了。再这么下去，到完稿之日，只怕要谢顶了！除了这两项，还开始担心篇幅达不到预期效果。

好在干扰少。平时走动多的几个朋友只在叫时才来。每天从家里带着四个馒头，午饭晚饭就在办公室热着吃，可以节省不少时间，还避免了思路中断。因为老总去了国外，单位的事也很少。中间只是带两个客人去古村看了看，耗去一个上午。此外，虽然有大约两天时间进展不太顺利，但也写出了6000多字，损失不算太大。现在我的目标已经不满足于当初定的每天2000字，上不了4000就觉得难受了。由于害怕将来忘了这个跋涉的过程，每天完工后再累也还是坚持着把日记写了。小说我是边写边修改的，每天上午总要先抽出两三个小时用来修改前一天写的内容，因此影响了进度，不然还会快点。这样做的好处，一是过一遍头天写的内容，便于思路延续，二是省去了不少将来完稿后的修改工作。

这中间，赵老师关于《出路》的消息也逐渐多了起来。先是北岳文艺出版社孙茜老师的肯定意见，再是小说简介、作者简介的拟定提供，最后解老师发来了出版社让填写的表格，先后一一按要求办理了。

8月31日，时间过了19天。篇幅到了7万余字，日均降到了约3700字，此时已经发现初稿总篇幅12万字的目标定大了。本着实事求是的精神，遂调整篇幅为初稿10万字，二稿12万字。

最失败的当数9月1日。先是单位来了两拨客人。好不容易打发走，结果又来了个久日未见的朋友。聊到12点，猛然发现自己已经20来天没有喝酒，酒瘾顿时上来。索性叫了另外两个朋友一起吃饭，呼哧呼哧喝了不少。下午写到1000来字，突然键盘电池耗尽，无计可施，干脆提前给自己放了假，美美地睡了一晚上。第二天早上6点开工，一口气写到晚上12点，居然写了8300字，创了自己的纪录，算是出了口恶气，把1号的损失补了回来。

9月7日晚9:08，终于结束，全书初稿99600字。至此，用时26天，比计划缩短了一倍多。我虽说是学会了打字，然而使用中都是右手握鼠标，左手只会用一个食指敲键盘，被朋友们戏称为"一指弹"。就是这个"一指弹"，让我完成了《董家岭》初稿，也实属不易了。

巧的是，第二天下班后，回家打开电脑，心说再看看昨天写的，是否需要修改修改？刚在桌面找到小说，电脑突然黑屏。试了好久，却再也无法启动。不得已叫来修理员，搬回店里检查去了。这一走，就是20天。

电脑修好后，我得空就打开小说进行修改，前后又有半年左右，定稿时间在6月初，实际字数17万余。

2018年2月，我的第一部长篇小说《出路》由北岳文艺出版社正式出版，解老师实现了春节前《出路》付印的承诺，并于腊月十八带病驾车亲自把书给我送来。

之后，我也更加期盼着《董家岭》能够早日出版。

2021 年 4 月 29 日，我尝试着把小说《董家岭》在今日头条"文章"里更新。由于自己初学上传，并且不太在意，结果一开始漏洞百出，顺序混乱，不成体统。读者看得一头雾水，喷声不断。直到 5 月 19 日，小说引子和第一章才正式规范上传。此后基本每天更新几千字，得空又把先前缺失混乱的 5 到 8 章重新整理补发。由此逐步减少了喷声。

截至 6 月 20 日，最后一章及尾声上传完成。

50 天来，《董家岭》共在今日头条更新 60 次，总阅读量 67.46 万次，篇均阅读量 1.12 万次，单篇最大推送量 93 万次，单篇最大阅读量 60648 次。总获赞 1.5 万次，粉丝数从 0 升至 4860。

特别感谢摄影恩师赵亚利。他三伏天辛苦蹲守董家岭古村写生数十天，完成摄影、钢笔画作品百余幅，全部授权我在小说更新、出版过程中任意选用。

感谢灵石县"文化再看"公众号平台代象为老师的厚爱，在网络上看到小说后主动联系我，从 2021 年 5 月 28 日起，连载《董家岭》。

落笔之时，心里再次默默地感谢王俊才、赵屹、赵亚利和王世勋老师，感谢庞玉生老师为我的小说深情地作序，感谢所有给予我无私帮助的恩师们。

初稿写于 2018 年 6 月 21 日
二稿写于 2021 年 6 月 20 日